诗词格律新讲

申忠信◎著

中国文史出版社

图书在版编目(CIP)数据

诗词格律新讲 / 申忠信著. —北京：中国文史出版社，2012.12

ISBN 978－7－5034－3678－9

Ⅰ.①诗… Ⅱ.①申… Ⅲ.①诗词格律－基本知识－中国 Ⅳ.①I207.21

中国版本图书馆CIP数据核字(2012)第286172号

责任编辑：工　方
封面设计：三川出品

出版发行：中国文史出版社
网　　址：www.wenshipress.com
社　　址：北京市西城区太平桥大街23号　邮编：100811
电　　话：010—66173572　66168268　66192736（发行部）
传　　真：010—66192703
印　　装：廊坊市海涛印刷有限公司
经　　销：全国新华书店
开　　本：880毫米×1230毫米　1/32
印　　张：11.875
字　　数：298千字
版　　式：2013年1月北京第1版
印　　次：2020年9月第5次印刷
定　　价：32.00元

前　言

古典诗词，是我国文学领域中一颗耀眼的明珠。它以完美独特的形式，广泛深邃的内容而受到人们的喜爱。它曾创造出“唐诗宋词”的辉煌时代，也涌现出江河湖海般不可计数的鸿篇巨制和优秀作品。随着社会的发展和进步，今天，我们又迎来了中国古典诗词的一个新的繁荣发展和兴盛时期。许多人都投入到诗词的学习、欣赏、研究、写作中来。特别是一大批年轻人对我国的古典诗词更是情有独钟。但是，在一些爱好者和初学者中，他们对古典诗词格律掌握的还不够深透。为了帮助爱好者和初学者更好地学习和掌握古典诗词格律，笔者将自己几十年来学习、写作和研究古典诗词的体会和收获编写成这本《诗词格律新讲》，较为详细、系统地介绍了诗与词的格律，同时，又讲解相关基础知识。作为诗词爱好者入门学习的基础读物，以期对他们学习和掌握古典诗词格律、写出更好的诗词作品能够有所帮助。

本书之所以叫作“新讲”，就是想突出一个“新”字，以一个全新的角度把诗词格律的各个环节展示给读者。

一是无论在格律知识的表述上，还是在要点的选择上，以及编排的角度上，都以一个全新的面貌呈现给读者。并且在诗词格律中的平仄格式、用韵、对仗、“一三五不论”、拗救以及唱和、诗词的语言特色等方面都有笔者独到的体会和看法。对一直以来颇有争议的不同观点，尽可能地加以交代，以利读者对诗词的发展和诗词格律知识有一个全面的了解和掌握。

二是从便于理解、方便记忆的角度出发。如平仄中，从基本句型到格式；“粘对”中，律诗的粘对形态；词律中，五种押韵格式；唱和中，次韵、用韵、依韵由“三原则”到“二原则”、“一原则”等等，都以类似公式的形态呈现给读者，使之尽可能的看上去简单、明了、清晰，理解起来容易，记忆上方便，所以在应用上就会轻松得多了。

三是兼顾了现代汉语和古代汉语在平仄、用韵等方面的区别，特别是新旧韵的关系和使用。本书在讲解中所举的诗例词例，以唐宋代诗词为主，所以在用韵的讲解中也以旧韵为主。但是考虑到当前正处于一个新旧韵并行的时期（也可以叫作过渡时期）。许多人已经开始使用新韵。所以书中对以《中华新韵》为代表的新韵也作了介绍。相信初学者在掌握了用韵方法后，无论是旧韵，还是新韵，都能够得心应手地使用。

四是坚持了通俗易懂、简明扼要、便于理解、方便记忆，适合初学者学习的原则。语言上尽量通俗、简明，避免那些生涩的专业语言。比如在词的用韵中，许多初学者觉得“叶韵”一词不好理解。于是书中就代之以“侧声韵”、“押同部仄韵”等，让初学者看得明白，便于掌握。

虽然诗词格律只是一种外在的表现形式，好的诗词作品还要取决于深刻的思想内容、完美的语言表现力以及作品的意境、感染力等，但是再好的作品如果在形式上不合乎格律的要求，那么它就不能称为格律诗词。所以诗词格律的掌握对喜爱古典诗词的朋友来说非常重要。希望本书能够得到您的喜爱并对您有所帮助。

本书的不足之处，希望广大读者给予指正。

申忠信

2012 年 8 月 1 日于牡丹江戏墨斋

目　录

第一编　中国古典诗歌的基本常识

第二编　诗的格律入门

第三编　词的格律入门

第四编　诗词的唱和、选韵与语言特色

第一编
中国古典诗歌的基本常识

第一章　中国古典诗歌的起源与发展概说

在文学这个大家庭中，诗歌是当之无愧的佼佼者。中国古典诗词则是诗歌领域中最为光彩夺目的一员。

诗歌起源于劳动和宗教。鲁迅在《中国小说的历史的变迁》中就说过：“其一，因劳动时，一面工作，一面唱歌，可以忘却劳苦，所以从单纯的呼叫发展开去，直到发挥自己的心意和感情，并偕有自然的韵调；其二，是因为原始民族对于神明，渐因畏惧而生敬仰，于是歌颂其威灵，赞叹其功烈，也就成了诗的起源。”这些最初的诗是靠歌唱来流传的，所以叫诗歌。这些诗歌就是最早的原始歌谣。中国的古典诗歌就是在这些歌谣和民歌的基础上逐渐形成和发展起来的。也就是说，中国的古典诗歌起源于民间歌谣。在它的形成发展过程中，从形式上看，就经历了四言、五言、七言、近体格律诗、词、曲等不同的辉煌阶段。在这些不同的阶段中，涌现出大批受到人们爱戴的伟大诗人和大量受到人们喜爱的不朽作品。这些伟大的诗人和作品，都是我国最为宝贵的文化遗产之一。

在中国古典诗歌发展的过程中，《诗经》、《楚辞》、乐府诗、唐诗、宋词、元曲等都是具有标志性的阶段。它们都是那一个时期诗歌从内容到形式上鼎盛发展的代表。

《诗经》是我国文学史上最早的一部诗歌总集。《诗经》最早称为《诗》或《诗三百》。至汉代为儒家奉为经典，称为《诗经》。《诗经》一共收入诗歌三百〇五篇。主要反映了西周至春秋中期约五百年间的历史时代风貌。《诗经》中的作品包含三个部分，也可以称为三类，即《风》、《雅》、《颂》。

《风》即《国风》。是地方乐调，大多为民歌。它含有周南、召南、邶、鄘、卫、王、郑、齐、魏、唐、秦、陈、桧、曹、豳十五国风，计一百六十篇。

《雅》是朝廷乐调，即所谓正声。它包括《小雅》和《大雅》，计一百〇五篇。

《颂》是宗庙祭祀的乐歌。它包括《周颂》、《鲁颂》、《商颂》等，计四十篇。

《诗经》的内容是很广泛的。它深刻地反映了那个时代的社会面貌。在形式上，它以四言为主，句式整齐，形成了那一时期的诗歌特点。但有的篇章中也夹有非四言的句子，如二三言直到七八言不等。《诗经》的这些特点，对我国诗歌后来的发展起到了非常重要的作用。

关关雎鸠，在河之洲。
窈窕淑女，君子好逑。

参差荇菜，左右流之。
窈窕淑女，寤寐求之。

求之不得，寤寐思服。
悠哉悠哉，辗转反侧。

参差荇菜，左右采之。
窈窕淑女，琴瑟友之。

参差荇菜，左右芼之。
窈窕淑女，钟鼓乐之。

——诗经(《国风·周南·关雎》)

这是《诗经》中很著名的一篇。这是一首男子恋慕女子的恋歌。这首诗一共五段，每段四句，每句四个字。它的句式整齐，是典型的四言诗。

彼黍离离，
彼稷之苗。
行迈靡靡，
中心摇摇。
知我者谓我心忧，
不知我者谓我何求。
悠悠苍天，
此何人哉！

彼黍离离，
彼稷之穗。
行迈靡靡，
中心如醉。
知我者谓我心忧，
不知我者谓我何求。
悠悠苍天，
此何人哉！

彼黍离离，
彼稷之实。
行迈靡靡，
中心如噎。
知我者谓我心忧，
不知我者谓我何求。
悠悠苍天，

此何人哉！

——诗经(《国风·王风·黍离》)

这首诗以四言为主，其中也用了非四言的句子。虽然突破了四言的格局，但三段格式完全相同，其中既有句式的变化，又仍然保持了通篇格局的整齐美。

《楚辞》是继《诗经》之后的又一部诗歌集。它在我国诗歌发展史上同样具有重要地位。《楚辞》所收主要是屈原的作品。《汉书·艺文志》称“屈原赋二十五篇”系指《离骚》、《九歌》（十一篇）、《九章》（九篇）、《天问》、《招魂》、《卜居》、《渔夫》。这些作品大部分是屈原在流放期间写的。作品真实地反映了当时楚国的社会现实。屈原是我国文学史上第一位伟大的爱国主义诗人，也是杰出的浪漫主义诗人。司马迁在《史记·屈原贾生列传》中评价屈原的《离骚》为“上称帝喾，下道齐桓，中述汤武，以刺世事。明道德之广崇，治乱之条贯，靡不毕见。其文约，其辞微，其志洁，其行廉，其称文小而其指极大，举类迩而见义远。其志洁，故其称物芳。其行廉，故死而不容自疏。濯淖污泥之中，蝉蜕于浊秽，以浮游尘埃之外，不获世之滋垢，皭然泥而不滓者也。推此志也，虽与日月争光可也。”李白在《江上吟》中也对屈原给予了崇高的评价：“屈平词赋悬日月，楚王台榭空山丘”。

《楚辞》是在《诗经》之后出现的一种新体诗歌。因为它是在楚国民歌的基础上形成的，所以地方色彩浓厚。后来人们把以屈原作品为主的这种诗体，称为“骚”体。“风”“骚”并称，就是指《诗经》中的《国风》和《楚辞》中的《离骚》。《楚辞》在形式上，与《诗经》比，有了一个较大的飞跃。它的句式以六言为主，又不限于六言。比如《天问》就仍然保留了四言为主的形式。在以六言为主的诗篇中，也穿插着非六言的句子。它相对于四言诗，节奏感更强了，语句变化也更为丰富。为四言诗向五言、七言的过渡起到了承上启下的作用。

《楚辞》中最具代表性的作品是《离骚》。《离骚》是我国诗歌史上最早的长篇抒情诗。是屈原被放逐时期的忧国忧民之作。《离骚》以绚丽的文采，恢弘的气势，抒发了诗人崇高的爱国情怀，也展示了他坚持真理的不屈精神。下面是从《离骚》中节选的一段：

朝饮木兰之坠露兮，
夕餐秋菊之落英。
苟余情其信姱以练要兮，
长颇颔亦何伤！
揽木根以结茝兮，
贯薜荔之落蕊。
矫菌桂以纫蕙兮，
索胡绳之纚纚。
謇吾法夫前修兮，
非世俗之所服。
虽不周於今之人兮，
愿依彭咸之遗则。

《离骚》中的这一小段，表现了诗人坚守情操的决心意志。诗中杂以长短不一的句式，使诗显得更加自由而灵活。读来起伏跌宕，语音变化，更觉饱满。

《楚辞》中的《九歌》十一篇，原本是楚地祭祀神灵的乐歌。屈原根据这些乐歌创作了《东皇太一》、《云中君》、《湘君》、《湘夫人》、《大司命》、《少司命》、《东君》、《河伯》、《山鬼》、《国殇》和《礼魂》。这些篇章中，有九首是祭祀神的。在这些祭神的篇章中，有的还写了爱情内容。有一首是祭祀为国捐躯的战士的。最后一首为结束曲。

操吴戈兮被犀甲，车错毂兮短兵接。
旌蔽日兮敌若云，矢交坠兮士争先。
凌余阵兮躐余行，左骖殪兮右刃伤。
霾两轮兮絷四马，援玉枹兮击鸣鼓。
天时坠兮威灵怒，严杀尽兮弃原野。
出不入兮往不反，平原忽兮路超远。
带长剑兮挟秦弓，首身离兮心不惩。
诚既勇兮又以武，终刚强兮不可凌。
身既死兮神以灵，魂魄毅兮为鬼雄！

——屈原《九歌·国殇》

《九歌》中的这篇《国殇》，生动地描写了战争的惨烈，以及将士们为保卫祖国浴血奋战的场面。表现了对阵亡将士的崇敬和哀悼。可以说，它既是一首哀歌，也是一首颂歌。

《楚辞》中的《天问》是哲理与抒情结合的诗篇。诗人针对神话传说、历史变迁和自然现象等发出了一连串的问句。该篇虽然以四言为主，但气势奔放，充分表现了诗人勇于探索的精神。

“乐府”原指汉代掌管音乐的机构。主要负责采集民谣，制定乐谱，配乐演奏等。后来把乐府收集的诗歌和文人模仿乐府诗歌的作品都称为乐府或乐府诗。因为乐府诞生于汉代，所以人们又把汉代乐府收集、整理并保存下来的乐府民歌称作汉乐府。

早期的乐府诗是以民歌为主的。它突破了《诗经》、《楚辞》以四言、六言为主的格式，句式上从一字到七八字的都有。但是以五言句式为多。甚至在好多篇什中，通篇都是五言。如《江南》、《陌上桑》、《长歌行》、《饮马长城窟行》等。这一时期已是五言诗的萌芽时期。而篇幅上也是长短不拘，少则十几言，多则有千言以上者。如著名的《孔雀东南飞》就是一首长篇的叙事诗。全诗共有三百五十七句，一千七百八十五字。《孔雀东南飞》是我国文学史上第一部长篇叙事诗，也是最长的一部叙事诗。诗前序曰："汉末建安中，庐江府小吏焦仲卿妻刘氏，为仲卿母所遣，自誓不嫁。其家逼之，乃投水而死。仲卿闻之，亦自缢于庭树。时人伤之，为诗云尔。"刘兰芝与焦仲卿死后化为鸳鸯鸟，"仰头相向鸣，夜夜达五更"。长诗通过这样一个悲剧故事，揭露和控诉了封建礼教的黑暗与罪恶。歌颂了刘兰芝与焦仲卿坚贞不渝的爱情和反抗精神。它是乐府五言诗中最为优秀的诗篇之一。

五言诗走向成熟的标志是东汉末年的《古诗十九首》。"古诗十九首"的作者都不可考。梁萧统把它们编入《昭明文选》始称《古诗十九首》。这十九首诗都没有题目，均以首句为题。诗的内容有夫妻相思，游子思乡以及对人生的感叹等。

明月皎夜光，促织鸣东壁。
玉衡指孟冬，众星何历历。
白露沾野草，时节忽复易。
秋蝉鸣树间，玄鸟逝安适。
昔我同门友，高举振六翮。
不念携手好，弃我如遗迹。
南箕北有斗，牵牛不负轭。
良无盘石固，虚名复何益。

——《古诗十九首》之《明月皎夜光》

这十九首诗在艺术手法上长于抒情，以景寓情，情景交融，自然生动，富有感染力。从上面这首《明月皎夜光》中就可见一斑。《古诗十九首》对后来五言诗的发展具有重大影响。

在我国诗歌发展史上，出现最早的完整的七言诗是魏文帝曹丕的两首《燕歌行》。诗中写了一位女子对远在他乡的丈夫的深切思念。语言婉转缠绵，绮丽流畅，音节响亮，句句押韵，具有很高的艺术价值。对七言诗的形成与发展也具有重要意义。而真正推动七言诗发展的，当属南北朝时代最杰出的诗人鲍照的《拟行路难》十八首。

奉君金卮之美酒，玳瑁玉匣之雕琴。
七彩芙蓉之羽帐，九华蒲萄之锦衾。
红颜零落岁将暮，寒光宛转时欲沉。
愿君裁悲且减思，听我抵节行路吟。
不见柏梁铜雀上，宁闻古时清吹音。

——鲍照《拟行路难》其一

这是鲍照《拟行路难》十八首中的第一首。内容是感叹韶光易逝，劝人裁悲忘忧。在形式上实现了较大的突破。变句句用韵为隔句用韵。在这十八首诗中，有的还使用了中间换韵。这种形式上的创新，成为七言诗的样板。同时，也为七言诗的进一步发展拓宽了道路。

到了唐代，一种崭新的诗歌形式发展成熟了。这种新的诗体就是近体诗，也叫今体诗。这种近体诗在平仄、用韵等方面都有要求。除长律以外，在字数、句数上也有限制。对律诗还要求中间两联对仗。也就是说，这种诗体要按照这些要求和限制来作。这些要求和限制就是格律，所以，近体诗也叫作格律诗。在唐代格律诗出现以前的那些不讲格律的诗，就被称作古体诗。而在唐代格律诗出现以后，那些不按格律仍依古体形式写的诗，也叫古体诗。中国的古典诗歌在唐代发展成熟并达到鼎盛。所以，后人有“唐诗”之称。

唐代造就了一大批杰出的诗人，他们创作出了大量的优秀诗篇。李白和杜甫是唐代诗坛上最为耀眼的明星。后人常以“李杜”并称。李白的诗歌豪迈、奔放，具有浓厚的浪漫主义色彩。杜甫的诗歌广泛、深刻地反映了当时的现实社会生活，被誉为文学史上伟大的现实主义诗人。韩愈对他们的评价是“李杜文章在，光焰万丈长”。他们对后代的影响深远而巨大。以高适、岑参等为代表的边塞诗人和以王维、孟浩然等为代表的山水田园诗人，以及王昌龄、王之涣、李贺、柳宗元、韩愈、白居易、元稹、杜牧、李商隐、刘禹锡等一大批著名诗人，以其精美的诗作也对后世产生了重大影响。他们的许多优秀作品至今为人们所传唱。下面是李白的一首《将进酒》：

君不见黄河之水天上来，奔流到海不复回。
君不见高堂明镜悲白发，朝如青丝暮成雪。
人生得意须尽欢，莫使金樽空对月。
天生我材必有用，千金散尽还复来。
烹羊宰牛且为乐，会须一饮三百杯。
岑夫子，丹丘生，
将进酒，君莫停。
与君歌一曲，请君为我侧耳听。
钟鼓馔玉不足贵，但愿长醉不复醒。
古来圣贤皆寂寞，惟有饮者留其名。
陈王昔时宴平乐，斗酒十千恣欢谑。
主人何为言少钱，径须沽取对君酌。
五花马，千金裘，
呼儿将出换美酒，与尔同销万古愁。

——李白《将进酒》

清代修纂的《全唐诗》九百卷，收入二千二百余人的诗作四万八千九百余首。唐诗以其辉煌的成就，成为我国文学领域里一块光彩夺目的瑰宝。

词起源于汉魏乐府民歌。形成于唐代，真正发展成为一种独立的诗歌形式，是在晚唐五代。到了两宋，词的发展到了最为辉煌的时期。故有“宋词”之称。“宋词”是我国诗歌史上的又一次辉煌，所以与“唐诗”并称“唐诗宋词”。而这两种诗歌形式也常常联系在一起，并称为“诗词”，或“古典诗词”，或“中华诗词”。

因为词最初是配音乐的，是先有曲调，后有文词，所以又称曲子词。因为词的句式长短不一，所以有人把它叫作“长短句”。又因为它与诗的渊源，也有人把它叫作“诗余”。词的句式参差不齐，不同词调的句数、句式都是不同的。每一个词牌的平仄、用韵都有一定的格律要求。这种格律就是词谱。清代的《钦定词谱》就收入词谱八百二十六调，二千三百〇六体。

宋代也涌现出了一大批杰出的填词大家。被收录在《全宋词》中的词人有一千三百三十多人，词作一万九千九百余首。晏殊、欧阳修、柳永、苏轼、黄庭坚、秦观、周邦彦、辛弃疾、陆游、李清照、贺铸等都为后世所熟知。而分别开创了北宋和南宋豪放派词风的苏轼和辛弃疾，常被以“苏辛”并提，成为宋词豪放派最为杰出的代表。

大江东去，
浪淘尽、千古风流人物。
故垒西边，
人道是、三国周郎赤壁。
乱石穿空，
惊涛拍岸，
卷起千堆雪。
江山如画，
一时多少豪杰。

遥想公瑾当年，
小乔初嫁了，

雄姿英发。
羽扇纶巾，
谈笑处、樯橹灰飞烟灭。
故国神游，
多情应笑我，
早生华发。
人间如梦，
一尊还酹江月。

——苏轼《念奴娇·赤壁怀古》

千古江山，
英雄无觅，
孙仲谋处。
舞榭歌台，
风流中总被，
雨打风吹去。
斜阳草树，
寻常巷陌，
人道寄奴曾住。
想当年，
金戈铁马，
气吞万里如虎！
元嘉草草，
封狼居胥，
赢得仓皇北顾。
四十三年，
望中犹记，
烽火扬州路。

可堪回首，
佛狸祠下，
一片神鸦社鼓。
凭谁问，
廉颇老矣，
尚能饭否？

——辛弃疾《永遇乐·京口北固亭怀古》

上面苏轼的《念奴娇·赤壁怀古》和辛弃疾的《永遇乐·京口北固亭怀古》都是千百年来深受人们喜爱并广为流传的优秀篇章。

散曲是元代兴起的又一种诗体。它与词相近，又与词不同。它同样句式长短不一，但是允许加衬字，有的曲牌还可增句。用韵较密，可以平仄通押，但要区别四声。也就是有的位置要求用上声处不能用去声，要求用去声处不能用上声。散曲的语言更趋于口语化，更加生动活泼。

元代的一些杂剧作家在杂剧创作之余，也喜欢写一些散曲。如关汉卿、白朴、马致远等都有一定数量的作品传世。马致远的小令《天净沙·秋思》以及睢景臣的套数《般涉调·哨遍·高祖还乡》等都是元代散曲的优秀代表作。

枯藤老树昏鸦，小桥流水人家，古道西风瘦马。夕阳西下，断肠人在天涯。

——马致远《越调·天净沙·秋思》

社长排门告示，但有的差使无推故，这差使不寻俗。一壁厢纳草也根，一边又要差夫，索应付。又言是车驾，都说是銮舆，今日还乡故。王乡老执定瓦台盘，赵忙郎抱着酒葫芦。新刷来的头巾，恰糨来的绸衫，畅好是妆么大户。

［耍孩儿］瞎王留引定火乔男女，胡踢蹬吹笛擂鼓。见一彪人马到庄门，匹头里几面旗舒。一面旗白胡阑套住个迎霜兔，一面旗红曲连打着个毕月乌。一面旗鸡学舞，一面旗狗生双翅，一面旗蛇缠葫芦。

［五煞］红漆了叉，银铮了斧，甜瓜苦瓜黄金镀，明晃晃马蹬枪尖上挑，白雪雪鹅毛扇上铺。这几个乔人物，拿着些不曾见的器仗，穿着些大作怪衣服。

［四煞］辕条上都是马，套顶上不见驴，黄罗伞柄天生曲，车前八个天曹判，车后若干递送夫。更几个多娇女，一般穿着，一样妆梳。

［三煞］那大汉下的车，众人施礼数，那大汉觑得人如无物。众乡老展脚舒腰拜，那大汉挪身着手扶。猛可里抬头觑，觑多时认得，险气破我胸脯。

［二煞］你须身姓刘，你妻须姓吕，把你两家儿根脚从头数：你本身做亭长耽几盏酒，你丈人教村学读几卷书。曾在俺庄东住，也曾与我喂牛切草，拽坝扶锄。

［一煞］春采了桑，冬借了俺粟，零支了米麦无重数。换田契强秤了麻三秤，还酒债偷量了豆几斛，有甚胡突处。明标着册历，见放着文书。

［尾］少我的钱差发内旋拨还，欠我的粟税粮中私准除。只道刘三谁肯把你揪捽住，白甚么改了姓更了名唤做汉高祖。

——睢景臣《般涉调·哨遍·高祖还乡》

元代的优秀散曲作家还有张可久、乔吉、张养浩等。他们创作的这些散曲扩大了散曲的思想内容，也为散曲的发展发挥了重要作用。

散曲也称为元曲。元曲的兴起为我国诗歌园地又提供了一个新的形式。对我国诗歌的发展繁荣具有深远的影响。

明代诗歌走向衰落，特别杰出的诗人和作品不多。明末至清初诗坛才又出现了中兴气象。这一时期的诗词作品，内容广泛，风格多样。既有极富强烈民族感情色彩和爱国思想的佳作，也有反映社会民情的优秀篇章。既有高昂的豪放之词，也有白描般婉约之音。值得一提的是，这一时期的诗论词论方面具有更加突出的贡献。清人诗话中最著名的应属袁枚的《随园诗话》。他的"性灵说"诗论体系在当时影响很大，一直受到人们的重视，对别开生面的清代诗坛产生了重要作用。从明末至清，陈子龙、顾炎武、王士祯、郑燮、朱彝尊、陈维崧、纳兰性德等诗词名家都为这一时期的诗坛留下了光辉的篇章。

行吟坐啸独悲秋，海雾江云引暮愁。
不信有天常似醉，最怜无地可埋忧。
荒荒葵井多新鬼，寂寂瓜田识故侯。
见说五湖供饮马，沧浪何处着渔舟？

——陈子龙《秋日杂感》之二

这是陈子龙《秋日杂感》中的一首。此诗雄浑豪放、悲壮苍凉，是他后期诗风的代表。陈子龙的词对清代词坛也产生了重要影响。龙榆生先生在他编选的《近三百年名家词选》中作出了这样的评价："词学衰于明代，至子龙出，宗风大振，遂开三百年来词学中兴之盛。"

中国的古典诗词发展到今天，又进入了一个新的繁荣兴盛时期。20世纪80年代，全国各地的诗社、协会等诗词组织雨后春笋般涌现出来。诗词大赛、学术研讨、纪念活动不断开展。诗词队伍迅速壮大。2010年5月31日，中华诗词学会名誉会长郑伯农在中华诗词学会第三次全国会员代表大会上的工作报告中提到，截至到2010年5月，中华诗词学会会员17258人；"截止今年（指2010年）初，中华诗词学会会员加上省、市、县诗词学会的会员人数达百万之众。如果加上没有入会的诗词作者和爱好者，数量就更大。”广大诗人词家、爱好者在诗词创作的同时，正在为诗词的继承、改革和创新做着不懈的努力。

第二章　中国古典诗歌的分类与格律诗的特点

第一节　中国古典诗歌的分类

诗的分类并不复杂。从不同的角度，可以有不同的分类。比如从内容上可以划分为抒情诗和叙事诗。从体裁形式上可以分为自由诗、格律诗。古典诗词中还可以分为诗、词、曲等。从题材上可以分为田园诗、山水诗等等。因为要讲的是诗词格律，所以我们从与格律相关的角度出发，来看一看中国古典诗歌的分类。

一、按诗的发展与格律划分

按诗的发展与格律划分，可以把它分为古体诗和近体诗。中国古典诗歌发展到唐代，格律诗开始发展成熟。于是，人们把唐代格律诗形成以前的诗歌称为古体诗。把唐代以后遵守一定格律的诗称为近体诗。

近体诗也称今体诗。因为它与古体诗的区别就是在字数、句式、平仄、押韵、对仗等方面都有严格的格律要求，所以又称格律诗。格律诗主要包括绝句、律诗和排律。

古体诗在字数、句式、平仄、押韵、对仗等方面都没有严格的要求，所以也可以把它说成是古代的自由诗。古体诗包括的范围很广。一是它把格律诗形成以前的所有诗歌几乎都包括在内了。比如《诗经》、《楚辞》、两汉乐府以及魏晋六朝诗歌等等。

二是唐代格律诗形成以后，诗人按照古体诗形式写的诗，也叫古体诗。

二、按句式划分

中国古典诗歌的句式有好多种。格律诗因受到格律的限制，所以，它的句式也同样受到限制。

1．古体诗的句式

古体诗的句式有三言、四言、五言、六言、七言等多种。通篇三言的，称为三言诗；通篇四言的，称为四言诗。以此类推。不同句式混杂的，称为杂言。三言诗、六言诗较为少见。四言诗源于《诗经》。曹操的《观沧海》和《龟虽寿》是四言诗的名篇。五言诗、七言诗最为常见。五言诗与七言诗中，每首只有四句的为绝句。为了与律绝相区别，不把它直接称为绝句，而把它叫作古绝。五言的叫作五言古绝；七言的叫作七言古绝。每首超过四句的，为古风，也称古诗。

2．格律诗的句式

格律诗一般为五言和七言。六言格律诗也有，但很少。每首只有四句的为绝句，也称律绝。五言的称五言绝句，简称五绝；七言的称七言绝句，简称七绝。每首八句的为律诗。五言的称五言律诗，简称五律；七言的称七言律诗，简称七律。每首超过八句的为长律，也叫排律。

第二节　格律诗的特点

近体诗与古体诗的最大不同，就是它有严格的格律限制。所以它又叫格律诗。格律诗的格律特点体现在字数、句式、平仄、押韵、对仗等方面。具体说来，就是诗有定句，句有定式，平仄有规，押韵有位，对仗有别。

一、诗有定句

诗有定句，就是在格律诗当中，都有固定的句数。比如，绝句只能是四句；律诗只能是八句。长律虽然没有句数的要求，但它必须是双数。因为它是隔句押韵，以韵为单位的。

二、句有定式

句有定式，就是每一句诗的字数是固定的。在一首诗中，每一句的字数都是相同的。比如，五言，每句都是五言；七言，每句都是七言。这体现了格律诗的整齐美。

三、平仄有规

平仄有规，就是每句诗的平仄都要在一定的规则、规律和范围内变化。这样的变化，产生了格律诗的句型和格式。这样的变化，也使格律诗在声律、节奏上达到更加和谐、更加美妙的境界。

四、押韵有位

押韵有位，就是格律诗的押韵有固定位置的要求。不管是绝句、律诗，还是排律，都是隔句押韵。也就是说，押韵要押在偶数句的韵脚位置。同时，还要求押平声韵，一韵到底。

五、对仗有别

对仗有别，是指格律诗中的绝句、律诗、长律在对仗上的要求有所不同。绝句不要求对仗。也就是在绝句中，对仗可用可不用。而律诗和排律中，除首联和尾联外，中间各联则要求必须使用对仗。首联和尾联不要求对仗，所以，也属于可用可不用。

我们掌握了格律诗的这些特点，就对格律诗有了一个大体的了解。下面再学习格律诗的格律就会轻松得多。

第二编
诗的格律入门

第一章　格律的基本知识

格律诗与其他诗歌最大的不同就是它要讲究格律。那么诗的格律都包括哪些内容呢？这里要讲的就是格律诗的五个基本要素。这五个基本要素是针对格律诗整体而言。不同体裁的格律诗又有所不同。比如绝句就没有必须用对仗的要求。这个问题后面还要具体讲到。

第一节　基本要素之一：句数和字数

一般来讲，古体诗除了古绝之外，没有句数和字数的要求和限定。包括句式较为整齐的四言诗也是如此。而格律诗就不同了。不同体裁的格律诗对句数和字数都有不同的要求和限定。比如绝句只能是四句，五律和七律只能是八句。五言是每句五个字，七言是每句七个字。长律虽然没有总的句数和字数的要求，但必须是偶数句。而且句式也是固定的，或五言，或七言。句数确定下来了，字数也就确定下来了。只有符合了这些句数和字数的要求，具备了这一基本要素，这首诗才有可能成为格律诗。否则，不管是多一句、一字或者少一句、一字都不能称其为格律诗。具体说就是不能称其为绝句或律诗。

第二节　基本要素之二：平仄

平仄就是平声和仄声。不管是诗还是词，都是依靠字词的平仄搭配和变换使诗句在韵律上产生一种抑扬顿挫的节奏，从而使诗句吟诵起来更加朗朗上口，更具音乐美感。所以掌握好平仄是在学习诗词格律中非常重要的一环。

一、平仄与四声

平声和仄声是对语音声调四声的分类。那么什么是四声呢?四声是语音声调的分类。四声的划分在现代汉语和古代汉语中略有不同。

现代汉语中把语音声调分为阴平、阳平、上声、去声这四种，叫作四声。也有称作第一声、第二声、第三声、第四声的。

古代汉语中把语音声调分为平声、上声、去声、入声这四种，叫作四声。

现代汉语中没有入声。那是因为随着社会的发展和进步，语言发生了变化，语音声调也发生了变化。虽然现在一些方言中还有入声的存在，但在普通话中已经没有了，它们已经分别分化成了现代汉语中的阴平、阳平、上声、去声。比如:“屋、忽、息、悉、黑”等现已归入阴平;“竹、福、学、白、别”等现已归入阳平;“邈、雪、乙、法、尺”等现已归入到上声;“木、月、入、猎、恰”等已归入去声。这些变化可以靠我们多去熟悉或者查阅相关工具书就可以掌握和运用了。

了解了四声，回过头来我们再看四声的平仄划分。

平就是指平声。现代汉语中的平声包括了阴平和阳平。古代汉语中的平声，一般分为上平声和下平声。

仄就是仄声，与平相对，就是指平声以外的其他声调。现代汉语中的仄声包括了上声和去声。古代汉语中的仄声包括了上声、去声和入声。

二、平仄的使用

了解了平仄的概念，我们就可以按照格律的要求对它进行使用了。为了便于了解和掌握它的使用规律，我们先看几首诗。

大漠沙如雪，
｜｜——｜
燕山月似钩。
——｜｜—
何当金络脑，
———｜｜
快走踏清秋。
｜｜｜——

——李贺《马诗·其五》

凄凉白马市中箫，
——｜｜｜——
梦入西湖数六桥。
｜｜——｜｜—
绝好江山谁看取？
｜｜———｜｜
涛声怒断浙江潮！
——｜｜｜——

——康有为《闻意索三门湾，以兵轮三艘迫浙江，有感》

爆竹声中一岁除，
｜｜——｜｜—
春风送暖入屠苏。
——｜｜｜——
千门万户曈曈日，
——｜｜——｜

总把新桃换旧符。
｜｜——｜｜—

——王安石《元日》

大漠风尘日色昏，
｜｜——｜｜—
红旗半卷出辕门。
——｜｜｜——
前军夜战洮河北，
——｜｜——｜
已报生擒吐谷浑。
｜｜——｜｜—

——王昌龄《从军行》之五

上面的几首诗都是合乎基本格律的诗。诗句的下面用“—”代表平声，用“｜”代表仄声。这样就很清楚地看到诗句中的每个字的平仄以及它们的排列关系了。诗中有几个现在读平声的字“绝、一、出”，按旧韵都是入声字。

从上面的诗句中，我们可以发现两个规律。这两个规律是：

1. 诗句中的平仄排列

诗句中的平仄都是两个、三个相同的平声或相同的仄声相连，然后再转换到相对的仄声或平声。只有结尾处有的是两个相同的平声或仄声相连，有的是单独的一个平声或仄声。这是因为这些诗句的字数都是单数的。如果前面都是两两转换，那么最后就只能剩一个单独的平声或仄声。如果前面有一组三个相同的平声或仄声，那么最后就要剩下两个相同的平声或仄声了。另外，除了结尾处，前面和中间都没有单独一个平声或单独一个仄声的情况。这是由声律节奏决定的。这里所选的几首诗都是符合这些基本格律的诗，其中的诗句都是符合基本格律的句型。这个问题在特殊情况下是有例外的，后面在格律诗的基本格式和“一三五不论”与拗救的章节中会讲到。

这样的一种排列是格律诗声律的要求。这种排列结构构成了诗句音调上的起伏跌宕、抑扬顿挫，构成了具有音乐美感的节奏。

2. 诗句中的四种基本句型

从上面的几首诗中的诗句平仄排列来看，不管怎样变换，归纳起来不外乎四种形态，这里我把它叫作基本句型。我们根据每一个句型开头两字的平仄和结尾一字的平仄，来确定每一个句型的名称。如开头两字为平声的叫作“平起”，开头两字为仄声的叫作“仄起”；结尾一字为平声的叫作“平收”，结尾一字为仄声的叫作“仄收”。也有人把“平收”称作“入韵”，把“仄收”称作“不入韵”。下面先看五言格律诗的四种基本句型：

a. 仄仄平平仄（仄起仄收式）

b. 平平仄仄平（平起平收式）

c. 平平平仄仄（平起仄收式）

d. 仄仄仄平平（仄起平收式）

五言格律诗的四种基本句型是格律诗的基础句型。掌握了a、b、c、d这四种基本句型，把它们按照后面要讲的粘对等要求进行不同的搭配，就可以得到五言绝句和律诗的各种不同的平仄格式。

七言格律诗也有四种基本句型，它是在五言的基础上，把五言的每一个句型前面加上两个与五言开头两字平仄相反的字构成的。

A. 平平仄仄平平仄（平起仄收式）

B. 仄仄平平仄仄平（仄起平收式）

C. 仄仄平平平仄仄（仄起仄收式）

D. 平平仄仄仄平平（平起平收式）

我们看到，在五言的a、b、c、d四个句型的前面加上两个与五言开头两字平仄相反的字以后，原来五言a句的“仄起”在七言的A句中就变成了“平起”。依此类推，七言的B句变成了“仄起”，C句变成了“仄起”，D句变成了“平起”。而结尾的“仄收”和“平收”不变，依然与五言的四个基本句型相同。

同样地，七言的A、B、C、D这四个句型是七言格律诗的基础句型。掌握了这四种基本句型，把它们按照一定的要求进行不同的搭配，就可以得到七言绝句和律诗的各种不同的平仄格式。

还有一种句型要在这里提一下，那就是：

五言的

e. 平平仄平仄

七言的

E. 仄仄平平仄平仄

这两个句型是由五言的c、平平平仄仄和七言的C、仄仄平平平仄仄两个句型演变而来的。这种句型有人把它当作一种基本句型，也有人把它看作是五言c句型和七言C句型的一种拗救。所以这里只要有一个初步认识就可以了，在后面拗救一节中还要具体讲到。

第三节　基本要素之三：粘对

我们学习和掌握了诗句平仄的四种基本句型，还不能把它们随意地排列搭配起来构成一首诗。古人找到了最佳的排列搭配方式，那就是粘对的规则。只有按照粘对的规则把四种基本句型排列搭配起来，才能使格律诗的平仄节奏达到最完美的境界。

要掌握和运用好粘对，我们先要了解什么是“联”。我们知道，格律诗的句数都是双数。每个单数句和它后面的双数句合起来叫作一联。一联中的前一句（单数句）叫作出句（也叫上联），后一句（双数句）叫作对句（也叫下联）。如：

空山新雨后，（单数句）——出句（上联）
天气晚来秋。（偶数句）——对句（下联）
明月松间照，（单数句）——出句（上联）
清泉石上流。（偶数句）——对句（下联）
竹喧归浣女，（单数句）——出句（上联）
莲动下渔舟。（偶数句）——对句（下联）
随意春芳歇，（单数句）——出句（上联）
王孙自可留。（偶数句）——对句（下联）

——王维《山居秋暝》

漫漫平沙走白虹，（单数句）——出句（上联）
瑶台失手玉杯空。（偶数句）——对句（下联）
晴天摇动清江底，（单数句）——出句（上联）
晚日浮沉急浪中。（偶数句）——对句（下联）

——陈师道《十七日观潮》

上面王维的《山居秋暝》是一首五言律诗。它由八句组成，一共四联。陈师道的《十七日观潮》是一首七言绝句。它由四句组成，一共两联。

了解了联的概念，我们再看粘对。

什么是粘对？就是两句诗句中在同一位置上的字的平仄关系。简单地说，对，就是两句诗句中在同一位置上的字平仄不同，即平与仄对，仄与平对；粘，就是两句诗句中在同一位置上的字平仄相同，即平与平粘，仄与仄粘。

一、先说“对”

同一联中，对句与出句同一位置的字要平仄相反，或叫平仄相对。即出句是平声，对句的同一位置就要用仄声；出句是仄声，对句同一位置就要用平声。比如，a句和b句组成一联的话，a是出句，b句是对句，就是下面的形态：

五言：出句 a. 仄仄平平仄
对句 b. 平平仄仄平
七言：出句 A. 平平仄仄平平仄
对句 B. 仄仄平平仄仄平

如果c句和d句组成一联的话，c句是出句，d句是对句，就是下面的形态：

五言：出句 c. 平平平仄仄
对句 d. 仄仄仄平平
七言：出句 C. 仄仄平平平仄仄
对句 D. 平平仄仄仄平平

上面的形态中，每一联中对句和出句相同位置的平仄都是相对的，即平对仄，仄对平，没有例外。

但是，如果b句和d句组成一联的话，就出现了这样一种情况：

五言：出句 b. 平平仄仄平
对句 d. 仄仄仄平平
七言：出句 B. 仄仄平平仄仄平
对句 D. 平平仄仄仄平平

这两联的组成也是合乎格律的。但并不是每一个字的平仄都相对。如果在这两联中要求对句与出句的每一个字的平仄都相对，那么，就变成了这个样子：

五言：出句 b. 平平仄仄平
对句 a. 仄仄平平仄

七言：出句 B. 仄仄平平仄仄平
　　　对句 A. 平平仄仄平平仄

我们看到，五言联和七言联的对句变成了 a 句型和 A 句型。这两个句型的最后一字都是仄声。这就不合格律了。因为在格律诗中，对句的最后一个字是要押韵的，而且只能押平声韵。格律诗是不能以仄声字作为一联的结尾的。所以，这两种句型搭配在一起组成一联不能成立。可见，“对”的规则不能要求对句的每一个字都与出句相对。这要看具体情况。

这里也有规律可循。一是出句，用平收句型也可，用仄收句型也可。二是对句，因为对句最后一字要押韵，所以只能用平收句型。也就是说，五言的 b、d 两种句型和七言的 B、D 两种句型，因为是平收，所以既可以作出句，也可以作对句。而 a、c 两种句型和 A、C 两种句型都是仄收，所以只能作出句，不能作对句。

出句不管是平起，还是仄起，只要是仄收，那么它的对句的每一个字的平仄就都是相对的。如：五言第一种联的搭配就是，a 句型作出句，b 句型作对句。五言第二种联的搭配就是，c 句型作出句，d 句型作对句。七言类同。

五言：第一种 出句 a. 仄仄平平仄
　　　　　　 对句 b. 平平仄仄平
　　　第二种 出句 c. 平平平仄仄
　　　　　　 对句 d. 仄仄仄平平
七言：第一种 出句 A. 平平仄仄平平仄
　　　　　　 对句 B. 仄仄平平仄仄平
　　　第二种 出句 C. 仄仄平平平仄仄
　　　　　　 对句 D. 平平仄仄仄平平

如果出句不管是平起，还是仄起，只要最后一字是平收，那么它的对句就做不到每一个字的平仄都是相对的。如：五言的第三种联的搭配是，b 句型作出句，d 句型作对句。五言的第四种联的搭配是，d 句型作出句，b 句型作对句。七言类同。

五言：第三种 出句 b. 平平仄仄平
对句 d. 仄仄仄平平
第四种 出句 d. 仄仄仄平平
对句 b. 平平仄仄平
七言：第三种 出句 B. 仄仄平平仄仄平
对句 D. 平平仄仄仄平平
第四种 出句 D. 平平仄仄仄平平
对句 B. 仄仄平平仄仄平

这种个别平仄不相对的情况是平仄格式造成的。按照上述出句和对句的搭配，只能取得上述四种联的搭配格式。其中第一种和第二种搭配中，对句和出句的每个字都是平仄相对的。这两种搭配适合于格律诗的每一联。第三种和第四种搭配中，对句和出句的个别字（五言第三、第五字，七言第五、第七字）平仄不相对。这两种搭配只适用于格律诗的首联，因为在格律诗中，其他联的出句是不允许平收的。

对格律诗有“一三五不论”“二四六分明”的说法。在一句诗句中，五言的第二、第四字，七言的第二、四、六字因为在节奏点上，所以它的平仄是不能改变的。五言的第一、第三字，七言的第一、三、五字在有的情况下是可平可仄的。因此，通过不同的排列我们发现，不管五言还是七言，它的第二个字是关键。所以，选择了以句中第二个字作为“对”的标志。那么，“对”的基本规则就是：

对句的第二个字必须与出句的第二个字平仄相对。第二个字确定下来，其他字是依照平仄句型和其他格律的要求，该“对”

的则“对”，不该“对”的也不违背格律了。

二、再说“粘”

“对”是在一联当中出句与对句的平仄关系。“粘”则不同。“粘”是体现在两联之间，即后一联的出句与前一联的对句的平仄关系。与上述“对”的基本规则同样的道理，“粘”的规则中也是选择了句中第二个字作为“粘”的标志。所以，“粘”的基本规则就是：

后一联的出句第二个字必须与前一联对句的第二个字平仄相粘。通俗地说就是平仄相同，平与平粘，仄与仄粘。比如：a 句和 b 句组成了第一联，c 句和 d 句组成了第二联，就是下面这种形态：

五言：第一联 a. 仄仄平平仄
b. 平平仄仄平
第二联 c. 平平平仄仄
d. 仄仄仄平平

七言：第一联 A. 平平仄仄平平仄
B. 仄仄平平仄仄平
第二联 C. 仄仄平平平仄仄
D. 平平仄仄仄平平

这里五言的第二联的 c 句与第一联的 b 句，七言的第二联的 C 句与第一联的 B 句，都构成了“粘”（带点的字）。加上五言第一联的 a 句与 b 句，第二联的 c 句与 d 句；七言的第一联的 A 句与 B 句，第二联的 C 句与 D 句也都符合了“对”的规则。这样，这两联四句就被组合成了一首符合格律的五言绝句的格式。遵循“粘对”的规则还可以组成格律诗的各种平仄格式，这里不多讲，后面的格律诗的基本格式中有详细的讲解。

三、失对与失粘

粘对的规则是随着近体诗格律的形成而出现的。所以，古体诗不管是在近体诗出现之前还是之后，都没有粘对的要求。在格律诗初步形成的阶段，人们对这一规则还不够重视，因此那时的格律诗中还存在着一些不粘不对的情况。这种违反“对”的规则，叫“失对”；违反“粘”的规则，叫“失粘”。随着格律诗的进一步发展和完善，格律诗中的“失对”和“失粘”很少了。粘对已经成为格律诗必须遵守的一项规则。也是格律诗的一个基本要素。

如果没有粘对会怎样呢？

1．失对

按照平仄、用韵等规则的要求，把四种基本句型作为出句、对句进行排列搭配，五言和七言诗句只能各自组成下面这四种出句和对句的组合。

五言：

第一种：出句 a．仄仄平平仄
　　　　对句 b．平平仄仄平
第二种：出句 b．平平仄仄平
　　　　对句 d．仄仄仄平平
第三种：出句 c．平平平仄仄
　　　　对句 d．仄仄仄平平
第四种：出句 d．仄仄仄平平
　　　　对句 b．平平仄仄平

七言：

第一种：出句 A．平平仄仄平平仄
　　　　对句 B．仄仄平平仄仄平
第二种：出句 B．仄仄平平仄仄平
　　　　对句 D．平平仄仄仄平平

第三种：出句 C. 仄仄平平平仄仄
　　　　对句 D. 平平仄仄仄平平
第四种：出句 D. 平平仄仄仄平平
　　　　对句 B. 仄仄平平仄仄平

这四种对句与出句的组合，都是符合要求的。假如不按照平仄相对的要求去排列搭配，就会出现下面这种情况。

五言：

第一种 出句 a. 仄仄平平仄
　　　 对句 d. 仄仄仄平平
第二种 出句 b. 平平仄仄平
　　　 对句 b. 平平仄仄平
第三种 出句 c. 平平平仄仄
　　　 对句 b. 平平仄仄平
第四种 出句 d. 仄仄仄平平
　　　 对句 d. 仄仄仄平平

七言：

第一种 出句 A. 平平仄仄平平仄
　　　 对句 D. 平平仄仄仄平平
第二种 出句 B. 仄仄平平仄仄平
　　　 对句 B. 仄仄平平仄仄平
第三种 出句 C. 仄仄平平平仄仄
　　　 对句 B. 仄仄平平仄仄平
第四种 出句 D. 平平仄仄仄平平
　　　 对句 D. 平平仄仄仄平平

现在我们可以看到，如果不按“对”的规则搭配，以五言为例，第一种组合中，a 句型作出句只能用 d 句型作对句；第三种组合中，c 句型作出句只能用 b 句型作对句。这两种组合的出句与对句的平仄多数相同。第二种组合中，b 句型作出句只能再选用 b 句型作对句；第四种组合中，d 句型作出句只能再选用 d 句型作对句。这两种组合的出句与对句的平仄完全相同。七言与五言同理，不作单独说明。不管是平仄多数相同，还是平仄完全相同，都属于失对。如果出现了失对，诗句的音律就失去了应有的节奏美感。这也是平仄格律所不允许的。

2. 失粘

按照平仄、用韵等规则的要求，把四种基本句型作为出句、对句进行排列搭配，只能组成上面说过的那四种组合。每一个组合就是一联。两联或两联以上组合在一起，就是一首诗的平仄格式了。以两联组合为例，按照“粘”的要求可以组成下列四种合乎格律的组合。

第一种：

第一联 a. 仄仄平平仄
b. 平平仄仄平
第三联 c. 平平平仄仄
d. 仄仄仄平平

第二种：

第二联 b. 平平仄仄平
d. 仄仄仄平平
第一联 a. 仄仄平平仄
b. 平平仄仄平

第三种：

第三联 c. 平平平仄仄
d. 仄仄仄平平
第一联 a. 仄仄平平仄
b. 平平仄仄平

第四种：

第四联 d. 仄仄仄平平

b. 平平仄仄平

第三联 c. 平平平仄仄

d. 仄仄仄平平

这四种两联组合中，每联内的对句与出句都符合“对”的要求。两联之间都符合“粘”的要求。其实，这每一种组合就是一首符合格律的诗的基本格式。可是，如果不按“粘”的要求去组合，就会出现下面这种情况。

五言

第一联 a. 仄仄平平仄

b. 平平仄仄平

第一联 a. 仄仄平平仄

b. 平平仄仄平

第二联 b. 平平仄仄平

d. 仄仄仄平平

第三联 c. 平平平仄仄

d. 仄仄仄平平

第三联 c. 平平平仄仄

d. 仄仄仄平平

第三联 c. 平平平仄仄

d. 仄仄仄平平

第四联 d. 仄仄仄平平

b. 平平仄仄平

第一联 a. 仄仄平平仄

b. 平平仄仄平

可以看出，不按“粘”的要求去组合，第一联只能再与第一联组合；第三联只能再与第三联组合。这样，两联的平仄句式就完全相同了。第二联只能与第三联组合；第四联只能与第一联组合。这样，两联的出句平仄多数相同；两联的对句完全相同。七言与五言同理，不作单独说明。这种组合，使得诗中联与联缺乏平仄变化，诗的音律也没有了活泼灵动的节奏美，从而变得平淡、单调、重复和乏味。因此，粘对在格律诗的格律中是非常重要的，也是不可不遵守的。

第四节　基本要素之四：用韵

诗，不管是哪一类哪一体，都是要押韵的。如果不押韵，就不能称其为诗。押韵是诗的基本特征之一。由于韵的应用，诗才有了那种和谐、流畅、回环的旋律美。可以说平仄造就了诗的节奏，韵成就了诗的旋律。

用韵就是把音韵（体现在文字上就是韵字）应用到诗句中，让诗实现押韵。用现在的通俗说法，两个诗句中最后一个字的韵母相同或相近，就是押韵。因为押韵的位置一般都在句尾，所以就把这里叫作“韵脚”。

一、格律诗用韵要求

格律诗的用韵要求有两条。一是押平声韵；二是隔句押韵。

1. 押平声韵

押平声韵也是格律诗的特点之一。如果不是押平声韵，而是押了仄声韵，那就不能叫作格律诗。下面我们看几首诗：

剑外忽传收蓟北，初闻涕泪满衣裳。
◎
却看妻子愁何在，漫卷诗书喜欲狂。
◎

白日放歌须纵酒，青春作伴好还乡。
　　　　　　　　　　　　　　　◎
即从巴峡穿巫峡，便下襄阳向洛阳。
　　　　　　　　　　　　　　　◎

——杜甫《闻官军收河南河北》

千里莺啼绿映红，水村山郭酒旗风。
　　　　　　　◎　　　　　　　◎
南朝四百八十寺，多少楼台烟雨中。
　　　　　　　　　　　　　　　◎

——杜牧《江南春绝句》

竹坞无尘水槛清，相思迢递隔重城。
　　　　　　　◎　　　　　　　◎
秋阴不散霜飞晚，留得枯荷听雨声。
　　　　　　　　　　　　　　　◎

——李商隐《宿骆氏亭寄怀崔雍崔衮》

（◎表示它上面的字是押平声韵的字，下同）

现在我们可以看到，这几首诗和前面举过的例诗都是押平声韵的。上面第一首的杜甫《闻官军收河南河北》里的“裳、狂、乡、阳”，第二首杜牧《江南春绝句》里的“红、风、中”，第三首李商隐《宿骆氏亭寄怀崔雍崔衮》里的“清、城、声”都是在本首诗中押韵的字。每首中押韵的字的韵母都是相同或相近的。

另外，我们再看两首：

远上寒山石径斜，白云生处有人家。
　　　　　　　◎　　　　　　　◎
停车坐爱枫林晚，霜叶红于二月花。
　　　　　　　　　　　　　　　◎

——杜牧《山行》

好雨知时节，当春乃发生。
　　　　　　　　　　◎
随风潜入夜，润物细无声。
　　　　　　　　　　◎

野径云俱黑，江船火独明。
◎
晓看红湿处，花重锦官城。
◎
——杜甫《春夜喜雨》

第一首杜牧的《山行》是首句入韵的。“斜”字在现代汉语中读 xié，与“家、花”不在同一韵。而在旧韵中则读 xiá，与“家、花”在同一韵中。第二首杜甫的《春夜喜雨》的首句是不入韵的。因为它的首句最后一字“节”，在现代汉语中是平声，但是在旧韵中则是入声字，属仄声。所以，这句是仄收，不能入韵。

2. 隔句押韵

隔句押韵，也就是偶数句押韵，单数句不押韵。但是首句例外。首句可以入韵，也可以不入韵。因为押韵是后面的押前面的韵，所以这里把首句是否押韵称作“入韵”或“不入韵”。如果首句句末是平收的，首句就要入韵；如果首句末尾是仄收的，那么首句就不能入韵。

白日依山尽，黄河入海流。
◎
欲穷千里目，更上一层楼。
◎
——王之涣《登鹳雀楼》

海上生明月，天涯共此时。
◎
情人怨遥夜，竟夕起相思。
◎
灭烛怜光满，披衣觉露滋。
◎
不堪盈手赠，还寝梦佳期。
◎
——张九龄《望月怀远》

从上面这两首诗中可以看出，都是隔句押韵的。而且它们的首句是不入韵的，因为它们的首句句末都是仄声收尾，所以不能入韵。

城阙辅三秦，风烟望五津。
◎　　　　◎
与君离别意，同是宦游人。
◎
海内存知己，天涯若比邻。
◎
无为在歧路，儿女共沾巾。
◎

——王勃《送杜少府之任蜀州》

月落乌啼霜满天，江枫渔火对愁眠。
◎　　　　　　◎
姑苏城外寒山寺，夜半钟声到客船。
◎

——张继《枫桥夜泊》

这两首诗都是首句入韵的，因为它们的首句句末都是平声收尾，所以要入韵。第一首王勃的《送杜少府之任蜀州》中，首句最后的“秦”字，与后面各偶数句最后的“津、人、邻、巾”字，都是同一韵。第二首张继的《枫桥夜泊》中，首句最后的“天”字，与后面各偶数句最后的“眠、船”字都是同一韵。

二、旧诗韵与新诗韵

讲到这里，就又涉及了古代汉语和现代汉语的不同。由于语音和语音声调的变化，如果现在再完全使用旧韵写诗的话，读起来就会很别扭。所以，很多人就提出了用新韵（即现代汉语读音）的想法。于是有了新韵旧韵之说。下面分别对旧韵和新韵加以讲解。

1. 旧诗韵

旧诗韵也就是前面所说的旧韵。我们一般称它作“诗韵”。它是自古传承下来作诗用韵的依据。旧诗韵是提出使用新韵之后与之相对而言的。

其实，旧诗韵在千百年来的使用中，也是在不断地发展和变化的。其中经过了“切韵”“唐韵”“广韵”“韵略”“集韵”至平水韵。平水韵之前的韵书较为繁杂，收字多，设韵部也多。大多为 206 个韵部。平水韵改并至 106 部。一说为宋末平水刘渊改并为 107 部。后《韵府群玉》合并上声拯部于迥部，为 106 个韵部（也有叫 106 韵的），是为通行至今的“平水韵”。

下面就是平水韵的韵目：

上平声

一东　二冬　三江　四支　五微　六鱼　七虞　八齐　九佳　十灰　十一真　十二文　十三元　十四寒　十五删

下平声

一先　二萧　三肴　四豪　五歌　六麻　七阳　八庚　九青　十蒸　十一尤　十二侵　十三覃　十四盐　十五咸

上声

一董　二肿　三讲　四纸　五尾　六语　七麌　八荠　九蟹　十贿　十一轸　十二吻　十三阮　十四旱　十五潸　十六铣　十七筿　十八巧　十九皓　二十哿　二十一马　二十二养　二十三梗　二十四迥　二十五有　二十六寝　二十七感　二十八俭　二十九豏

去声

一送　二宋　三绛　四寘　五味　六御　七遇　八霁　九泰　十卦　十一队　十二震　十三问　十四愿　十五翰　十六谏　十七霰　十八啸　十九效　二十号　二十一箇　二十二祃　二十三

漾　二十四敬　二十五径　二十六宥　二十七沁　二十八勘　二十九艳　三十陷

入声

一屋　二沃　三觉　四质　五物　六月　七曷　八黠　九屑　十药　十一陌　十二锡　十三职　十四缉　十五合　十六叶　十七洽

平水韵分上平声、下平声、上声、去声、入声。上平声含15韵，下平声15韵，上声29韵，去声30韵，入声17韵，合计106个韵部。

笔者近年所编《诗韵词韵速查手册》中的《诗韵》，以《诗韵合璧》为蓝本，去其生僻字，收入韵字6321个。其中《诗韵合璧》未收入的常用字，依据《集韵》、《古今韵会举要》等典籍酌加增补。与其他各典不一致处则视具体情况，或依《诗韵合璧》收入，或依各典加以补正。韵目仍依106韵不变。为方便查阅，将两韵或两韵以上兼收的字称为双韵字，加方括号以示区别。同时列有《单韵字注》、《双韵字注》、《音节检字表》等。受篇幅所限，《诗韵词韵速查手册》中的各项内容不能在本书中一一列出，只将其中《诗韵》与《词韵》部分作为附录列于书后，以供读者参考使用。

用我们现在人的眼光看平水韵，自然会感到有些复杂。像入声字问题以及相同韵母不在同一韵的问题，如"东"、"冬"等韵母相同，"寒"、"覃"等韵母相同，但它们却不在同一韵部。还有不同韵母在同一韵问题，如四支、十灰等韵部中就含有许多韵母不同的字。所以，在使用平水韵的时候，要特别注意这些特殊情况的辨别和应用。

2. 新诗韵

新诗韵是相对于旧诗韵而言的。从新诗韵的提出后就有十三辙、十八韵、二十韵、十四韵等不同版本，这里不作一一介绍了。只重点介绍一下中华诗词学会 2005 年颁布的十四韵的《中华新韵》。

下面我们先看一下《中华新韵》的韵部表：

一、麻 a，ia，ua

二、波 o，e，uo

三、皆 ie，üe

四、开 ai，uai

五、微 ei，ui

六、豪 ao，iao

七、尤 ou，iu

八、寒 an，ian，uan，üan

九、文 en，in，un，ün

十、唐 ang，iang，uang

十一、庚 eng，ing，ong，iong

十二、齐 i，er，ü

十三、支（—i）（零韵母）

十四、姑 u

这部《中华新韵》是以现代汉语拼音为依据，将汉语拼音的韵母共分十四个韵部。其中每个韵部的韵母都属相近韵母。只有十三支的—i 和十四姑的 u 为一个韵母独用。《中华新韵》中把十三支的—i 标为零韵母。这个零韵母也是韵母。在《汉语拼音方案》中它被称为 zhi、chi、shi、ri、zi、ci、si 七个音节的韵母，只是也用 i 来表示。这里它与十二齐里的 i 不同。

《中华新韵》中的每个韵部都以平声字为名称，如一麻、二波、三皆等。把十四个韵部的名称排列起来，就是非常便于记忆的两句七言“麻波皆开微豪尤，寒文唐庚齐支姑”。每一个韵部中分列阴平、阳平、上声、去声。旧韵中的入声字不单列，而是把入声字，按照现在的读音和声调分别列于各个韵部的阴平、阳平、上声、去声之后，以便于与旧诗韵对比和查找使用。

三、《中华新韵》与平水韵的区别与优势

新韵的出现是社会发展的必然，是语言进步的产物。《中华新韵》的出现也正是在诗词用韵方面随着社会发展和语言进步而产生的。那么，《中华新韵》与平水韵相比有哪些区别和优势呢？这里归纳了三点：

1. 平水韵是以当时人们的语音特点来划分韵部的。它把在那之前的200多个韵部归并为106个，这在当时也是一个很大的进步。但是，它毕竟距离我们现在已经年代久远了。许多音韵问题浮现出来，已经不适应我们现在的需要。比如入声字的问题，相同韵母不同韵的问题，不同韵母同韵的问题等等。前面说过，《中华新韵》是以现代汉语拼音为依据，按照汉语拼音的韵母来划分韵部的。因此它更贴近我们当代人的生活，更适应当代人的语言习惯，更能满足当代人在作诗填词以及其他用韵方面的需要。

2.《中华新韵》的韵部划分更加清晰明了。与平水韵的106个韵部相比，它减少到14个韵部，减少了查找使用的难度。把相近的韵母列为同一韵部，这样就不存在邻韵和通押的问题了。从而也降低了复杂程度，使人们在使用中更加便于掌握。

3. 让当代人在用韵中使用入声字，的确是一件很麻烦的事情。提倡新韵的重要内容之一就是不提倡使用入声字。但是，《中华新韵》还是把入声字按照现在的读音和声调，分别列于各个韵部的不同声调之后，以方便对比和查找。这就体现了在新韵和旧韵使用上的“倡今知古、今不妨古、双轨并行”的原则。

四、旧韵与新韵的关系与使用

现在，摆在我们面前的有旧诗韵，它是以一直以来通行的平

水韵为代表。还有新诗韵，我们以《中华新韵》为代表。那么，我们现在用韵到底是该用旧韵呢，还是该用新韵呢？有人说，写旧体诗就该用旧韵，否则怎么能叫旧体诗呢。也有人说，旧韵已经不适应我们现在的语言特点和习惯了，特别是入声字和韵部的划分问题。所以，应该以新韵来代替旧韵了。其实，我们现在正处在一个变革的时期。对于新韵和旧韵的使用问题，不能只是一个简单的二选一的问题。新韵的产生是一种需要。它的优势，前面已经讲过了。但旧韵的使用也是一种需要。旧诗韵还没有完成它的历史使命，它应该而且还会继续存在下去。理由有二：一是现在还有相当比例的诗人一直在使用着旧韵。他们已经习惯于旧韵。让他们一下子改用新诗韵，恐怕时机还不到，也不现实。二是千百年来诗人都是使用旧韵写诗的，他们之中产生出相当数量的优秀诗人，也产生出不可计数的优秀作品。我们不管是诗人，还是爱好者，在从事格律诗写作的同时，必然要涉及对历代优秀作品的欣赏和研究。其中包括了学习他们具体的用韵方法和技巧。从这一角度讲，我们还离不开旧诗韵。

当前，虽然越来越多的人都在格律诗、词的写作中提倡和使用新韵。格律诗、词使用新韵也是其发展的必然趋势，其意义是毋庸置疑的。但是，综合上述理由，我们得出的结论是，目前只是一个由旧韵向新韵过渡的时期，新旧韵并存还会持续一个很长很长的阶段。正因如此，《中华新韵》在颁布时就提出了“双轨并行”的原则。

不管是使用旧韵，还是使用新韵，我们在格律诗的写作中都要特别注意以下几点：

1. 使用新韵写诗的人，对旧韵也要有所了解和掌握。这样你可以对格律诗的特点、规律以及用韵的方法、技巧获得更加深刻的体会，从而对自己格律诗写作水平的提高有所帮助。

2. 新韵旧韵不能混用。不管是用新韵还是用旧韵，要想写出好作品来，必须坚持在一个作品中采用一种，或新韵，或旧韵，绝不可混用。否则会在诗的韵律上产生不和谐，甚至让人感到不伦不类。

3. 用旧韵写诗时，尽量减少把同一韵部中那些语音差别很大的字放在一起押韵。这在格律中没有要求，但是，有些字虽然属一个韵部，现在的读音已经相去甚远。如果现在还把它们用在同一首诗中，就好像不押韵似的，读起来很别扭。比如十灰中的“灰、回、枚”与“才、开、来”等，六麻中的“麻、花、家”与“耶、椰、爷”等。

嫁得瞿塘贾，朝朝误妾期。
◎
早知潮有信，嫁与弄潮儿。
◎
——李益《江南曲》

朱雀桥边野草花，乌衣巷口夕阳斜。
◎　◎
旧时王谢堂前燕，飞入寻常百姓家。
◎
——刘禹锡《乌衣巷》

李益的这首《江南曲》中，“期”、“儿”都是四支韵。在当时读起来也是没有问题的。但是，按照今音读，“期”读 qī，“儿”读 ér。它们放在一起，显然不押韵。刘禹锡的《乌衣巷》用的是六麻韵。在当时读起来也是没问题的。因为“斜”旧读 xiá，与“花”、“家”押韵很正常，也很和谐。但“斜”今读 xié，与“花”、“家”放在一起显然也不押韵了。我们读古人的诗，可以把斜读成“xiá”。但是，今人写诗就不能再把“斜”按“xiá”来用了。虽然同属一个韵部，但毕竟读之不谐。

第五节　基本要素之五：对仗

一、对仗的基本要求

对仗就是一联中的出句和对句形成对偶。对偶是一种修辞手段。它以类排比，字面音节，两两相对。用字数相等、句法相似的语句表现相反或相关的意思。而诗词中的对仗与修辞中的对偶又有所不同。对仗除了要求形成对偶之外，还有自己的特定规则。比如字数、平仄、词性、结构、内容等等。这些我们分别来讲。

1. 对仗的字数要求

每一联对仗的出句和对句，它们的字数都是相等的。对仗的功能之一就是实现文字诗句上的整齐美。而字数的相同则是实现这种整齐美的首要条件。在格律诗中，或者五言，或者七言，字数都是固定的。古体诗中并不要求必须对仗。但很多古体诗中却都使用了对仗这一形式，尽管有的与格律诗中的对仗比不够严格。而古体诗中那些字数不同的句式就无法使用对仗这种形式了。

2. 对仗的平仄要求

对仗的平仄要求是平仄相对。即平对仄，仄对平。这一点与我们前面讲到的“粘对”中的“对”的要求是一致的，这里不再重复。因为有对仗要求的律诗，并不要求首联对仗，所以也不存在“粘对”中提到的个别字的平仄不相对的问题。如果是内容的需要或作者喜欢在首联也用了对仗，而且首句韵脚是平收的，那么，与其他各联因“一三五不论”和拗救产生的个别字的平仄不相对的情况一样，则都是允许的。

孤山寺北贾亭西，
水面初平云脚低。
几处早莺争暖树，
｜｜｜——｜｜
谁家新燕啄春泥。
———｜｜——
乱花渐欲迷人眼，
｜—｜｜——｜
浅草才能没马蹄。
｜｜——｜｜—
最爱湖东行不足，
绿杨阴里白沙堤。

——白居易《钱塘湖春行》

这首诗中，有两联对仗。“几处”一联的平仄格式本应是“｜｜———｜｜，——｜｜｜——”，但是出句第三字平声用了仄声“早”字，对句第三字仄声用了平声“新”字。这里是一种拗救形式，虽然上下联平仄变化了，但仍然相对。“乱花”一联的平仄格式本应是“——｜｜——｜，｜｜——｜｜—”，但是出句的第一字平声用了仄声“乱”字，就变成了“｜—｜｜——｜，｜｜——｜｜—”。“乱”字与对句的“浅”字同为仄声，就不相对了。因为这个位置不在节奏点上，虽然平仄不相对，但也是允许的。

3．对仗的词性与结构要求

对仗在出句与对句的词性和结构上是有要求的。一般来讲，对句与出句相同位置上的词性和结构都要相同或者相近。即在词性上名词对名词、动词对动词、形容词对形容词。在结构上要单字对单字、双字对双字、词组对词组，主语对主语、谓语对谓语、宾语对宾语等。这种互对关系，构成了对仗的严谨整齐的相对特点。下面先看陆游《书愤》诗中的一联：

楼船｜夜雪｜瓜洲渡，
铁马｜秋风｜大散关。

这一联都是名词对名词。铁马对楼船，都是战争工具；秋风对夜雪，都是天文类名词；大散关对瓜洲渡，都是专有名词地名。而且它们的结构也都相对，双字对双字，词组对词组。

再看李商隐的《无题》中的一句：

春蚕｜到｜死｜丝｜方｜尽，
蜡炬｜成｜灰｜泪｜始｜干。

这一联的蜡炬对春蚕，都是名词；成对到，都是动词；灰对死，都是名词；泪对丝，都是名词；始对方，都是副词；干对尽，这里作动词。它们在词性、结构上都是相对的。

二、对仗的特殊要求

对仗除了上述的一些要求需要遵循外，还有一些特殊要求应予注意。

1. 合掌的避忌

合掌本意为两掌合十。用在这里，很形象地说，就是两句或两联太相似了，以至于合在了一起。合掌是对仗中的大忌，我们可以把它分为两种类型。

（1）联内合掌

联内合掌是一联中的对句与出句合掌，也叫上下联合掌。

对仗在字面内容上是相关或相反的，其实这也是对仗在字面内容上的要求。如李白《送友人》中的：

浮云游子意，
落日故人情。

李白《塞下曲》中的：

晓战随金鼓，
宵眠抱玉鞍。

上面的对仗中“落日”对“浮云”，“故人情”对“游子意”；“宵眠”对“晓战”，“抱”对“随”，“玉鞍”对“金鼓”等，无论是在平仄还是词性、结构上，都合乎要求，而且非常工整。可是，字面内容相同了会怎么样呢？比如我们改为“落日”对“夕阳”，用“晨击”对“晓战”，显然，每联的对句和出句都变成了一个相同的事物。欣赏起来味同嚼蜡，诗味荡然无存。这就是合掌，即上下联用表示相同事物的同义词来表达同一内容的对仗就是合掌。比如上联写雨，下联还写雨。只是换了个同义词，用“甘霖”对“春雨”之类。以此类推，用“青山”对“碧岭”、“幽篁”对“细竹”、“赤驹”对“红马”等都属这一类。

对于这种合掌的定义，历来也是说法不一。有的人把合掌看得很严格，主张只要用了同义词相对，就是合掌。如李白诗句“两水夹明镜，双桥落彩虹”中的“双”和“两”就是同义词，有人认为应属合掌。其实，这里的“双”和“两”虽是同义词，但这一联诗句中说的是“桥”和“水”。所以“双桥”和“两水”是两件事，不能算合掌。唐代耿湋《赠田家翁》中“蚕屋朝寒闭，田家昼雨闲”，也有人说联中的“昼”与“朝”合掌。其实，“昼”与“朝”并非同义词。况且这里的“昼雨”与“朝寒”说的是“雨”和“寒”而非“昼”与“朝”。所以这里也不应视为合掌。判定合掌不能过于苛求，否则便成了作茧自缚。

（2）两联合掌

两联合掌就是两联之间的合掌。是指相邻两联的内容或结构相同。内容相同与一联内上下联合掌大体是一样的。就是这两联说了同一个意思。这里不再赘述。重点说一下结构相同的合掌。

一联之内对句和出句的结构相同，这是必然的。这是词性的要求所决定的。因为对句和出句在同一位置上的词性是一致的。所以就构成了相同的结构。比如：

两水｜夹｜明镜，
双桥｜落｜彩虹。

——李白《秋登宣城谢朓北楼》句

野竹｜分｜青霭，
飞泉｜挂｜碧峰。

——李白《访戴天山道士不遇》句

这两联都是“名词｜动词｜名词”对“名词｜动词｜名词”。上下联构成了整齐、对应、映衬的美感。但是，如果我们把这不同的两首诗的两联放到一起，作为一首诗中的两联（当然这只是假设），看看会是怎样一个效果：

两水｜夹｜明镜，双桥｜落｜彩虹。
野竹｜分｜青霭，飞泉｜挂｜碧峰。

前一联：名词｜动词｜名词，名词｜动词｜名词。

后一联：名词｜动词｜名词，名词｜动词｜名词。

可以看出，两联的词性位置完全相同。从结构上看，后一联分明就是前一联的复制，明显重复。这样，也造成节奏上的重复和单调。所以，两联再好的诗句，如果在结构上出现了这样的合掌，最后也是收不到好效果的。

2. 重字的宜忌

对仗中的重字有两种情况。一种是对句与出句重字；另一种是句内重字。在对仗中，两种重字有忌有宜，要区别对待。对句与出句重字是格律所不允许的；而句内重字则是可以的。

（1）对句与出句重字

在一联对仗中，对句不能重复使用出句中的字。对句中用了与出句相同的字，称为重字。如果对句的重字与出句在同一位置上，则称为同字相对。同字相对的平仄必然不相对。这就违背了对仗的最基本要求。所以格律诗中的对仗是不能使对句与出句有重字的。而同字相对则更是格律诗对仗中所不容的。

（2）句内重字

在对仗中的一句内，是可以出现重字的。因为这种重字不会造成平仄不相对，也不违背对仗的基本要求。但是，它有一个限制条件，就是在出句中出现句内重字，在对句中也必然要用句内重字来与出句相对。但是，这种重字要用得好，用得巧。否则，会破坏对仗应有的效果。所以，这种重字的使用较为少见。看下面的例子。

即从巴峡穿巫峡，
便下襄阳向洛阳。

——杜甫《闻官军收河南河北》句

堠长堠短逢官马，
山北山南闻鹧鸪。

——殷尧藩《旅行》句

鸟去鸟来山色里，
人歌人哭水声中。

——杜牧《题宣州开元寺水阁，
阁下宛溪，夹溪居人》句

杜甫的《闻官军收河南河北》这一联，是这首诗的尾联。出句重复用了一个“峡”字，对句重复用了一个“阳”字与出句相对。这两个字都是地名用字。这一联句内重字的使用，可谓极巧、极妙。从音律上的跳动和流畅，内容上的喜悦心情都跃然而出。

如果是叠字重复，也是可以的。叠字属于句内重字，可以用，也容易得多，所以使用的也多。出句用了叠字，对句当然也要用叠字相对。比如：

晴川历历汉阳树，
芳草萋萋鹦鹉洲。

——崔颢《黄鹤楼》句

无边落木萧萧下，
不尽长江滚滚来。

——杜甫《登高》句

漠漠水田飞白鹭，
阴阴夏木啭黄鹂。

——王维《积雨辋川庄作》句

筼筜竞长纤纤笋，
踯躅闲开艳艳花。

——韩愈《答张十一》句

总之，重字要区别对待。对句与出句出现重字，是需要避忌的。句内重字可用。句内用了重字，就必须在对句的相同位置也用重字，来与句内重字形成相对。

三、对仗的种类

对仗从不同的角度，可以划分出不同的类型。下面就从不同角度介绍几种基础类型。

1. 正对与反对

因为对仗除了在字数、词性上的要求外，还要用句法相似的语句表现相关或相反的意思，那么，我们从这个意义上划分，就可以得到两个类型。一是相关，一是相反。相关或者叫相对，就是正对；相反就是反对。

（1）正对

正对是对仗中的对句和出句在字数、词性、结构相同的基础上，字面和整句内容都相关或相对。这种相关或相对，有直接的，也有间接的。直接的，它们互相联系、互为补充；间接的，它们互为映衬、互为举托。但有一条务必强调一下，对句和出句的相关或相对，不管是直接的，还是间接的，它们表现的必须是两件事。对句和出句绝不能说同一件事，否则就造成了“合掌”。

下面李白和苏轼诗中的几联对仗就都属正对。

见说蚕丛路，
崎岖不易行。
山从人面起，
云傍马头生。
芳树笼秦栈，
春流绕蜀城。
升沉应已定，
不必问君平。

——李白《送友人入蜀》

东风知我欲山行，
吹断檐间积雨声。
岭上晴云披絮帽，
树头初日挂铜钲。

野桃含笑竹篱短，
溪柳自摇沙水清。
西崦人家应最乐，
煮葵烧笋饷春耕。

——苏轼《新城道中》

（2）反对

反对是对仗中的对句和出句在字数、词性、结构相同的基础上，字面和整句内容都相反。由于对句和出句相反，它们可以形成一种反差，一种对比，从而给人一种强烈的感受。

横眉冷对千夫指，
俯首甘为孺子牛。

——鲁迅《自嘲》句

鲁迅《自嘲》中的这一联是最具代表性的反对。联中的“横眉”与“俯首”，“冷对”与“甘为”，“千夫指”与“孺子牛”都是反义词，它们互为相对，构成了强烈、鲜明的对比。

朝拥坐至暮，
夜覆眠达晨。

——白居易《新制布裘》句

白居易诗中的这一联，“朝、夜，暮、晨”都是在时间上相对；“拥、覆，坐、眠”都是在行为动作上相对，构成了相反的对比，成为一联上佳的反对。

2．工对、宽对与邻对

工对、宽对与邻对是针对对仗符合规则的程度而言的。人们喜爱工对，推崇那些从内容到形式都完美的工对。但也不排斥、摒弃宽对和邻对。工对、宽对和邻对都是格律诗创作的需要。

（1）工对

工对就是完全符合规则，对偶工整的对仗。工对有不同程度的工对，但不管程度如何，只要没有超出规则范围，就都叫工对。以名词为例，名词可以分出不同层次的类别。如天文、地理、时令、居室、器物、文具、植物、动物、专有名词等等。而地理类又分为山、河、湖、泉等等。专有名词也可以分为地名、人名、药名等等。而药名又可以根据不同的药性或者性状再分类。这些分类，越往下分，子类的范围就越小。用于对仗就显得越工整。但是，我们在实践中又不能走这样的极端。因为过于追求这种工整，实际是对自己的束缚。它必定要影响到你诗思的驰骋。切不可泥于工而失其诗意。同时，过于追求这种小类别的工对，容易造成同义词相对，甚至变成对句和出句说了一件事。这就又造成了“合掌”。这种工整是功底的体现，应该顺其自然。按大的分类用于对仗，也是可以收到同样工整效果的。

早岁那知世事艰，
中原北望气如山。
楼船夜雪瓜洲渡，
铁马秋风大散关。
塞上长城空自许，
镜中衰鬓已先斑。
《出师》一表真名世，
千载谁堪伯仲间。

——陆游《书愤》

陆游的这首七律中，颔联和颈联都用了对仗。颔联中“铁马”对“楼船”，都是战争工具；“秋风”对“夜雪”，都是天文类；“大散关”对“瓜洲渡”，都是专有名词中的地名相对。这一联的对仗都符合规则要求，毫无瑕疵，是一联上佳的工对。

(2) 宽对

宽对，是与工对相对而言。宽对是大体上遵守了规则，但又相对比较宽松的对仗。把不同类别的名词用于对仗，虽然不属于工对，但照样会有好的效果。宽对的一类是在词性上做到了名词对名词、动词对动词、形容词对形容词、副词对副词等，它们相对的类别既不是同一类别，也不是相邻的类别。

如上面提到的陆游《书愤》这首七律中的颈联“塞上长城空自许，镜中衰鬓已先斑”，“镜中”对“塞上”，“衰鬓”对“长城”，“已先斑”对“空自许”。它们各自都不在同一个类别中，甚至不在相邻的类别。杜牧《早雁》中“须知胡骑纷纷在，岂逐春风一一回”也是这种宽对。

宽对的另一类是一部分相对一部分不相对的局部对，也叫半对半不对。后面专门要讲。

(3) 邻对

邻对实际上是介于工对与宽对之间的一种对仗。它是以相邻近的事物为对仗。如时令与天文相对，居室与地理相对，器物与文具相对等等。如杜牧《早雁》中的另一联：

仙掌月明孤影过，
长门灯暗数声来。

联中“长门”与“仙掌”是居室类对器物类。“月明”、“灯暗”，“孤影”、“数声”等都属相邻。

3. 流水对与局部对

(1) 流水对

一般对仗的对句与出句大多都是并列关系。它们之间没有主次、没有前因后果、没有前后之分。出句和对句的前后位置是用韵造成的。如果把韵脚改变一下，它们的位置完全可以前后互换，而不影响意思的表达。如果单看其中一句，意思也都是完整的。

但是还有一种对仗，正好与此相反。它叫作流水对。这种叫作流水对的对仗，除了符合平仄、词性等对仗的基本要求外，是在语气上把出句与对句当作一句，使之一意贯之。单独看其中的一句，则意思不完整。流水对的出句与对句有前后之分，语气连贯，势如流水，故名流水对。流水对的出句与对句的前后之分，或为因果、或为意思的顺序要求而一气呵成。因此，它们的位置不可以前后互换。流水对最经典、最有代表性的就是杜甫的《闻官军收河南河北》中的尾联：

即从巴峡穿巫峡，
便下襄阳向洛阳。

这一联写了诗人还乡的路线。从巴峡穿巫峡（至襄阳），是水路：由襄阳再向洛阳进发，是陆路。由水路到陆路，有顺序的先后。由水路到陆路的这种句型的转换，自然而流畅。诗人的喜悦心情跃然而出。

欲穷千里目，
更上一层楼。

——王之涣《登鹳雀楼》句

却看妻子愁何在，
漫卷诗书喜欲狂。

——杜甫《闻官军收河南河北》句

请看石上藤萝月，
已映洲前芦荻花。

——杜甫的《秋兴八首》之二句

开轩面场圃，
把酒话桑麻。

——孟浩然《过故人庄》句

山重水复疑无路，
柳暗花明又一村。

——陆游《游山西村》句

上面几联也都是著名的流水对。流水对虽好，但运用起来还是有一定难度的。这就要求我们多欣赏、学习一些名篇佳作，提高遣词炼句的能力。

（2）局部对

我这里说的局部对是指传统的“半对半不对”。所谓局部对，顾名思义就是一部分相对，一部分不相对。它的特点是五言多以前两字和后三字为界，七言多以前四字和后三字为界。要么前半句相对，后半句不对（或不工）；要么后半句相对，前半句不对（或不工）。

澹然空水对斜晖，
曲岛苍茫接翠微。

——温庭筠《利州南渡》句

鸿雁几时到，
江湖秋水多。

——杜甫《天末怀李白》句

戍鼓断人行，
边秋一雁声。

——杜甫《月夜忆舍弟》句

亲朋尽一哭，
鞍马去孤城。

——杜甫《送远》句

荒村带返照，
落叶乱纷纷。

——刘长卿《碧涧别墅喜皇甫侍御相访》句

上述对仗中都是半句对半句不对的局部对。第一联中的“接翠微”与“对斜晖”；第二联中的“江湖”与“鸿雁”；第三联的“边秋”与“戍鼓”；第四联的“鞍马”与“亲朋”；第五联的“落叶”与“荒村”，都相对。其他部分基本不对。这种局部对，是古人常常会用到的。

对仗的类型，就讲这么多。实际上，从不同的角度划分，还有好多种类型。比如有借对。借对有借义、借音之分。借音如“枸杞因吾有，鸡栖奈尔何”（杜甫《恶树》），“鸡栖”对“枸杞”，借“枸杞”之音与“鸡栖”相对。这种对仗也有叫作假对的。又有犄角对，也叫错综对。它是对句和出句相对的词错开位置。如“众水会涪万，瞿塘争一门”（杜甫《长江二首之一》），对句后二字“一门”对出句的前二字“众水”；对句的前二字地名“瞿塘”对出句的后二字地名“涪万”。又有四柱对，是句中自相对偶。如“赭圻将赤岸，击汰复扬舲”（王维《送邢桂州》）。又有扇面对，也叫隔句对。即后一联的出句对前一联的出句，后一联的对句对前一联的对句。如“缥缈巫山女，归来七八年。殷勤湘水曲，留在十三弦”（白居易《夜闻筝中弹潇湘送神曲感归》）。如此种种，不一一详解。

第二章 格律诗的基本格律

格律诗主要分为绝句和律诗。绝句和律诗又分别都有自己的基本格式。这种基本格式，就是我们所说的格律。历代的诗人们都是按照这些格式来写格律诗的。为了方便理解和记忆，我们先从绝句讲起。

第一节 绝 句

绝句分古绝和律绝。古绝属古体诗范畴，律绝属格律诗范畴。一般地说绝句，都指律绝。

律绝又分五言和七言，也叫五言绝句和七言绝句。前面我们讲了格律的基本知识，重点是五个基本要素。对绝句来讲，这五个基本要素除了对仗外，其他四个基本要素如句数和字数、平仄、粘对、用韵等，都是它必备的基本条件。前面我们讲的基本要素是从基本知识的角度讲的。这里我们要讲的是它们在绝句中的应用。

一、绝句的句数和字数

绝句在句数和字数上的要求是固定的。不管五言还是七言，只要是绝句，就都是每首四句。五言就是每句五个字，七言就是每句七个字。

五言绝句是每首四句，每句五个字，共计二十个字。

七言绝句是每首四句，每句七个字，共计二十八个字。

二、绝句的平仄格式

五言绝句和七言绝句各有四种平仄格式。有人把这四种格式分为正格和变格，这里不采用这种划分方法。只划分为四种平仄格式，更便于初学者的理解和记忆。下面把五言绝句和七言绝句分开来讲。

1. 五言绝句的四种平仄格式

五言绝句有四种平仄格式。这四种平仄格式，来源于前面讲过的四种平仄基本句型。即：

a. 仄仄平平仄（仄起仄收式）
b. 平平仄仄平（平起平收式）
c. 平平平仄仄（平起仄收式）
d. 仄仄仄平平（仄起平收式）

把这四个平仄句型以不同顺序进行排列，则可得到不同的搭配。这种搭配如果符合了一定的规律和要求，它就成为绝句的平仄格式。这些要求就是粘对的要求、押韵的要求等。只要遵循了这些要求，按照不同的顺序，就能排列出四种不同的平仄格式。这里先看这四种平仄格式。（为方便理解，对格式中的可平可仄处暂不作标注，后面要单独讲到。下同。）

格式一　仄起仄收式

a. 仄仄平平仄
b. 平平仄仄平
c. 平平平仄仄
d. 仄仄仄平平

此马非凡马，（仄起仄收）
房星本是星。

向前敲瘦骨，
犹自带铜声。

——李贺《马诗·其四》

这种格式是以 a 句型作首句，a、b、c、d 四个句型按顺序排列的。a 句型和 b 句型组成了第一联，c 句型和 d 句型组成了第二联。

格式二 平起平收式

b. 平平仄仄平
d. 仄仄仄平平
a. 仄仄平平仄
b. 平平仄仄平

帷飘白玉堂，（平起平收）
簟卷碧牙床。
楚女当时意，
萧萧发彩凉。

——李商隐《细雨》

这一格式是 b 句型作首句，c 句型没有排进去。因为这一格式是首句平收，所以，平收句型就需要三句，仄收句型只能用一句。如果 c 句型排进去，它与其他句型的搭配就违反了格律要求。所以再用一次 b 句型以完成这一搭配。这样 b、d 句型组成第一联，a、b 句型组成第二联。且第二联与格式一的第一联相同。

格式三 平起仄收式

c. 平平平仄仄
d. 仄仄仄平平

a. 仄仄平平仄
b. 平平仄仄平

鸣筝金粟柱，（平起仄收）
素手玉房前。
欲得周郎顾，
时时误拂弦。

——李端《听筝》

这一格式是 c 句型作首句。c、d 句型组成第一联，a、b 句型组成第二联。第二联与格式二的第二联相同，也同样与格式一的第一联相同。

格式四 仄起平收式

d. 仄仄仄平平
b. 平平仄仄平
c. 平平平仄仄
d. 仄仄仄平平

寥落古行宫，（仄起平收）
宫花寂寞红。
白头宫女在，
闲坐说玄宗。

——元稹《行宫》

这一格式是 d 句型作首句。与格式二同样的原因，没有排入 a 句型，而是用了两个 d 句型。由 d、b 句型组成第一联，c、d 句型组成第二联。第二联与格式一的第二联同。

在五言绝句中，格式一和格式三是首句不入韵的；格式二和格式四是首句入韵的。

2. 七言绝句的四种平仄格式

七言绝句也有四种平仄格式，这四种平仄格式来源于前面讲过的四种基本句型：

A. 平平仄仄平平仄（平起仄收式）
B. 仄仄平平仄仄平（仄起平收式）
C. 仄仄平平平仄仄（仄起仄收式）
D. 平平仄仄仄平平（平起平收式）

七言绝句的四种平仄格式，也是把这四个平仄基本句型按照粘对、用韵等要求，以不同顺序进行排列而得出来的。因为七言绝句与五言绝句的字数不同，所以，我们也可以简单地看作是在五言绝句的基础上，每句的前面加上了两个与后面两字平仄相反的字。之所以相反，这是平仄交替的需要。如果去掉这两个字，后面就是五言绝句的四种平仄格式。

下面就是七言绝句的四种平仄格式。（下边带横线的字就是在五言前面加的字）

格式一 平起仄收

平平仄仄平平仄
仄仄平平仄仄平
仄仄平平平仄仄
平平仄仄仄平平

人间四月芳菲尽，（平起仄收）
山寺桃花始盛开。
常恨春归无觅处，
不知转入此中来。

——白居易《大林寺桃花》

在七言绝句格式一中，如果去掉每句的前两个字，就是五言绝句的格式一。而五言绝句格式一的仄起仄收在七言绝句格式一中变成了平起仄收。

格式二 仄起平收

仄仄平平仄仄平
平平仄仄仄平平
平平仄仄平平仄
仄仄平平仄仄平

百战西归变姓名，（仄起平收）
悲歌击筑醉湖城。
貂裘换得金鸦嘴，
种药南山待太平。
——陆游《老将》二首（选一）

在七言绝句格式二中，如果去掉每句的前两个字，就是五言绝句的格式二。而五言绝句格式二的平起平收在七言绝句格式二中变成了仄起平收。

格式三 仄起仄收

仄仄平平平仄仄
平平仄仄仄平平
平平仄仄平平仄
仄仄平平仄仄平

不用裁为鸣凤管，（仄起仄收）
不须截作钓鱼竿。
千花百草凋零后，
留向纷纷雪里看。
——白居易《题李次云窗竹》

在七言绝句格式三中，如果去掉每句的前两个字，就是五言绝句的格式三。而五言绝句格式三的平起仄收在七言绝句格式三中变成了仄起仄收。

格式四 平起平收

平平仄仄仄平平
仄仄平平仄仄平
仄仄平平平仄仄
平平仄仄仄平平

朝辞白帝彩云间，（平起平收）
千里江陵一日还。
两岸猿声啼不住，
轻舟已过万重山。

——李白《早发白帝城》

在七言绝句格式四中，如果去掉每句的前两个字，就是五言绝句的格式四。而五言绝句格式四的仄起平收在七言绝句格式四中变成了平起平收。

在七言绝句中，格式一和格式三是首句不入韵的；格式二和格式四是首句入韵的。

以上例诗中，个别字不符合格式中的平仄，那是因为它们不在节奏点上，属可平可仄。这个问题后面要讲到。

三、绝句的粘对

粘对的要求是格律诗必须遵守的。具体地说就是，第一句与第二句平仄要“对”，第二句与第三句平仄要“粘”，第三句与第四句平仄要“对”。即第一句用了在第二字是平声的句型，则第二句就要用第二字是仄声的句型，使之与其相对；第三句就要用第二字也是仄声的句型，使之与第二句相粘，第四句再用第二字是平声的句型，使之与第三句相对。反之如果第一句用了在第二字是仄声的句型，则第二句就要用第二字是平声的句型，第三句就要用第二字也是平声的句型，第四句再用第二字是仄声的句型。它们的粘对关系主要是看每句的第二个字。它们在四个诗句中，从第一句到第四句的排列顺序都是间隔的。即："对——粘——对"。下面就是五言绝句四种格式中粘对的位置与排列情况。带点的字就是"对"和"粘"的位置。

格式一

a. 仄仄平平仄
b. 平平仄仄平
c. 平平平仄仄
d. 仄仄仄平平

日暮苍山远，
|
天寒白屋贫。
—
柴门闻犬吠，
—
风雪夜归人。
|

——刘长卿《逢雪宿芙蓉山主人》

我们看到，在这一格式中，每句的第二字连起来是"仄——平平——仄"（不同平仄之间用"——"隔开，表示"对"；相同平仄之间不隔开，表示"粘"。下同）。它们的粘对关系形态是"对——粘——对"。

格式二

b. 平平仄仄平
d. 仄仄仄平平

a. 仄仄平平仄
b. 平平仄仄平

遏云歌响清，
—
回雪舞腰轻。
|
只要君流眄，
|
君倾国自倾。
—

——李商隐《歌舞》

这一格式中，每句的第二字连起来是“平——仄仄——平”。它们的粘对关系形态也是“对——粘——对”。

格式三

c. 平平平仄仄
d. 仄仄仄平平
a. 仄仄平平仄
b. 平平仄仄平

山中春已晚，
—
处处见花稀。
|
明日来应尽，
|
林间宿不归。
—

——张籍《惜花》

这一格式中，每句的第二字连起来是“平——仄仄——平”。

它们的粘对关系形态也是“对——粘——对”。

格式四

d. 仄仄仄平平

b. 平平仄仄平

c. 平平平仄仄

d. 仄仄仄平平

武帝爱神仙，
|
烧金得紫烟。
—
厩中皆肉马，
—
不解上青天。
|

——李贺《马诗二十三首》之二十三

这一格式中，每句的第二字连起来是“仄——平平——仄”。它们的粘对关系形态也是“对——粘——对”。

在五言绝句四种格式中，它们每句第二字的平仄连起来有两种形式，第一种是格式一和格式四的“仄——平平——仄”，第二种是格式二和格式三的“平——仄仄——平”。但它们的粘对关系形态都是“对——粘——对”。

下面再看七言绝句四种平仄格式粘对的排列：

格式一

A. 平平仄仄平平仄

B. 仄仄平平仄仄平

C. 仄仄平平平仄仄

D. 平平仄仄仄平平

格式二

B. 仄仄平平仄仄平
D. 平平仄仄仄平平
A. 平平仄仄平平仄
B. 仄仄平平仄仄平

格式三

C. 仄仄平平平仄仄
D. 平平仄仄仄平平
A. 平平仄仄平平仄
B. 仄仄平平仄仄平

格式四

D. 平平仄仄仄平平
B. 仄仄平平仄仄平
C. 仄仄平平平仄仄
D. 平平仄仄仄平平

七言绝句四种格式的粘对排列与五言绝句的排列一样的，它们每句第二字的平仄连起来的形式也有两种，第一种是格式一和格式四的“平——仄仄——平”，第二种是格式二和格式三的“仄——平平——仄”。只不过七言绝句与五言绝句同一格式中，它们的平仄相连形态是相反的。如五言绝句格式一是“仄——平平——仄”。而七言绝句格式一则是“平——仄仄——平”。但它们的粘对关系形态则都是“对——粘——对”。

可见，在绝句中，不管是五言绝句还是七言绝句，也不管是哪一种格式，它们的粘对关系形态都是“对——粘——对”的间隔排列。这是绝句固定的粘对关系形态。

因为绝句是四句两联，每联内的对句与出句要“对”，所以有两个“对”。两联之间是“粘”的关系，即一联与二联之间要

"粘"，所以只有一个"粘"。

四、绝句的用韵

1. 押平声韵

由于格律诗只能是押平声韵，在五言绝句的四种平仄句型中，只有 b、d 两种句型为平收；在七言绝句的四种平仄句型中，只有 B、D 两种句型为平收。所以，五言绝句的押韵句只能使用 b、平平仄仄平句型或者 d、仄仄仄平平句型；七言绝句的押韵句只能使用 B、仄仄平平仄仄平句型或者 D、平平仄仄仄平平句型。

2. 隔句押韵

因为格律诗有隔句押韵的要求，绝句也不例外。也就是说，绝句的第二句和第四句必须押韵。这两句的位置五言绝句只能用平收的 b 句型和 d 句型；七言绝句只能用平收的 B 句型和 D 句型。第三句是不能押韵的，所以五言绝句只能用仄收的 a 句型和 c 句型；七言绝句只能用仄收的 A 句型和 C 句型。

3. 首句不要求入韵

绝句的首句不要求入韵，即首句入韵不入韵均可。所以五言的 a、b、c、d 四个句型和七言的 A、B、C、D 四个句型都可排在首句位置。首句是否入韵有两种情况：如果首句是 a（A）句型或 c（C）句型，属仄收，就不能入韵；如果首句是 b（B）句型或 d（D）句型，属平收，则要入韵。五言绝句和七言绝句的四种平仄格式中，格式一和格式三是首句不入韵的；格式二和格式四是首句入韵的。

绝句首句入韵和首句不入韵的平仄格式，可以参考前面所列的四种平仄格式。

这里看几首首句入韵和首句不入韵的例子。

首句入韵的：

林暗草惊风，将军夜引弓。
◎　　　　　◎
平明寻白羽，没在石棱中。
◎

——卢纶《塞下曲》

绿遍山原白满川，子规声里雨如烟。
◎　　　　　　　◎
乡村四月闲人少，才了蚕桑又插田。
◎

——翁卷《乡村四月》

第一首卢纶的《塞下曲》首句平收。“风”字与“弓、中”同为一东韵。第二首翁卷的《乡村四月》首句也是平收。“川”字与“烟、田”同为一先韵。

首句不入韵的：

白发三千丈，缘愁似个长。
◎
不知明镜里，何处得秋霜。
◎

——李白《秋浦歌》

飞来峰上千寻塔，闻说鸡鸣见日升。
◎
不畏浮云遮望眼，自缘身在最高层。
◎

——王安石《登飞来峰》

李白的《秋浦歌》首句末一字“丈”是仄声；王安石的《登飞来峰》首句末字“塔”也是仄声。这两首诗的首句都是仄收，所以不能入韵。只能第四句和第二句隔句押韵。

五、绝句与对仗

绝句是不要求对仗的。那为什么还要在这里谈对仗呢？那是因为我们在欣赏历代佳作的时候，不难发现，在很多优秀的绝句中都用了对仗。这些对仗的使用虽然不是绝句格律的要求，但它是表现内容的需要，是修辞方法的需要，也有作者在写作上的偏好。因为绝句的格律并不要求对仗，所以这里也不作详细讲解。只把它分为三种类型，给大家举几个例子，有所了解就可以了。

1. 首联对仗

日暮苍山远，
天寒白屋贫。
柴门闻犬吠，
风雪夜归人。

——刘长卿《逢雪宿芙蓉山主人》

黑云翻墨未遮山，
白雨跳珠乱入船。
卷地风来忽吹散，
望湖楼下水如天。

——苏轼《六月二十七日望湖楼醉书》

三万里河东入海，
五千仞岳上摩天。
遗民泪尽胡尘里，
南望王师又一年。

——陆游《秋夜将晓出篱门迎凉有感》

上面的三首诗都是首联用了对仗。这三首诗有的是首句入韵，有的是首句不入韵。可以看出，首句入韵与否，都不影响在首联使用对仗。首句入韵的首联对仗，其最后一字均为平声，这是平仄格式所决定，也是允许的。

2. 尾联对仗

移舟泊烟渚，
日暮客愁新。
野旷天低树，
江清月近人。

——孟浩然《宿建德江》

孟浩然的这首《宿建德江》在尾联用了对仗，使诗句更加形象生动。这一联对仗也成为至今传唱的佳句。

3. 两联皆对仗

两个黄鹂鸣翠柳，
一行白鹭上青天。
窗含西岭千秋雪，
门泊东吴万里船。

——杜 甫《绝句》

杜甫的这首《绝句》两联都用了对仗。诗句形象生动、情景交融，读来脍炙人口，是千古传唱的名篇。

从上面的例诗中可以看到，绝句虽然不要求用对仗，但是如果是内容需要，作者又喜欢用，那么它的效果和作用是显而易见的。绝句中对仗的使用还是非常宽松的。既可以在首联用，也可以在尾联用，更可以两联都用。但这都不是格律的要求。绝句的对仗，在首联用的比较多。尾联或两联都用的比较少见。

第二节　律　诗

律诗分五言律诗、七言律诗和长律。五言律诗也称五律，七言律诗也称七律，长律也称排律。一般意义上讲的律诗只是指五言律诗和七言律诗。如果说长律，则直接说长律，或排律。所以，这一节要讲的律诗就是指五言律诗和七言律诗。长律（排律）的内容在下一节单独讲。

律诗在句数字数、粘对、押韵、平仄格式和对仗上都有严格的要求。具体的要求，下面分别讲解。

一、律诗的句数和字数

和绝句一样，五言律诗和七言律诗的句数和字数也都是固定的。

五言律诗是每首八句，每句五个字，共四十个字。

七言律诗也是每首八句，但每句是七个字，共五十六个字。

律诗不管五言还是七言，都是八句四联。第一联叫作首联，第二联叫作颔联，第三联叫作颈联，第四联叫作尾联。

二、律诗的平仄格式

现在我们把五言律诗和七言律诗的平仄格式分开来讲。

1. 五言律诗的四种平仄格式

五言律诗有四种平仄格式。这四种平仄格式也是来源于前面讲过的四种平仄基本句型。为了学习方便，把它再列在这里：

a. 仄仄平平仄（仄起仄收式）

b. 平平仄仄平（平起平收式）

c. 平平平仄仄（平起仄收式）

d. 仄仄仄平平（仄起平收式）

把这四个平仄句型按照律诗的规则进行不同顺序的排列，则可得到不同的搭配格式。这种搭配构成了律诗的平仄格式。这些要求就是刚刚讲过的句数的要求、粘对的要求、押韵的要求等。遵循了这些要求，按照不同的顺序，可以排列出四种不同的平仄格式。这里先看这四种平仄格式。（因为律诗稍长，为了看上去方便，所以把“◎”放在字后，表示这个字押韵）

格式一 仄起仄收式

a. 仄仄平平仄
b. 平平仄仄平◎
c. 平平平仄仄
d. 仄仄仄平平◎
a. 仄仄平平仄
b. 平平仄仄平◎
c. 平平平仄仄
d. 仄仄仄平平◎

本以高难饱，
徒劳恨费声。◎
五更疏欲断，
一树碧无情。◎
薄宦梗犹泛，
故园芜已平。◎
烦君最相警，
我亦举家清。◎

——李商隐《蝉》

我们看到，这一格式的后两联正好是前两联的重复。前两联和后两联均是五言绝句的第一种格式。也就是说，这种五律的格式恰是两首相同格式的五言绝句。例诗中几个不合平仄的字为可平可仄处或用了拗救。

格式二 平起平收式

b. 平平仄仄平◎

d. 仄仄仄平平◎

a. 仄仄平平仄

b. 平平仄仄平◎

c. 平平平仄仄

d. 仄仄仄平平◎

a. 仄仄平平仄

b. 平平仄仄平◎

深居俯夹城，◎
春去夏犹清。◎
天意怜幽草，
人间重晚晴。◎
并添高阁迥，
微注小窗明。◎
越鸟巢干后，
归飞体更轻。◎

——李商隐《晚晴》

这种格式是把前两联中的第一联的第一句 b 句型改为 c 句型后，作为后两联。前两联中没有 c 句型，却有两个 b 句型。它是五言绝句的格式二加上格式三的组合。例诗中“春、天、微”字处属可平可仄。

格式三 平起仄收式

c. 平平平仄仄

d. 仄仄仄平平◎

a. 仄仄平平仄
b. 平平仄仄平◎
c. 平平平仄仄
d. 仄仄仄平平◎
a. 仄仄平平仄
b. 平平仄仄平◎

几行归塞尽，
念尔独何之？◎
暮雨相呼失，
寒塘独下迟。◎
渚云低暗度，
关月冷相随。◎
未必逢矰缴，
孤飞自可疑。◎

——崔涂《孤雁》

这种格式也是两首相同格式的五言绝句组合在一起，即五言绝句的格式三的重复。例诗中“几、渚、关”字处属可平可仄。

格式四 仄起平收式

d. 仄仄仄平平◎
b. 平平仄仄平◎
c. 平平平仄仄
d. 仄仄仄平平◎
a. 仄仄平平仄
b. 平平仄仄平◎
c. 平平平仄仄
d. 仄仄仄平平◎

晓出郡城东，◎
分围浅草中。◎
红旗开向日，
白马骤迎风。◎
背手抽金镞，
翻身控角弓。◎
万人齐指处，
一雁落寒空。◎

——张祜《观徐州李司空猎》

这种格式的前两联没有 a 句型，却有两个 d 句型。它是五言绝句中的格式四和格式一的组合。例诗“万”字处属可平可仄。

2. 七言律诗的四种平仄格式

七言律诗也有四种平仄格式，这四种平仄格式也是来源于前面讲过的七言格律诗的四种平仄基本句型。对照五言律诗来看，也可以简单地看作是在五言律诗的基础上，每句的前面加上了两个与后面两字平仄相反的字。即：

A. <u>平平</u>仄仄平平仄（平起仄收式）
B. <u>仄仄</u>平平仄仄平（仄起平收式）
C. <u>仄仄</u>平平平仄仄（仄起仄收式）
D. <u>平平</u>仄仄仄平平（平起平收式）

在五言的 a、b、c、d 四个句型的前面，加上两个与五言开头两字平仄相反的字以后，原来五言 a 句的“仄起”在七言的 A 句中就变成了“平起”。依此类推，七言的 B 句变成了“仄起”，C 句变成了“仄起”，D 句变成了“平起”。而结尾的“仄收”“平收”依然不变。把这四种基本句型，按照前面讲过的要求进行不同顺序的搭配，就得到了七言律诗的四种不同的平仄格式。

格式一 平起仄收式

A. 平平仄仄平平仄
B. 仄仄平平仄仄平◎
C. 仄仄平平平仄仄
D. 平平仄仄仄平平◎
A. 平平仄仄平平仄
B. 仄仄平平仄仄平◎
C. 仄仄平平平仄仄
D. 平平仄仄仄平平◎

朝真暮伪何人辨，
古往今来底事无。◎
但爱臧生能诈圣，
可知宁子解佯愚。◎
草萤有耀终非火，
荷露虽团岂是珠。◎
不取燔柴兼照乘，
可怜光彩亦何殊。◎

——白居易《放言五首》(其一)

这一格式和五言律诗一样，后两联正好是前两联的重复。是两首第一种格式的七言绝句的组合。例诗中“可、草、荷、光”字处属可平可仄。

格式二 仄起平收式

B. 仄仄平平仄仄平◎
D. 平平仄仄仄平平◎
A. 平平仄仄平平仄
B. 仄仄平平仄仄平◎

C. 仄仄平平平仄仄
D. 平平仄仄仄平平◎
A. 平平仄仄平平仄
B. 仄仄平平仄仄平◎

漠漠秦云淡淡天，◎
新年景象入中年。◎
情多最恨花无语，
愁破方知酒有权。◎
苔色满墙寻故第，
雨声一夜忆春田。◎
衰迟自喜添诗学，
更把前题改数联。◎

——郑谷《中年》

这一格式是前四句的第一句B句型变成了C句型，其他句型位置不变，作为后两联。前两联中也是没有C句型，而是有两个B句型。它是七言绝句的格式二和格式三的组合。例诗中“愁、苔、满、雨”字处属可平可仄。

格式三 仄起仄收式

C. 仄仄平平平仄仄
D. 平平仄仄仄平平◎
A. 平平仄仄平平仄
B. 仄仄平平仄仄平◎
C. 仄仄平平平仄仄
D. 平平仄仄仄平平◎
A. 平平仄仄平平仄
B. 仄仄平平仄仄平◎

举目纵然非我有，
思量似在故山时。◎
鹤盘远势投孤屿，
蝉曳残声过别枝。◎
凉月照窗欹枕倦，
澄泉绕石泛觞迟。◎
青云未得平行去，
梦到江南身旅羁。◎

——方干《旅次洋州寓居郝氏林亭》

这种格式也是两首相同格式的七言绝句组合在一起，即七言绝句格式三的重复。例诗中“纵、鹤、蝉、凉、照、身”字处属可平可仄。

格式四 平起平收式

D. 平平仄仄仄平平◎
B. 仄仄平平仄仄平◎
C. 仄仄平平平仄仄
D. 平平仄仄仄平平◎
A. 平平仄仄平平仄
B. 仄仄平平仄仄平◎
C. 仄仄平平平仄仄
D. 平平仄仄仄平平◎

寒城猎猎戍旗风，
独倚危楼怅望中。
万里山河唐土地，
千年魂魄晋英雄。
离心不忍听边马，
往事应须问塞鸿。

好脱儒冠从校尉，
一枝长戟六钧弓。
——罗隐《登夏州城楼》

这种格式的前两联没有 A 句型，却有两个 D 句型。它是七言绝句中的格式四和格式一的组合。例诗中“魂、一、长”字处属可平可仄。

掌握五言绝句、七言绝句、五言律诗、七言律诗的平仄格式以及这些格式的各自特点、不同格式的关系和区别非常重要。只有更好地了解和掌握这些知识，才能够掌握其中的规律，才能不必死记硬背或去查阅书本，就可以得心应手地随时排列出需要的平仄格式来。

三、律诗的粘对

律诗的粘对规则与绝句是一样的。因为它的句数不同，所以它的粘对关系的表现形式略有不同。我们先看两首诗。

银烛吐清烟，
金樽对绮筵。
离堂思琴瑟，
别路绕山川。
明月隐高树，
长河没晓天。
悠悠洛阳道，
此会在何年？
——陈子昂《春夜别友人》

江横渡阔烟波晚，
潮过金陵落叶秋。

嘹唳塞鸿经楚泽，
浅深红树见扬州。
夜桥灯火连星汉，
水郭帆樯近斗牛。
今日市朝风俗变，
不须开口问迷楼。

——李绅《宿扬州》

我们可以看到，上面一首五律和一首七律的粘对也是以每句的第二个字为标志的。不管是哪一种平仄格式的律诗，它的粘对关系的表现形式都是交替的排列。下面先看五言律诗四种平仄格式粘对的排列：

格式一

a. 仄仄平平仄
b. 平平仄仄平
c. 平平平仄仄
d. 仄仄仄平平
a. 仄仄平平仄
b. 平平仄仄平
c. 平平平仄仄
d. 仄仄仄平平

格式二

b. 平平仄仄平
d. 仄仄仄平平
a. 仄仄平平仄
b. 平平仄仄平
c. 平平平仄仄

d. 仄仄仄平平

a. 仄仄平平仄

b. 平平仄仄平

格式三

c. 平平平仄仄

d. 仄仄仄平平

a. 仄仄平平仄

b. 平平仄仄平

c. 平平平仄仄

d. 仄仄仄平平

a. 仄仄平平仄

b. 平平仄仄平

格式四

d. 仄仄仄平平

b. 平平仄仄平

c. 平平平仄仄

d. 仄仄仄平平

a. 仄仄平平仄

b. 平平仄仄平

c. 平平平仄仄

d. 仄仄仄平平

上面是五言律诗四种格式的粘对排列情况。它们每句第二字的平仄连起来有两种形式，一是“仄——平平——仄仄——平平——仄”，二是“平——仄仄——平平——仄仄——平”。它们的粘对关系形态都是“对——粘——对——粘——对——粘——对”。

下面再看七言律诗四种平仄格式粘对的排列：

格式一

A. 平平仄仄平平仄
B. 仄仄平平仄仄平
C. 仄仄平平平仄仄
D. 平平仄仄仄平平
A. 平平仄仄平平仄
B. 仄仄平平仄仄平
C. 仄仄平平平仄仄
D. 平平仄仄仄平平

格式二

B. 仄仄平平仄仄平
D. 平平仄仄仄平平
A. 平平仄仄平平仄
B. 仄仄平平仄仄平
C. 仄仄平平平仄仄
D. 平平仄仄仄平平
A. 平平仄仄平平仄
B. 仄仄平平仄仄平

格式三

C. 仄仄平平平仄仄
D. 平平仄仄仄平平
A. 平平仄仄平平仄
B. 仄仄平平仄仄平
C. 仄仄平平平仄仄
D. 平平仄仄仄平平
A. 平平仄仄平平仄
B. 仄仄平平仄仄平

格式四

D. 平平仄仄仄平平
B. 仄仄平平仄仄平
C. 仄仄平平平仄仄
D. 平平仄仄仄平平
A. 平平仄仄平平仄
B. 仄仄平平仄仄平
C. 仄仄平平平仄仄
D. 平平仄仄仄平平

七言律诗四种格式的粘对排列与五言律诗的粘对排列一样，它们每句第二字的平仄连起来的形式也有两种，一种是"平——仄仄——平平——仄仄——平"，另一种是"仄——平平——仄仄——平平——仄"。七言律诗每句第二字的平仄连起来的形式，与同一种格式的五言律诗中的平仄是相反的。如五言律诗格式一和格式四是"仄——平平——仄仄——平平——仄"。而七言律诗格式一和格式四则是"平——仄仄——平平——仄仄——平"。但它们的粘对关系形态是相同的，即都是"对——粘——对——粘——对——粘——对"。

可以看出，律诗的这种平仄粘对交替排列，是绝句的延长。如绝句的粘对排列形态是"对——粘——对"，而五言律诗和七言律诗则是"对——粘——对——粘——对——粘——对"。因为律诗是八句四联，每联内的对句与出句要"对"，所以共四个"对"。四联之间是"粘"的关系，即一联与二联之间要"粘"，二联与三联之间要"粘"，三联与四联之间要"粘"，共三个"粘"。

四、律诗的用韵

1. 押平声韵

由于格律诗只能押平声韵，所以不管是五律、七律还是长律都不能例外。因为在平仄句型中，只有五言 b、d 两种句型和七言 B、D 两种句型为平收。所以律诗的押韵句也只能使用平收的句型，即五言的 b、平平仄仄平句型和 d、仄仄仄平平句型或者七言的 B、仄仄平平仄仄平句型和 D、平平仄仄仄平平句型。如：

吾宗老孙子，
质朴古人风。d. 仄仄仄平平句型
耕凿安时论，
衣冠与世同。b. 平平仄仄平句型
在家常早起，
忧国愿年丰。d. 仄仄仄平平句型
语及君臣际，
经书满腹中。b. 平平仄仄平句型

——杜甫《吾宗》

杜甫的这首《吾宗》是一首首句不入韵的五言律诗。诗中第二、四、六、八句都是押韵句。这四句押韵句中，两句是 b 句型，两句是 d 句型。

王濬楼船下益州，B. 仄仄平平仄仄平句型
金陵王气黯然收。D. 平平仄仄仄平平句型
千寻铁锁沉江底，
一片降幡出石头。B. 仄仄平平仄仄平句型
人世几回伤往事，
山形依旧枕寒流。D. 平平仄仄仄平平句型
今逢四海为家日，
故垒萧萧芦荻秋。B. 仄仄平平仄仄平句型

——刘禹锡《西塞山怀古》

刘禹锡的这首《西塞山怀古》是一首首句入韵的七言律诗。诗中除第二、四、六、八句押韵外，首句也押韵。在五句押韵句中，三句是 B 句型，两句是 D 句型。

2. 隔句押韵

因为格律诗有隔句押韵的要求，律诗也不例外。也就是说，律诗的偶数句必须押韵。这样，在律诗中的偶数句的位置，只能用平收的 b 句型和 d 句型。而在奇数句的位置（首句除外）则只能用仄收的 a 句型和 c 句型。从上面举的例子中可以看出，除首句外，其他都是每隔一句的偶数句押韵。它们都是 b 句型和 d 句型或者 B 句型和 D 句型。这里不再举例。

3. 一韵到底

律诗要求一韵到底，中间不能换韵。如果中间换韵，就不能称为律诗了。

空山新雨后，天气晚来秋。
　　　　　　　　　◎
明月松间照，清泉石上流。
　　　　　　　　　◎
竹喧归浣女，莲动下渔舟。
　　　　　　　　　◎
随意春芳歇，王孙自可留。
　　　　　　　　　◎

——王　维《山居秋暝》

燕台一望客心惊，笳鼓喧喧汉将营。
　　　　　　◎　　　　　　　◎
万里寒光生积雪，三边曙色动危旌。
　　　　　　　　　　　　　　◎
沙场烽火连胡月，海畔云山拥蓟城。
　　　　　　　　　　　　　　◎

少小虽非投笔吏，论功还欲请长缨。
◎
——祖咏《望蓟门》

王维的《山居秋暝》是首句不入韵的五律。诗中“秋、流、舟、留”四韵都是十一尤韵，属一韵到底。祖咏的《望蓟门》是首句入韵的七律。诗中“惊、营、旌、城、缨”都是八庚韵，也是一韵到底。

4. 首句不要求入韵

律诗的首句入不入韵，没有要求，即首句入韵不入韵均可。所以前面我们讲到的四个平仄基本句型 a、b、c、d 句型都可以排在首句的位置。

首句是否入韵要看首句平收还是仄收。如果首句是 b（B）句型或 d（D）句型，属平收，则要入韵；如果首句是 a（A）句型或 c（C）句型，属仄收，就不能入韵。四种平仄格式中，格式一和格式三是首句不入韵的；格式二和格式四是首句入韵的。

律诗首句入韵和首句不入韵的平仄格式，可以参考前面所列的四种平仄格式。下面看几首首句入韵和不入韵的例子。

首句入韵的：

风劲角弓鸣，将军猎渭城。
◎
草枯鹰眼疾，雪尽马蹄轻。
忽过新丰市，还归细柳营。
回看射雕处，千里暮云平。
——王维《观猎》

绿杨著水草如烟，旧是胡儿饮马泉。
◎
几处吹笳明月夜，何人倚剑白云天。

从来冻合关山路，今日分流汉使前。
莫遣行人照容鬓，恐惊憔悴入新年。

——李益《盐州过胡儿饮马泉》

上面一首五律和一首七律都是首句入韵的。王维的《观猎》中首句末一字“鸣”，与后面各偶数句末一字“城、轻、营、平”同为八庚韵，为首句入韵。李益的《盐州过胡儿饮马泉》中首句末一字“烟”，与后面各偶数句末一字“泉、天、前、年”同为一先韵，也为首句入韵。

首句不入韵的：

客路青山外，行舟绿水前。
|
潮平两岸阔，风正一帆悬。
海日生残夜，江春入旧年。
乡书何处达？归雁洛阳边。

——王湾《次北固山下》

元载相公曾借箸，宪宗皇帝亦留神。
|
旋见衣冠就东市，忽遗弓剑不西巡。
牧羊驱马虽戎服，白发丹心尽汉臣。
唯有凉州歌舞曲，流传天下乐闲人。

——杜牧《河湟》

这两首律诗都是首句不入韵的。王湾的《次北固山下》中，首句末一字是仄声，属仄收，所以不能入韵。杜牧的《河湟》中，首句末一字也是仄声，属仄收，所以也不能入韵。

五、律诗的对仗

对仗是律诗的特定要求。没有了对仗，就失去了律诗的特色，也就不能称其为律诗了。

律诗要求它中间的颔联和颈联必须采用对仗的形式。首联和尾联可用可不用。也就是说，一首律诗至少有两联对仗。也可以多到三联、四联。下面我们看一下只有颔联和颈联对仗的、首联也对仗的、尾联也对仗的例子。

1．标准对仗

格律要求，律诗的中间两联，即颔联和颈联必须用对仗。所以颔联和颈联的对仗是一种标准的对仗形式。颔联和颈联的对仗也是律诗所独有的特点。在律诗中，大部分都是这种对仗形式。

秦川朝望迥，日出正东峰。
远近山河净，逶迤城阙重。
秋声万户竹，寒色五陵松。
客有归欤叹，凄其霜露浓。

——李颀《望秦川》

孤山寺北贾亭西，水面初平云脚低。
几处早莺争暖树，谁家新燕啄春泥？
乱花渐欲迷人眼，浅草才能没马蹄。
最爱湖东行不足，绿杨阴里白沙堤。

——白居易《钱塘湖春行》

这两首诗都是按格律要求的中间两联对仗，也就是颔联、颈联对仗。

2．首联也对仗

首联对仗不是格律的要求。也就是说，首联的对仗可用可不用。这要根据内容需要来决定。

楚塞三湘接，荆门九派通。
江流天地外，山色有无中。
郡邑浮前浦，波澜动远空。
襄阳好风日，留醉与山翁。

——王维《汉江临泛》

去国十年同赴召，渡湘千里又分歧。
重临事异黄丞相，三黜名惭柳士师。
归目并随回雁尽，愁肠正遇断猿时。
桂江东过连山下，相望长吟有所思。

——刘禹锡《再授连州至衡阳酬柳柳州赠别》

上面的五律和七律中，除了颔联和颈联用了对仗外，它们的首联也都用了对仗。

3. 尾联也对仗

尾联对仗也不是格律的要求。也就是说，尾联的对仗也是可用可不用的。这也要根据内容需要来决定。

不知香积寺，数里入云峰。
古木无人径，深山何处钟。
泉声咽危石，日色冷青松。
薄暮空潭曲，安禅制毒龙。

——王维《过香积寺》

剑外忽传收蓟北，初闻涕泪满衣裳。
却看妻子愁何在，漫卷诗书喜欲狂。
白日放歌须纵酒，青春作伴好还乡。
即从巴峡穿巫峡，便下襄阳向洛阳。

——杜甫《闻官军收河南河北》

郡城南下接通津，异服殊音不可亲。
青箬裹盐归峒客，绿荷包饭趁虚人。
鹅毛御腊缝山罽，鸡骨占年拜水神。
愁向公庭问重译，欲投章甫作文身。

——柳宗元《柳州峒氓》

这三首律诗中，除了颔联和颈联用了对仗外，它们的尾联也都用了对仗。

4. 仅一联对仗

在古人的律诗中，也有仅用一联对仗的。这也不是格律的要求。

人事有代谢，往来成古今。
江山留胜迹，我辈复登临。
水落鱼梁浅，天寒梦泽深。
羊公碑尚在，读罢泪沾襟。

——孟浩然《与诸子登岘山》

五月天山雪，无花只有寒。
笛中闻折柳，春色未曾看。
晓战随金鼓，宵眠抱玉鞍。
愿将腰下剑，直为斩楼兰。

——李白《塞下曲》（之一）

上面孟浩然和李白的五言律诗都是只用了一联对仗的。在前人的律诗中，这样的情况比较少。这种仅用一联对仗的，一般都是用于颈联。

5. 四联皆对仗

四联皆对仗，就是除了格律要求的颔联和颈联对仗外，首联和尾联也都用了对仗。这也不是格律的要求。

客路青山外，行舟绿水前。
潮平两岸阔，风正一帆悬。
海日生残夜，江春入旧年。
乡书何处达？归雁洛阳边。

——王湾《次北固山下》

风急天高猿啸哀，渚清沙白鸟飞回。
无边落木萧萧下，不尽长江滚滚来。
万里悲秋常作客，百年多病独登台。
艰难苦恨繁霜鬓，潦倒新停浊酒杯。

——杜　甫《登高》

王湾的五言律诗《次北固山下》和杜甫的七言律诗《登高》都是四联皆用了对仗。由于四联都用了对仗，整个篇章就更加凸显出律诗的整齐美。在前人的律诗中，这种四联皆对仗的情况更为少见。

第三节　排　律

一、排律的篇幅

前面说过，排律也叫长律。顾名思义，之所以叫排律、长律，是因为它是把律诗延长了。可以把它说成是长篇的律诗。它是除了首联和尾联之外，把中间各联像律诗中间的四联一样，按照律诗的押韵、粘对、对仗规则排列下去。它的句数要超过律诗，最低五韵十句。多则没有限制，所以篇幅可长可短，需根据内容而定。但它是以韵为单位，两句一韵，所以句数只能是双数。前人的作品，多以整数为篇。如杜甫的《寄李十二白二十韵》、《上韦左相二十韵》、《寄刘峡州伯华使君四十韵》、白居易的《代书诗一百韵寄微之》等。当然也有不是整数韵的。如白居易的《余思未尽加为六韵重寄微之》、齐己的《咏茶十二韵》等。

二、排律的平仄

排律的篇幅是不固定的，所以，它没有像五律、七律那样固定的平仄格式。但是，它的平仄句式与五律、七律是相同的。即前面说过的四种基本句型。

五言的四种基本句型：

a. 仄仄平平仄（仄起仄收式）

b. 平平仄仄平（平起平收式）

c. 平平平仄仄（平起仄收式）

d. 仄仄仄平平（仄起平收式）

七言的基本句型：

A. 平平仄仄平平仄（平起仄收式）

B. 仄仄平平仄仄平（仄起平收式）

C. 仄仄平平平仄仄（仄起仄收式）

D. 平平仄仄仄平平（平起平收式）

排律也是把这四种基本句型按照粘对、用韵等要求进行排列的。只不过绝句排四句，律诗排八句。而排律至少要排十句（五韵）以上，多则没有限制。所以它只能以首句用哪一种基本句型来作为它的平仄格式。下面是五言排律的平仄格式：

第一种平仄格式

仄起仄收式 以“a. 仄仄平平仄”为首句

第二种平仄格式

平起平收式 以“b. 平平仄仄平”为首句

第三种平仄格式

平起仄收式 以“c. 平平平仄仄”为首句

第四种平仄格式

仄起平收式 以“d. 仄仄仄平平”为首句

七言排律的平仄格式只是把五言排律的每种平仄格式的平起、仄起改为相反的平仄就可以了。即：

第一种平仄格式

平起仄收式 以“A. 平平仄仄平平仄”为首句

第二种平仄格式

仄起平收式 以“B. 仄仄平平仄仄平”为首句

第三种平仄格式

仄起仄收式 以“C. 仄仄平平平仄仄”为首句

第四种平仄格式

平起平收式 以“D. 平平仄仄仄平平”为首句

不过，排律的这种格式并不重要。我们只要掌握五言排律和七言排律首句的四种基本句型，然后按照粘对、用韵规则一直排列下去就可以了。

三、排律的粘对

排律的粘对关系表现形式与五律、七律是一样的，只不过它是随着句数的增加而延长的。它的排列规则则是按照“对——粘——对——粘——对——粘——对……”这样的规律循环下去。如：

百草让为灵，
功先百草成。
甘传天下口，
贵占火前名。

出处春无雁，
收时谷有莺。
封题从泽国，
贡献入秦京。
嗅觉精新极，
尝知骨自轻。
研通天柱响，
摘绕蜀山明。
赋客秋吟起，
禅师昼卧惊。
角开香满室，
炉动绿凝铛。
晚忆凉泉对，
闲思异果平。
松黄干旋泛，
云母滑随倾。
颇贵高人寄，
尤宜别柜盛。
曾寻修事法，
妙尽陆先生。

——齐己《咏茶十二韵》

上面这首唐代齐己的《咏茶十二韵》，标了带点的字就是“对”和“粘”的位置。它的平仄排列是“仄——平平——仄仄——平平——仄仄……”。它的粘对关系形态就是“对——粘——对——粘——对——粘——对……”这样排列的。它们的“粘对”数量不像绝句和律诗那样是固定的，而是随着篇幅的长短有所不同。

四、排律的用韵

排律在用韵上也是隔句押韵，限用平声韵，而且要一韵到底，中间不能换韵。较长的排律，如几十韵甚至上百韵，在用韵上则要优先考虑使用宽韵，这样余地会大得多。

首句与律诗一样，可以入韵，也可以不入韵。

凤历轩辕纪，龙飞四十春。
八荒开寿域，一气转洪钧。
霖雨思贤佐，丹青亿旧臣。
应图求骏马，惊代得麒麟。
沙汰江河浊，调和鼎鼐新。
韦贤初相汉，范叔已归秦。
盛业今如此，传经固绝伦。
豫章深出地，沧海阔无津。
北斗司喉舌，东方领搢绅。
持衡留藻鉴，听履上星辰。
独步才超古，余波德照邻，
聪明过管辂，尺牍倒陈遵。
岂是池中物，由来席上珍。
庙堂知至理，风俗尽还淳。
才杰俱登用，愚蒙但隐沦。
长卿多病久，子夏索居频。
回首驱流俗，生涯似众人。
巫咸不可问，邹鲁莫容身。
感激时将晚，苍茫兴有神。
为公歌此曲，涕泪在衣巾。

——杜甫《上韦左相二十韵》

杜甫的这首《上韦左相二十韵》是一首首句不入韵的五言排律。可以看出，整首诗中都是隔句押韵，都是押平声韵。从第二句末一字的“春”到最后一字的“巾”共二十韵，都是用的上平声十一真的韵。中间没有换韵，属一韵到底。十一真的韵字比较多，应属宽韵。所以在用的时候，选择的余地也比较大。

五、排律的对仗

排律在对仗上与律诗的要求基本一样。除首联和尾联外，中间各联都要对仗。首联的对仗可用可不用，没有固定要求。尾联一般不用对仗。但也有用的。如杜甫的《寄刘峡州伯华使君四十韵》的尾联就用了对仗：“江湖多白鸟，天地有青蝇”。关于对仗的具体方法，在“基本要素之五：对仗”中已有详细讲解，可以参阅。下面我们再看杜甫的一首排律在粘对、用韵、对仗上的使用情况。

昔年有狂客，号尔谪仙人。
笔落惊风雨，诗成泣鬼神。
声名从此大，汩没一朝伸。
文彩承殊渥，流传必绝伦。
龙舟移棹晚，兽锦夺袍新。
白日来深殿，青云满后尘。
乞归优诏许，遇我宿心亲。
未负幽栖志，兼全宠辱身。
剧谈怜野逸，嗜酒见天真。
醉舞梁园夜，行歌泗水春。
才高心不展，道屈善无邻。
处士祢衡俊，诸生原宪贫。
稻粱求未足，薏苡谤何频。
五岭炎蒸地，三危放逐臣。

几年遭鹏鸟，独泣向麒麟。
苏武先还汉，黄公岂事秦。
楚筵辞醴日，梁狱上书辰。
已用当时法，谁将此义陈。
老吟秋月下，病起暮江滨。
莫怪恩波隔，乘槎与问津。

——杜甫《寄李十二白二十韵》

杜甫的这首排律《寄李十二白二十韵》，是首句不入韵的平起仄收的格式。它的首句原本是“c、平平平仄仄”句型，第一字可平可仄，后三字“平仄仄”拗救为“仄平仄”。即 e 句型。但它仍属排律的第三种格式。诗中“人、神、伸、伦、新、尘、亲、身、真、春、邻、贫、频、臣、麟、秦、辰、陈、滨、津”二十个韵字是一韵到底的平声十一真的韵。它的首联和尾联也都没有用对仗。它的粘对也是按照“对——粘——对——粘——对——粘——对……”这样的规律一直排列下去的。

再看一首白居易的排律：

海内声华并在身，箧中文字绝无伦。
遥知独对封章草，忽忆同为献纳臣。
走笔往来盈卷轴，除官递互掌丝纶。
制从长庆辞高古，诗到元和体变新。
各有文姬才稚齿，俱无通子继余尘。
琴书何必求王粲，与女犹胜与外人。

——白居易《余思未尽加为六韵重寄微之》

白居易的《余思未尽加为六韵重寄微之》只有六韵，是一首较短的排律。这首排律仄起平收，首句入韵。“身”与“伦、臣、纶、新、尘、人”均为平声十一真韵。这首排律还通篇用了对仗。粘对也合乎要求，按照“对——粘——对——粘——对——粘——对……”的规律进行排列。

第四节 格律的应用

对绝句、律诗、排律的格律有了一个比较完整的了解后，我们怎样来应用它呢？当然，可以翻书去查阅。但是，这样太不科学。我们也不可能总是把书带在身边。也就是总有不方便的时候。死记硬背，不是不可以，但这实在是一个太笨的办法。最好的办法还是要熟练地掌握好格律的要求，进行灵活运用。

首先，熟练地掌握不同体裁格律诗的句式、句数、平仄排列规律、粘对形态以及用韵、对仗的要求。使之用起来得心应手。

二是熟记五言、七言格律诗的四个基本句型。句式相同的绝句、律诗、排律的四个基本句型都是一样的。而且七言的只是在五言的前边加上了两个字，所以熟记它们并不是一件困难的事。

有了上面两条作为基础，就可以灵活应用了。

如果我们对某一事物或景物有所感受，要构思一首诗，首先用四个基本句型进行对照，看第一句是属于哪一个句型（同时要把可平可仄考虑进去）。假如符合 B 句型“（仄）仄平平（仄）仄平”（带括号处表示可平可仄，下同），这是一个仄起平收的句型，所以第二句就要考虑两点，一是第二字要用平声，这是粘对中“对”的需要；二是韵脚要用平声，这是偶数句要押韵（即隔句押韵）且要押平声韵的需要。因为第一句用了平收，所以还要与第一句的韵脚押韵，这是押韵的需要。这样只有 D 句型“（平）平（仄）仄仄平平”符合条件。第二句确定之后，再看第三句。第三句要考虑的也是两点，一是第二字仍然要用平声，这是粘对中“粘”的需要；二是最后一字要用仄声，这是隔句押韵的需要，所以奇数句不押韵必须用仄声。这样只有 A 句型

“（平）平（仄）仄（平）平仄”符合条件。同样道理，第四句一是第二字要用仄声，二是韵脚要用平声，且与第一句、第二句韵脚押韵。这样，有了第一句的D句型“（平）平（仄）仄仄平平”，如果是写一首绝句，其他三句就在脑中形成了。如果是写律诗，也是同样的方法。

现在，我们借欧阳修《丰乐亭游春》作例。

红树青山日欲斜，◎
长郊草色绿无涯。◎
游人不管春将老，
来往亭前踏落花。◎

第一句是“红树青山日欲斜”。正好符合B句型“（仄）仄平平（仄）仄平”。然后重点关注后面三句的第二字和最后一字。第一句第二字是“树”，仄声；所以第二句用“郊”，平声；第三句用“人”，平声；第四句用“往”，仄声。而最后一字在第一句用了平声“斜”，六麻韵；第二句用平声“涯”，六麻韵；第三句用仄声“老”，不押韵；第四句用平声“花”，六麻韵。“树、郊、人、往”构成粘对形态“对——粘——对”。“斜、涯、花”符合用韵要求：首句入韵，隔句押韵，一韵到底。

上面讲的是以平收的B句型为第一句。如果是仄收的句型为第一句，则第一句的末一字仄声不入韵。第二句末一字用平声自行用韵就可以了。其他步骤都一样。

其实，在实际应用当中，并没有这么复杂。只要我们熟练地掌握了这些规律和方法，有了第一句诗句后，排出第二句、第三句、第四句，以至律诗的第五句、第六句、第七句、第八句，直到排律的第N句句型，都是一闪而过的事情。

第三章 “一三五不论”与拗救

第一节 “一三五不论，二四六分明”

有这样一句话，叫作“一三五不论，二四六分明”。一直以来，人们把它作为写诗的口诀。意思是说，七言的第一、三、五字，五言的第一、三字，因为不在节奏点上，所以它的平仄可以不必拘泥。也就是说可平可仄。而七言的第二、四、六字，五言的第二、四字，因为在节奏点上，所以平仄不可随意改变。末尾一字，因为是韵脚的位置，就更不能改变了。

对“一三五不论，二四六分明”这句话，一直以来都有不同的理解。我觉得这句话，基本上是符合格律诗的基本规律的。但是，在运用它的时候，我们必须先领会它的适用范围和使用原则。只有这样，才能够得心应手地应用它而不出偏差。

一、格律诗平仄的非格律搭配

在确定“一三五不论，二四六分明”的适用范围或使用原则之前，要先弄清楚平仄的非格律搭配。

弄清楚这个问题之前，我们还要再看一下格律诗的四种基本句型。

五言格律诗的四种基本句型：

a. 仄仄平平仄

b. 平平仄仄平

c. 平平平仄仄
d. 仄仄仄平平

七言格律诗的四种基本句型：

A. 平平仄仄平平仄
B. 仄仄平平仄仄平
C. 仄仄平平平仄仄
D. 平平仄仄仄平平

前面讲过，这四种句型是按照平仄声律搭配排列出来的。那么，除了这些按格律搭配出来的基本句型外，还有哪些非格律搭配的平仄句型呢？下面分别来讲。

1. 孤平

格律诗最忌犯孤平。什么叫孤平？孤平就是在一个诗句中，如果改变了句中一个字的平仄后，除了韵脚是平声外，只剩了一个平声。符合这一条件的只有韵脚平收的五言 b 句型“平平仄仄平”和七言的 B 句型“仄仄平平仄仄平”。如果把 b 句型的第一字改用仄声字，就变成了“仄平仄仄平”；如果把七言的 B 句型的第三字改用了仄声，就变成了“仄仄仄平仄仄平”。这样，句中除了韵脚是平声外，五言的 b 句型就只剩下第二字一个平声了；七言的 B 句型就只剩下第四字一个平声了。这就是犯了孤平。所以这种句型中五言的第一字、七言的第三字是不可改变的，也就是不可不论。

另外，还有一个平收的 d 句型“仄仄仄平平”。这个句型原本就是除了韵脚之外只有一个平声字，而且是两个平声字相连，所以，不在此例。

2. 三平调

格律诗也忌用三平调。三平调是指，如果改变了句中一个字的平仄后，韵脚处三个平声字相连。这种三平调在古体诗中多用，也可以说是古体诗的特点之一。但是在格律诗中是应该避免的。符合这一条件的只有韵脚平收的 d 句型“仄仄仄平平”和 D 句型“平平仄仄仄平平”。如果把 d 句型的第三字改用平声字，那就变成了“仄仄平平平”；如果把 D 句型的第五字改用平声字，那就变成了“平平仄仄平平平”。这样，这两个句型的最后三个字就都变成平声，这就是三平调。所以，d 句型的第三字，D 句型的第五字是不可改变的，也是不可不论。

另外，五言的 c 句型“平平平仄仄”和七言的 C 句型“仄仄平平平仄仄”中都有三个相连的平声，因为它们不在韵脚，所以不在此例。

3. 三仄脚

三仄脚是，如果改变了句中一个字的平仄后，句尾变成了三个仄声字相连。符合这一条件的只有仄收的 c 句型“平平平仄仄”和 C 句型“仄仄平平平仄仄”。如果把 c 句型的第三字改为仄声字，就变成了“平平仄仄仄”；如果把 C 句型的第五字改为仄声字，就变成了“仄仄平平仄仄仄”。这种句尾相连的三个仄声字，就叫作三仄脚。三仄脚也是古体诗中常见的。但格律诗中也有用到，因为在格律中没有对三仄脚不可用的具体说法。也就是说，五言 c 句型的第三字和七言 C 句型的第五字的平仄是可以改变的，也就是可以不论。如：

众鸟高飞尽，孤云独去闲。
｜｜——｜　——｜｜—
相看两不厌，只有敬亭山。
——｜｜｜　｜｜｜——

——李白《独坐敬亭山》

这是一首仄起仄收的五言绝句。其中第三句原本是 c 句型“平平平仄仄”，第三字用了仄声，变成了“平平仄仄仄”。末尾

三个仄声相连，成为三仄脚。（“看”字这里读平声）

锦里先生乌角巾，园收芋栗未全贫。
惯看宾客儿童喜，得食阶除鸟雀驯。
秋水才深四五尺，野航恰受两三人。
—｜——｜｜｜
白沙翠竹江村暮，相送柴门月色新。

——杜甫《南邻》

杜甫的这首《南邻》是仄起平收的七言律诗。颈联的出句原平仄句型是“仄仄平平平仄仄”。第一个字是可平可仄的，用了平声“秋”；第五字平声用了仄声“四”，就变成了三仄脚。可见三仄脚在格律诗中是可以用的。

4. 仄平仄和平仄平

前面讲的三平调和三仄脚，都是基本句型末尾三字的平仄。三平调来自于 d 句型和 D 句型，三仄脚来自于 c 句型和 C 句型。如果 a 句型和 b 句型的第三字改变了平仄会怎么样呢？可以看到 a 句型变成了“仄仄仄平仄”，b 句型变成了“平平平仄平”。那么它们的末尾三字就变成了“仄平仄”和“平仄平”。如果 A 句型和 B 句型的第五字改变了，则 A 句型变成了“平平仄仄仄平仄”，B 句型变成了“仄仄平平平仄平”。它们的末尾三字也变成了“仄平仄”和“平仄平”。这种“仄平仄”和“平仄平”的结尾，在古体诗中也是常用的一种句式。

但是，格律诗中也不排斥它。无论是在绝句还是律诗中，我们都能常常看到它们的身影。这说明五言的 a、b 句型中的第三字，七言的 A、B 句型中的第五字的改变是无关紧要的。还有 c 句型拗救后变成了 e 句型，它的末尾三字也是“仄平仄”，当然也是允许的了。

遥遥去巫峡，望望下章台。
——|—|
巴国山川尽，荆门烟雾开。
———|—
城分苍野外，树断白云隈。
今日狂歌客，谁知入楚来。

——陈子昂《度荆门望楚》

月落乌啼霜满天，江枫渔火对愁眠。
||———|—
姑苏城外寒山寺，夜半钟声到客船。

——张继《枫桥夜泊》

凉风起天末，君子意如何？
鸿雁几时到？江湖秋水多。
—||—|
文章憎命达，魑魅喜人过。
应共冤魂语，投诗赠汨罗。

——杜甫《天末怀李白》

上面三首诗中，陈子昂的《度荆门望楚》首句原本是“平平平仄仄”。改用了e句型后，末尾三字变为“仄平仄”；颔联对句“荆门烟雾开”应是“平平仄仄平”句型，由于第三字用了平声“烟”字，末尾三字变成了现在的“平仄平”。张继的《枫桥夜泊》首句用了平声“霜”字，所以末尾三字变成了“平仄平”。杜甫的《天末怀李白》颔联出句用了仄声“几”字，使末尾三字变成了“仄平仄”。可见仄平仄与平仄平的句尾，在律诗中也是可以用的。

搞清楚了这些平仄的非格律搭配，就可以确定“一三五不论”的适用范围和基本原则了。

二、“一三五不论”的使用原则和适用范围

根据以上对平仄的非格律搭配的讲解和分析，我们可以得出这样的结论，也就是它的使用原则和适用范围。

1.“一三五不论”的使用原则

“一三五不论”的使用原则就是以不会造成孤平和三平调为前提。只要不会造成孤平和三平调，五言的“一三不论”和七言的“一三五不论”均可适用。能造成孤平和三平调的只有下面四种情况。这四种情况是不可不论的，也就是说平仄不可改变：

五言的 b 句型中的第一字不可不论；
五言的 d 句型中的第三字不可不论；
七言的 B 句型中的第三字不可不论；
七言的 D 句型中的第五字不可不论。

2.“一三五不论”的适用范围

根据上述“一三五不论”的原则，除了能造成孤平和三平调的四种情况不可不论之外，其他的就是“一三五不论”的适用范围：

五言的 a、c、d 三个基本句型中的第一字可以不论；
五言的 a、b、c 三个基本句型中的第三字可以不论。
七言的 A、B、C、D 四个基本句型中的第一字均可不论；
七言的 A、C、D 三个基本句型中的第三字可以不论；
七言的 A、B、C 三个基本句型中的第五字可以不论。

简言之，就是在五言中，除了 b 句型的第一字和 d 句型的第三字之外，都可“一三不论”，可平可仄。在七言中，除了 B 句型的第三字和 D 句型的第五字之外，都可“一三五不论”，可平

可仄。

或者说，在不会造成孤平和三平调的前提下，五言皆可“一三不论”，七言皆可“一三五不论”。

这样五言和七言的四种基本句型就可以这样表示了，括号中的字表示可平可仄：

五言格律诗包括可平可仄的四种基本句型：

a.（仄）仄（平）平仄

b. 平 平（仄）仄平

c.（平）平（平）仄仄

d.（仄）仄 仄 平平

七言格律诗包括可平可仄的四种基本句型：

A.（平）平（仄）仄（平）平仄

B.（仄）仄 平 平（仄）仄平

C.（仄）仄（平）平（平）仄仄

D.（平）平（仄）仄 仄 平平

为了初学者便于理解和接受，在前边讲绝句、律诗的格式时，没有在各种格式中作可平可仄的标注。现在我们掌握了五言格律诗和七言格律诗包括可平可仄的四种基本句型后，就可以直接把它们套入到绝句和律诗的各种格式中去，加以应用。

三、关于“二四六分明”

“一三五不论”的下半句是“二四六分明”。前面说过，五言的第二、四字，七言的第二、四、六字，因为在节奏点上，所以，平仄是不可以随意改变的。但是，还有两种情况要说一下。

一是前面讲过的 e 句型和 E 句型，五言的“平平仄平仄”，七言的“仄仄平平仄平仄”。如果把这一句型看作是对 c 句型“平平平仄仄”和 C 句型“仄仄平平平仄仄”进行拗救产生的变化，即尾句“平仄仄”变成了“仄平仄”，它就属于五言 c 句型第四字，七言 C 句型第六字的改变。从而成为“二四六分明”的特例。

二是五言的 a 句型“仄仄平平仄”和七言的 A 句型“平平仄仄平平仄”。在五言 a 句型的第四字和七言 A 句型的第六字平声也可以改用仄声。但是，它有一个附加条件，就是必须把它的对句五言第三字、七言第五字的仄声改用平声。这些在下面的“拗救几种方法”中还要讲到。

除这两例特例外，其他均适用于“二四六分明”。

第二节　关于拗救

我们在格律诗的创作中不可避免地会遇到某一个字不符合那个位置上的平仄。即该平声的地方用了仄声，该仄声的地方用了平声。这种不符合平仄格律的诗句就是拗句。如果出现了拗句怎么办？那就要进行补救。这种对拗句的补救就是拗救。

出现了拗句是不是都要补救呢？回答是否定的。符合了前面讲过的“一三五不论”的适用范围的，可救可不救。但是有时为了音律和谐的需要，也要尽量给予拗救。不在“一三五不论”的适用范围的，则必须拗救。如 b 句型“平平仄仄平”中的第一字和七言 B 句型“仄仄平平仄仄平”中的第三字该用平声用了仄声，就变成了孤平，这就必须进行拗救。如果出现了三平调，则没有办法拗救，只能规避之。

一、拗救的几种方法

1.“孤平”的拗救

可能出现孤平的，只有五言 b 句型“平平仄仄平”和七言的 B 句型“仄仄平平仄仄平”。如果五言 b 句型的第一字和七言 B

句型的第三字的平声改用了仄声，那就变成了“仄平仄仄平”和“仄仄仄平仄仄平”。这就都犯了孤平。但是，我们同时把五言b句型的第三字的仄声改成平声，那就变成了“仄平平仄平”；七言B句型的第五字的仄声改成平声，那就变成了“仄仄仄平平仄平”。这样一来就不犯孤平了。

荒戍落黄叶，浩然离故关。
　　　　　　｜——｜—
高风汉阳渡，初日郢门山。
江上几人在，天涯孤棹还。
何当重相见，樽酒慰离颜。

——温庭筠《送人东归》

少小离家老大回，乡音无改鬓毛衰。
儿童相见不相识，笑问客从何处来。
　　　　　　　　｜｜｜——｜—

——贺知章《回乡偶书》

温庭筠的《送人东归》第二句“浩然离故关”中，第一字用了仄声“浩”字，第三字就改用平声“离”字。如果第三字不改用平声，除了韵脚“关”字外，就只剩“然”字一个平声了。那这句就变成孤平了。贺知章的《回乡偶书》第四句中，第三字用了仄声“客”，所以第五字改用平声“何”。这样，就解决了孤平的问题。

这种方法是，五言的一字拗，三字救；七言的三字拗，五字救。这种方法也叫作本句自救。

2. 节奏点的拗救

我们说过，五言的第二、四字，七言的第二、四、六字是在节奏点上，它的平仄是轻易不能改变的。但特殊情况下，五言的第四字，七言的第六字也可以改变。这种改变则必须进行拗救。这种拗救主要涉及两种情况。

（1）c（C）句型节奏点的拗救

五言c句型“平平平仄仄”的第四字和七言C句型“仄仄平平平仄仄”的第六字如果改用了平声，那么就把五言的第三字、七言的第五字改为仄声，使它们的末尾三字变成“仄平仄”。整句即为五言的“平平仄平仄”，七言的“仄仄平平仄平仄”。如：

水光潋滟晴方好，山色空濛雨亦奇。
欲把西湖比西子，淡妆浓抹总相宜。
| | — — | — |

——苏轼《饮湖上，初晴后雨》

诗中“欲把西湖比西子”句的平仄，原本是“仄仄平平平仄仄”。第六字用了平声“西”字，把第五字改为仄声“比”字，通过拗救，变成了现在的“仄仄平平仄平仄”。

也有人把这种拗救看作是五言的第三字拗，第四字救；七言的第五字拗，第六字救。如果这样，五言第三字、七言第五字改变后，五言第四字、七言第六字如果不变，句尾就变成了三仄脚。前面讲过，三仄脚是可以用的，即可以不救。既然可以不救，就没有改变c句型第四字和C句型第六字的必要。而如果c句型第四字和C句型第六字本该仄声用了平声，那就必须要采取措施进行拗救了。也就是说，五言的c句型第三字用了仄声后，第四字就可以随之改为平声，但也可以不改；如果第四字用了平声后，第三字就必须要随之改为仄声。同样，七言的C句型第五字用了仄声后，第六字就可以随之改为平声，但也可以不改；如果第六字用了平声后，第五字就必须要随之改为仄声。如果两个字都改变平仄的话，或者可以干脆把它叫作五言c句型第三、四字的平仄互换，七言C句型第五、六字的平仄互换。

这种方法，不管是把它看成五言的四字拗，三字救，七言的六字拗，五字救，还是看成五言的三字拗，四字救，七言的五字拗，六字救，都属本句自救。

我们还看到，这个经过拗救后的句型，它们变成了在前面讲到的四种基本句型之外的 e（E）句型。所以从另一个角度我们可以把这种拗救看成是：如果五言 c 句型的第四字和七言 C 句型的第六字用了平声，就可以直接用 e（E）句型进行替换。

故人具鸡黍，邀我至田家。
＋－｜－｜
绿树村边合，青山郭外斜。
开轩面场圃，把酒话桑麻。
－－｜－｜
待到重阳日，还来就菊花。

——孟浩然《过故人庄》

孟浩然的这首《过故人庄》中，有两处属于这种情况。诗中的第一联、第三联的出句原本都是 c 句型“平平平仄仄”。因为句中第四字分别都用了平声字“鸡”和“场”，所以第三字分别改用仄声字“具”和“面”进行拗救，于是就变成了 e 句型“（平）平仄平仄”。

（2）a（A）句型节奏点的拗救

五言的 a 句型“仄仄平平仄”的第四字和七言的 A 句型“平平仄仄平平仄”的第六字平声改用了仄声，就要把它的对句五言第三字、七言第五字的仄声改用平声。即五言的“仄仄平平仄，平平仄仄平”变成了“仄仄平仄仄，平平平仄平”；七言的“平平仄仄平平仄，仄仄平平仄仄平”变成了“平平仄仄平仄仄，仄仄平平平仄平”。如：

离离原上草，一岁一枯荣。
野火烧不尽，春风吹又生。
｜｜—｜｜ ———｜—
远芳侵古道，晴翠接荒城。
又送王孙去，萋萋满别情。

——白居易《赋得古原草送别》

诗中“野火烧不尽，春风吹又生”句的平仄句型本是“仄仄平平仄，平平仄仄平”。但是，出句第四字用了仄声“不”，于是对句第三字改用平声“吹”字，变成了“仄仄平仄仄，平平平仄平”，构成了拗救。

在这个句型中，有时五言的第三字、第四字同时用了仄声，或者七言的第五字、第六字同时用了仄声，那么，拗救的方法是一样的。也是把对句中五言第三字，七言第五字的仄声改为平声就可以了。

向晚意不适，驱车登古原。
｜｜｜｜｜ ———｜—
夕阳无限好，只是近黄昏。

——李商隐《乐游原》

千里莺啼绿映红，水村山郭酒旗风。
南朝四百八十寺，多少楼台烟雨中。
——｜｜｜｜｜ —｜———｜—

——杜牧《江南春绝句》

第一首诗中的“向晚意不适，驱车登古原”，出句第三、第四字“意、不”都是平声用了仄声。对句第三字仄声改为平声“登”，作为拗救。

第二首诗中的“南朝四百八十寺，多少楼台烟雨中”，出句第五、第六字“八、十”也都是平声用了仄声。对句第五字仄声改为平声“烟”，作为拗救。

这样的拗句造成了四个仄声相连的现象，冷眼看上去好像古体诗。这里的五言第三字、七言第五字用了仄声，实际就是后面可救可不救中的第（2）种。所以这里对句中五言第三字、七言第五字的拗救是承担了出句五言的第三、第四字两个字，七言的第五、第六字两个字的共同拗救。

这种五言第四字，七言第六字的拗救，以及五言的第三、第四字，七言的第五、第六字的共同拗救都属对句相救。

3. 可救可不救

平仄的四种基本句型，在节奏上是最和谐、最完美的搭配。在“一三五不论”的允许范围内改变某个字的平仄后，这个诗句就变成了拗句。这种拗句是允许存在的，可以不必拗救。但是出现了拗句，毕竟使节奏的和谐和完美受到了影响。通过拗救的办法，可以使之不同程度的得以恢复。所以，把这种拗救叫作可救可不救。

这种拗救，大体上是以对句相救为主。其原则是，出句可平可仄的字改变了平仄后，可改变对句相对应位置上的字的平仄，使其在平仄上继续相对。这种拗救，它的前提一是出句可平可仄的字，一定是在“一三五不论”允许范围内的；二是对句拗救后不能造成孤平和三平调。如：

（1）在“平平平仄仄，仄仄仄平平”中，如果出句第一字用了仄声，则对句相同位置的字改为平声。拗救后则为“仄平平仄仄，平仄仄平平”。出句和对句的这个位置仍然平仄相对。

（2）在“仄仄平平仄，平平仄仄平”中，如果出句第三字用了仄声，则对句相同位置的字改为平声。拗救后则为“仄仄仄平仄，平平平仄平”。出句和对句的这个位置也仍然平仄相对。

(3) 在“仄仄平平仄，平平仄仄平”中，如果出句第一字和第三字各自都改变了平仄（这是本句自救），则对句相同位置的字也作相应改变。拗救后则为“平仄仄平仄，仄平平仄平”。出句和对句也仍然平仄相对。同时又不犯孤平。

以上拗救在七言中类推，不单独列举。类似的拗句都可以按照这种要求进行拗救。但是，我们应该知道，这种拗救是可救可不救的。不救，也不违反格律的要求；救，只是为了使诗句的音律达到更加和谐和完美。

二、拗救的变通

拗救，看起来是一件很复杂的事。特别是历来对拗救的说法又不尽相同。但是，我们摸清它的脉络，抓住它的规律，那就简单得多了。特别是我们在实践中加以变通，来一点逆向思维，那么，掌握起来也会收到事半功倍的效果。

拗，是指诗句中不合平仄的字。救，就是改变相应位置上原有的平仄，以求与拗字相对应。我们在讲拗救的时候，大都说前边的字拗，后边的字救；出句拗，对句救。拗与救虽然是两个概念，它们却没有固定的位置和顺序。抛开拗与救的概念，逆向思考一下，我们也可以把它们看成是后边的字是拗，前边的字是救；对句是拗，出句是救。如第一字拗，第三字救中，我们也可以说成是第三字拗，第一字救。假如在一个诗句中，第三字有违平仄。而且这个字又特别重要，找不到合适的字来代替它。那我们就可以把第一字改变一下。也就是用第一字救第三字。其他的拗和救的顺序也都可以互换。这也就使我们对拗救的运用更加灵活起来。拗救的使用扩大了字词的选用范围。同时，也可以不同程度地避免出现因律害义的情况。

第四章　古体诗简介

我们讲诗的格律，是以格律诗也就是近体诗为主的。但是近体诗是在古体诗的基础上形成的。它是古典诗歌的一个发展。在唐代格律诗发展成熟以后，较为自由的古体诗仍然受到人们的喜爱。历代诗人也都利用这种形式，创作了大量的优秀作品。所以，我们在讲格律诗的同时，有必要对古体诗做一些必要的介绍。

古体诗的分类历来众说纷纭。依据不同的标准，不同的习惯叫法，可以划分出不同的种类。比如，可以分为三言、四言、五言、六言、七言和杂言。也可以分为古绝、古风、乐府诗、歌行体等等。这里采用一种较为通行的划分方法，即把古体诗分为古绝、古风和乐府诗。歌行体在讲古风和乐府诗时都会涉及，故不作单列。

第一节　古　绝

绝句分为律绝和古绝。古绝又分为五言古绝和七言古绝。古绝是相对于律绝而言的。由于七言古绝只是比五言古绝的每一句多两个字，而且这两个字又没有平仄格律要求，所以，这里把五言古绝和七言古绝结合在一起讲。

一、古绝与律绝的区别

古绝和律绝是有区别的。那么它们之间都有哪些区别呢？下面对比一下。

1．古绝与律绝的相同之处

（1）古绝和律绝在句数和字数上相同。

五言的古绝和五言的律绝都是每首四句，每句五个字，共二十个字。

七言的古绝和七言的律绝都是每首四句，每句七个字，共二十八个字。

（2）古绝和律绝一样都需要押韵。

2．古绝与律绝的不同之处

古绝与律绝的不同，概括起来就是：

律绝要受格律的限制。

古绝不受格律的限制。

律绝的格律前边讲过了。古绝不受格律的限制，具体体现在三个方面：

（1）古绝的平仄不受限制。

（2）古绝不讲究粘对。

（3）古绝的押韵多以仄声韵为主。

二、古绝的基本特征

下面我们就从古绝的平仄、用韵等方面分别来看一下它的基本特征。

1．古绝的平仄不受限制

古绝的平仄不受限制是古绝的主要特点之一。它没有固定的平仄句型和格式。

一粒红稻饭，几滴牛颔血。

｜｜—｜｜　｜｜—｜｜

珊瑚枝下人，衔杯吐不歇。

———｜—　——｜｜｜

——郑遨《伤农》

这首郑遨的《伤农》诗的平仄就是很随意的，平仄并不合律，且前两句还是完全相同的平仄变化。

但是，古绝往往在一首诗中拗句和律句同时存在。这种律句的存在，不是古绝固定的基本特征。也不是古绝平仄的要求。它只是一种巧合，只是诗人用的这句诗的平仄，赶巧正合了律句的要求。

空山不见人，但闻人语响。
— — ｜ ｜ —　｜ — — ｜ ｜
返景入深林，复照青苔上。
｜ ｜ ｜ — —　｜ ｜ — — ｜

——王维《鹿柴》

王维的这首《鹿柴》是一首仄韵的五言古绝。但是四句诗中就有三句律句。第一句是“b、平平仄仄平”句型；第三句是“d、仄仄仄平平”句型；第四句是“a、仄仄平平仄”句型。而第二句也是“平平平仄仄”句型，只是第一个字可平可仄用了仄声。

2. 古绝不讲究粘对

这也是古绝的主要特点之一。由于它不受平仄的限制，所以也就不可能要求粘对。有的古绝一联中出句和对句形成完全相同的平仄变化，而前一联的对句和后一联的出句又不相粘，与律绝的粘对正好相反。

洞房昨夜春风起，故人尚隔湘江水。
｜ — ｜ ｜ — — ｜　｜ — ｜ ｜ — — ｜
枕上片时春梦中，行尽江南数千里。
｜ ｜ ｜ — — ｜ —　— ｜ — — ｜ — ｜

——岑参《春梦》

这首岑参的《春梦》诗，就是七言古绝不粘不对的例子。第一联的出句和对句的平仄完全相同，并不相对。第二联出句第二字“上”与第一联对句第二字“人”属仄平相对，并不粘。第二联对句与出句第二字同为仄声，也不相对。

但是，也有有粘无对或者有对无粘的。这也都是一种巧合。如下面这首古绝就是。

松下问童子，言师采药去。
—｜｜—｜　——｜｜｜
只在此山中，云深不知处。
｜｜｜——　——｜—｜

——贾岛《寻隐者不遇》

这首诗首联出句和对句第二字是平仄相对的。但是，第二联出句与第一联对句并不粘。

3. 古绝押韵多以仄声韵为主

如果一首绝句用了仄声韵，那么，我们就可以肯定地说它是古绝了。

春眠不觉晓，处处闻啼鸟。
——｜｜｜　｜｜——｜
　　　　△　　　　　△
夜来风雨声，花落知多少。
｜——｜—　—｜——｜
　　　　　　　　　　△

——孟浩然《春晓》

这首孟浩然的《春晓》诗，从每一句来看，基本合律。第一句是五言绝句中的 c 句型“平平平仄仄”，只是第三字可平可仄，用了仄声。第二句和第四句则都是五言绝句中的a句型"仄仄平平仄"。只是第四句的第一字可平可仄，用了平声。第三句是五言绝句中的b句型"平平仄仄平"，是因第一字用了仄声，出现了孤平，所以第三字改用平声进行拗救的句式。

虽然这样，但是由于把仄收的句型用在了押韵的位置，于是这首诗变成了押仄声韵，所以它是五言古绝而不是律绝。因为律绝是不用仄声韵的。

但是，古绝中也有用平声韵的。如果一首绝句用的是平声韵，那就不能轻易地下结论，说它是律绝还是古绝了。这就要看它是否合乎粘对和平仄格律。如果不合乎粘对和平仄格律，那它就是古绝。

夜宿峰顶寺，举手扪星辰。
｜｜—｜｜　｜｜———
◎

不敢高声语，恐惊天上人。
｜｜——｜　｜——｜—
◎

——李白《题峰顶寺》

这首李白《题峰顶寺》诗，虽然押平声韵，一联内两句的平仄都不相对。前两句平仄不合律，第二句还用了三平调。所以说，这是一首古绝。

下面是两首七言古绝，一首是平声韵，另一首是仄声韵。列在这里，以供参考。

李白题诗水西寺，古木回岩楼阁风。
｜｜——｜—｜　｜｜———｜—
◎

半醒半醉游三日，红白花开山雨中。

｜｜｜｜——｜　—｜———｜—

◎

——杜 牧《念昔游之二》

运锄耕劚侵晨起，陇亩丰盈满家喜。

｜——｜——｜　｜｜——｜—｜

△　　　　　　△

到头禾黍属他人，不知何处抛妻子！

｜——｜｜——　｜——｜——｜

△

——张碧《农父》

第二节　古　风

有人只把五言古诗叫作古风；也有人只把歌行体叫作古风。这里不采取这些说法。

古风又叫古诗。它是每首超过四句的古体诗。古风以五言、七言、杂言为主。

五言古风也称五古。七言古风也称七古。三言、五言、七言混杂的，称为杂言诗。

不过，一般来讲，只有整篇都是五言诗句才叫五言古风，如果夹杂了非五言的句子，不管占多大比例，也都叫七言古风。杂言诗也不单列，一律归类于七言古风。

从古风的如下特点就可以看到它与律诗的区别了。

1. 篇幅不限，句数多少均可。

2. 句式不同，长短句可混用。

3. 不讲究平仄。

4. 不要求粘对。

5. 不要求对仗。

6. 用韵自由。

下面把古风的这些特点分别进行讲解。

一、篇幅不限，句数多少均可

古风不限篇幅，它的句数可多可少。少则三五句，多则几十上百句不限。常有以字数或韵数为题的。如李白的《……留别金陵崔侍御十九韵》、杜甫的《自京赴奉先县咏怀五百字》等。古风整篇的句数可以是双数，也可以是单数。单数是指篇中有一个构不成一联的单独句子。这个句子叫畸零句。畸零句可以在篇中，也可以在篇尾。但以在篇尾者为多。

阴山健儿鞭鞚急，走势能追北风及。
逶迤一虎出马前，白羽横穿更人立。
回旗倒戟四边动，抽矢当前放蹄入。
爪牙蹭蹬不得施，碛上流丹看来湿。
胡天朔漠杀气高，烟云万里埋弓刀。
穹庐无工可貌此，汉使自解丹青包。
堂上绢素开欲裂，一见犹能动毛发。
低徊使我思古人，此地抟兵走戎羯。
禽逃兽遁亦萧然，岂若封疆今晏眠。
契丹弋猎汉耕作，飞将自老南山边，
还能射虎随少年。

——王安石《阴山画虎图》

王安石的这首《阴山画虎图》就是一首带有畸零句的古风。

北溟有巨鱼，身长数千里。
仰喷三山雪，横吞百川水。
凭陵随海运，焯赫因风起。
吾观摩天飞，九万方未已。

——李白《古风五十九首》之三十三

这是一首篇幅比较短的古风。它只有八句，而且句式整齐，看上去像一首五言律诗。但它在平仄、粘对、用韵等方面都不符合律诗的格律。所以，它不是律诗。

二、句式不同，长短句可混用

五言古风每句五个字。七言古风不但可以每句七个字，还可以不同字数的长短句互用。所以有人把古风称为古代的“自由诗”。但主要指的是七古，因为七古包含了杂言。

噫吁戏，危乎高哉！
蜀道之难，难于上青天！
蚕丛及鱼凫，开国何茫然。
尔来四万八千岁，不与秦塞通人烟。
西当太白有鸟道，可以横绝峨眉巅。
地崩山摧壮士死，然后天梯石栈相钩连。
上有六龙回日之高标，下有冲波逆折之回川。
黄鹤之飞尚不得过，猿猱欲度愁攀援。
青泥何盘盘，百步九折萦岩峦。
扪参历井仰胁息，以手抚膺坐长叹。
问君西游何时还，畏途巉岩不可攀。
但见悲鸟号古木，雄飞雌从绕林间。
又闻子规啼夜月，愁空山。
蜀道之难，难于上青天！

使人听此凋朱颜。
连峰去天不盈尺，枯松倒挂倚绝壁。
飞湍瀑流争喧豗，砯崖转石万壑雷。
其险也如此，嗟尔远道之人胡为乎来哉！
剑阁峥嵘而崔嵬，一夫当关，万夫莫开。
所守或匪亲，化为狼与豺。
朝避猛虎，夕避长蛇，
磨牙吮血，杀人如麻。
锦城虽云乐，不如早还家。
蜀道之难，难于上青天！
侧身西望长咨嗟。

——李白《蜀道难》

这首《蜀道难》，是李白的代表作。全诗二百九十四字，句式以三言、四言、五言、七言至九言、十一言相杂，长短不一，错落交替。以流畅的语言，磅礴的气势，表现了山川之险，蜀道之难。读来令人荡气回肠。

三、不讲究平仄

古风是不讲究平仄的。在律诗中不能用的平仄搭配，在古风中都可以用。更没有什么孤平、三平调之类的避忌。相反，多个连续的平声或仄声的使用和句尾的“平平平”、“仄仄仄”、“平仄平”、“仄平仄”句式，都成了它的特色。由于句尾的“仄仄仄”、“平仄平”、“仄平仄”句式，在律诗中也常常会用到，就像古风中也会出现律句一样，这只是诗句语言的巧合，而不是格律的要求。

所以，从平仄上区分古风和律诗的关键，要着重看是否使用了多个连续的平声或仄声、孤平以及三平调等拗句。

西登香炉峰，南见瀑布水。
— — — — —　— | | | |
挂流三百丈，喷壑数十里。
　　　　　　— | | | |
欻如飞电来，隐若白虹起。
初惊河汉落，半洒云天里。
仰观势转雄，壮哉造化功。
海风吹不断，江月照还空。
空中乱潨射，左右洗青壁。
　　　　　　　　| — |
飞珠散轻霞，流沫沸穹石。
　　　　　　　　| — |
而我乐名山，对之心益闲。
　　　　　　　　— | —
无论漱琼液，且得洗尘颜。
且偕宿所好，永愿辞人间。
　　| | |　　　　— — —

——李白《望庐山瀑布》

李白的这首古风《望庐山瀑布》，第一句用了五个连续的平声字。第二句和第四句则分别用了四个连续的仄声字。另外“洗青壁”、“沸穹石”是“仄平仄”，“心益闲”是“平仄平”，“宿所好”是三仄脚，末句的“辞人间”是三平调，等等。虽然有“且得洗尘颜”这样的标准律句，但它仍然是一首五言古风。

四、不要求粘对

古风不要求粘对。由于古风的平仄比较随意，没有限制性要求，所以它也无法构成规律性的粘对。但是在古风中也有部分相粘、相对的情况。这种个别的粘对，也只是巧合，而不是必须的要求。

小时不识月，呼作白玉盘。
又疑瑶台镜，飞在青云端。
仙人垂两足，桂树何团团。
白兔捣药成，问言与谁餐？
蟾蜍蚀圆影，大明夜已残。
羿昔落九乌，天人清且安。
阴精此沦惑，去去不足观。
忧来其如何？凄怆摧心肝。

——李白《古朗月行》

李白的这首《古朗月行》中，有三处相粘，四处不粘。三处相粘的是三、四联的“树、兔”，四、五联的“言、蜍”，六、七联的“人、精”。其他各联则不粘。这种情况在古风中是很常见的。

五、不限制对仗

对仗，在古风中也是没有硬性要求的。但是，对仗在古体诗中是一种修辞手段。诗人在展现诗的内容时，要运用各种不同的手段来加以表达。这种对仗的形式，也不可避免地受到诗人的青睐。但是，古风中的对仗可以不那么严格。特别是在平仄上常常并不相对。所以，我们必须清楚，律诗的对仗，是格律的要求；古风的对仗是修辞方法。古风中的对仗没有限制，可有可无，可多可少，可宽可严。

一百四十年，国容何赫然。
隐隐五凤楼，峨峨横三川。
王侯象星月，宾客如云烟。
斗鸡金宫里，蹴鞠瑶台边。

举动摇白日，指挥回青天。
当涂何翕忽，失路长弃捐。
独有扬执戟，闭关草太玄。

——李白《古风五十九首》其四十六

这是李白《古风五十九首》的第四十六首。这首古风除了首尾两联外，都用了对仗。可以清楚地看到，这些对仗有的不像律诗中的对仗那么严格工整。无论是平仄还是粘对上，也多是不符合格律的。

北风卷地白草折，胡天八月即飞雪。
忽如一夜春风来，千树万树梨花开。
散入珠帘湿罗幕，狐裘不暖锦衾薄。
将军角弓不得控，都护铁衣冷犹著。
瀚海阑干百丈冰，愁云惨淡万里凝。
中军置酒饮归客，胡琴琵琶与羌笛。
纷纷暮雪下辕门，风掣红旗冻不翻。
轮台东门送君去，去时雪满天山路。
山回路转不见君，雪上空留马行处。

——岑参《白雪歌送武判官归京》

岑参的《白雪歌送武判官归京》中，除首联与尾联没有使用对仗外，中间各联虽然有的使用了对仗，但未使用对仗的占了多数。

六、用韵自由

古风的用韵也是很自由的，它既可以押仄声韵，也可以押平声韵；既可以隔句押韵，也可以句句押韵；既可以一韵到底，也可以中间换韵，甚至平仄韵交替。下边分别看一下古风用韵的不同形式。

1. 可押仄声韵

古风可以押仄声韵，这是它的一大特色。但是在押仄声韵的时候，除换韵之外，上声、去声、入声是要分开的。入声不能与上声、去声通押，只能单独使用。上声、去声一般也是要分开的，但这一条并不严格。上声、去声通押的情况有时也有。

郑容西入关，行行未能已。
　　　　　　　　　　△
白马华山君，相逢平原里。
　　　　　　　　　　△
璧遗镐池公，明年祖龙死。
　　　　　　　　　　△
秦人相谓曰，吾属可去矣。
　　　　　　　　　　△
一往桃花源，千春隔流水。
　　　　　　　　　　△

——李白《古风五十九首》其三十一

（△表示押仄声韵，下同）

这是李白《古风五十九首》的第三十一首。这首古风从头至尾五韵都押的仄声韵。而且“已、里、死、矣、水”都是上声四纸韵。

何处闻秋声，翛翛北窗竹。
　　　　　　　　　　△
回薄万古心，揽之不盈掬。
　　　　　　　　　　△
静来观众妙，浩然媚幽独。
　　　　　　　　　　△

白云南山来，就我檐下宿。
△
懒从唐生决，羞访季主卜。
△
四十九年非，一往不可复。
△
野情转萧散，世道有翻覆。
△
陶令归去来，田家酒应熟。
△

——李白《寻阳紫极宫感秋作》

这也是李白的一首古风。这首古风从头至尾八韵用的都是入声韵。而且都是一屋韵，没有例外。

孟冬十郡良家子，血作陈陶泽中水。
△
野旷天清无战声，四万义军同日死。
△
群胡归来血洗箭，仍唱胡歌饮都市。
△
都人回面向北啼，日夜更望官军至。
△

——杜甫《悲陈陶》

杜甫的这首古风，前三韵用了上声的四纸韵，最后一韵则是去声的四寘韵。这是上声和去声通押。

2. 可押平声韵

古风可以押仄声韵，但也不排斥平声韵。平声韵在古风中也占有一定的地位。李白和杜甫都有大量的平韵古风作品。李白的《古风五十九首》中，就大多都是平声韵。如《大雅久不作》、《秦皇扫六合》、《一百四十年》、《代马不思越》、《咸阳二三月》、《西上莲花山》等等。

下马古战场，四顾但茫然。
◎
风悲浮云去，黄叶坠我前。
◎
朽骨穴蝼蚁，又为蔓草缠。
◎
故老行叹息，今人尚开边。
◎
汉虏互胜负，封疆不常全。
◎
安得廉颇将，三军同晏眠。
◎

——杜甫《遣兴三首》之一

（◎表示押平声韵，下同）

这是杜甫《遣兴三首》中的一首，是古风中押平声韵的例子。诗中“然、前、缠、边、全、眠”六韵均是下平声一先韵。

3. 可隔句押韵

隔句押韵，就是每逢双句押韵。同时，它的首句是否入韵也没有要求。即入韵也可，不入韵也可。这些都与律诗是相同的。

木兰之枻沙棠舟，玉箫金管坐两头。
◎ ◎

美酒樽中置千斛，载妓随波任去留。
◎
仙人有待乘黄鹤，海客无心随白鸥。
◎
屈平词赋悬日月，楚王台榭空山丘。
◎
兴酣落笔摇五岳，诗成笑傲凌沧洲。
◎
功名富贵若长在，汉水亦应西北流。
◎

——李白《江上吟》

李白的这首《江上吟》就是隔句押韵的，押的都是下平声十一尤的韵，而且首句入韵。

隔句押韵的古风，如果双句押仄声韵，单句句末就要用平声字；如果双句押平声韵，单句句末就要用仄声字。首句入韵除外。但特殊情况也有。

出门见南山，引领意无限。
秀色难为名，苍翠日在眼。
有时白云起，天际自舒卷。
心中与之然，托兴每不浅。
何当造幽人，灭迹栖绝巘？

——李白《望终南山寄紫阁隐者》

李白的这首《望终南山寄紫阁隐者》，是一首仄韵古风。所以，单句句末就要用平声字。但是它的第五句句末就用了一个仄声字“起”。这是一个特殊的例子。

4. 可句句押韵

五言古风中没有句句押韵的。因为五言每句只有五个字。句句押韵就变成了隔四个字一押韵。押韵的间隔距离太近，读起来不爽，有一种急促的感觉。句句押韵的七言古风可以说是源于汉武帝时的“柏梁体”。相传汉武帝建柏梁台，与群臣联句，共赋七言诗。每人一句，句句用平韵，世称柏梁体。柏梁体的特点除了必须七言、句句用平声韵之外，还可以总的句数是单数。柏梁体比起其他形式的古风来，它的限制就多了一些。

句句押韵的七言古风，最具代表性的要算魏文帝曹丕的《燕歌行》了。这首《燕歌行》被称为我国最早的完整的七言诗，对后来的七言诗的发展具有很大影响。

秋风萧瑟天气凉，
草木摇落露为霜。
群燕辞归鹄南翔，
念君客游多思肠。
慊慊思归恋故乡，
君何淹留寄他方？
贱妾茕茕守空房，
忧来思君不敢忘，
不觉泪下沾衣裳。
援琴鸣弦发清商，
短歌微吟不能长。
明月皎皎照我床，
星汉西流夜未央。
牵牛织女遥相望，
尔独何辜限河梁。

——曹丕《燕歌行》

曹丕的这首《燕歌行》从首句的“凉”到末句的“梁”句句押韵，而且押的都是七阳韵。其中“忘、望”二字都属阳韵、漾韵兼收的双韵字。

5. 可一韵到底

在一首诗中只用同一部韵，叫作一韵到底。律诗中都是一韵到底的，但那是格律的硬性规则。古风中并没有必须一韵到底的要求，是否一韵到底须由诗人自行决定。在古风中一韵到底，也是诗人喜爱的一种形式。不管是平韵古风还是仄韵古风中，都有大量的一韵到底的优秀诗篇。

长沙入楚深，洞庭值秋晚。
人随鸿雁少，江共蒹葭远。
历历余所经，悠悠子当返。
孤游怀耿介，旅宿梦婉娩。
风土稍殊音，鱼虾日异饭。
亲交俱在此，谁与同息偃？

——韩愈《送湖南李正字归》

韩愈的这首《送湖南李正字归》，是一首仄声韵的古风。一共六韵，用的都是上声十三阮的韵。属一韵到底。

秦城岁云暮，大雪满皇州。
雪中退朝者，朱紫尽公侯。
贵有风雪兴，富无饥寒忧。
所营唯第宅，所务在追游。
朱轮车马客，红烛歌舞楼。
欢酣促密坐，醉暖脱重裘。
秋官为主人，廷尉居上头。
日中为乐饮，夜半不能休。
岂知阌乡狱，中有冻死囚。

——白居易《歌舞》

白居易的这首《歌舞》是他的《秦中吟十首》中的第九首。这是一首平韵古风。全诗共有九韵，都用的下平声十一尤韵。也是一韵到底。

6. 可中间换韵

古风不仅可以一韵到底，还可以中间换韵。换韵也叫转韵，这是古风用韵方面的又一大特色。换韵就是在一首诗中间转换为另一个韵。古风的中间换韵是很宽松的。它的这种转换可以不止一次。它可以在本声调内的不同韵之间转换，即平声内不同韵的转换，上声、去声与入声之间不同韵的转换。它还可以进行平仄韵的转换。在转换的位置上也没有具体要求。可以一韵一换，也可以两韵一换，三韵一换，或者更多。唯一要注意的是，换韵的那句前面的单数句最后一字要入韵，入后面要换的那个韵。犹如绝句和律诗的首句入韵一样。这样可以使韵的转换自然、和谐。否则会有突兀之感。但这个入韵也宽松得多，可以入邻韵。甚至个别不入韵的也有。下面举几个例子作为参考。

汉家三十六将军，(首句入韵)
东方雷动横阵云。(上平声十二文韵)
鸡鸣函谷客如雾，(入后韵)
貌同心异不可数。(转去声七遇韵)
赤丸夜语飞电光，(入后韵)
徼巡司隶眠如羊。(转下平声七阳韵)
当街一叱百吏走，(入后韵)
冯敬胸中函匕首。(转上声廿五有韵)
凶徒侧耳潜惬心，
悍臣破胆皆杜口。(押前韵)
魏王卧内藏兵符，(入后韵)
子西掩袂真无辜。(转上平声七虞韵)

羌胡毂下一朝起，（入后韵）
敌国舟中非所拟。（转上声四纸韵）
安陵谁辨削砺功，
韩国讵明深井里。（押前韵）
绝胭断骨那下补，（入后韵）
万金宠赠不如土。（转上声七麌韵）

——柳宗元《古东门行》

柳宗元的这首《古东门行》大多是一韵一换。只有中间两次是两韵一换。而且是平仄韵互换。每次换韵前的单数句都入韵。

老兔寒蟾泣天色，（以邻韵入后韵）
去楼半开壁斜白。（押入声十一陌韵）
玉轮轧露湿团光，
鸾佩相逢桂香陌。（押入声十一陌韵）
黄尘清水三山下，（入后韵）
更变千年如走马。（转上声二十一马韵）
遥望齐州九点烟，
一泓海水杯中泻。（押上声二十一马韵）

——李贺《梦天》

李贺的这首《梦天》，是标准的两韵一换的。前两句押的是入声十一陌的韵，后两句押的是上声二十一马韵。首句以邻韵入声十三职入韵。换韵前的单数句，以后面的二十一马韵入韵。

花间一壶酒，独酌无相亲。
◎
举杯邀明月，对影成三人。
◎

月既不解饮，影徒随我身。
◎
暂伴月将影，行乐须及春。
◎
我歌月徘徊，我舞影零乱。（转仄声韵）
△
醒时相交欢，醉后各分散。
△
永结无情游，相期邈云汉。
△
——李白《月下独酌》

这是李白《月下独酌四首》的第一首。这首五言古风是平仄韵互换。前四韵用了上平声十一真韵，后三韵用的是去声十五翰韵。

中间换韵也只是一种表现形式，不可过于拘泥。要根据表现内容的需要来确定几韵一换，什么位置换，怎么换。从而使作品更加和谐和完美。

第三节　乐府诗

乐府原指古代掌管音乐的官署。它的任务之一就是制定乐谱，采集诗歌。诗歌的主要来源是采集民间的民歌。后来才有文人模仿乐府古题的作品。人们把这类诗歌称为乐府或乐府诗。乐府诗是可以配乐的。早期的乐府诗是以民歌为主，所以在形式上、句式上都很自由，没有什么约束。篇幅上可长可短，少则十几字，多则可达千言以上。句式上三言、四言、五言、七言都有。完整的七言体并不多，完整的五言体和多种句式混杂的杂言较多见。应该说，后来的五言、七言古体诗就是滥觞于此。乐府诗所表现的内容、题材也非常广泛。它通过叙事、抒情直接反映社会现时生活。古乐府命题多用歌、行、曲、引、吟、谣等来命名。

后来随着文人诗歌的增多，近体诗的出现，格律诗的发展，乐府诗的内容和形式也越来越丰富。乐府诗本来是能够入乐也叫合乐的，但是后来乐府诗和音乐就渐渐地脱离了。至唐代杜甫弃乐府古题，自创题目，写出了三吏、三别等优秀诗篇。白居易提出“新乐府运动”使乐府诗又有了进一步发展。其实，唐以后的乐府诗与其他古体诗没有多大区别。而且乐府诗中还出现了一些完全合律的近体诗。明代胡应麟在《诗薮》中说：“余历考汉、魏、六朝、唐人诗，有三言、四言、五言、六言、七言、杂言、近体、排律、绝句，乐府皆备有之。”

下面，举几个例子以增加我们对乐府诗的进一步了解。

一、早期的乐府民歌

上邪！
我欲与君相知，
长命无绝衰。
山无陵，江水为竭，
冬雷震震，夏雨雪，
天地合，
乃敢与君绝！

——乐府民歌《上邪》

江南可采莲，莲叶何田田。
鱼戏莲叶间，鱼戏莲叶东，
鱼戏莲叶西，鱼戏莲叶南，

鱼戏莲叶北。

——乐府民歌《江南》

青青河畔草，绵绵思远道。
远道不可思，宿昔梦见之。
梦见在我傍，忽觉在他乡。
他乡各异县，展转不相见。
枯桑知天风，海水知天寒。
入门各自媚，谁肯相为言！
客从远方来，遗我双鲤鱼，
呼儿烹鲤鱼，中有尺素书。
长跪读素书，书中竟何如？
上言加餐食，下言长相忆。

——乐府民歌《饮马长城窟行》

从上面的乐府民歌中可以看到这种乐府民歌的自由和随意。第一首《上邪》，有二字句、三字句、四字句、五字句、六字句，句式显得很自由随意。第二首《江南》，整篇句数为奇数七句。第三首《饮马长城窟行》，通篇五言句式，体现了五言诗的整齐美。

二、以叙事为主的乐府诗

乐府诗中有相当一部分是以叙事为主的。这些叙事诗直接反映现实生活和平民的疾苦，所以具有浓厚的生活气息。如《陌上桑》、《焦仲卿妻》等名篇，以及杜甫的“三吏”、“三别”，白居易的一些新乐府诗篇都是代表。下面的《木兰诗》就是以叙事为主的乐府诗。

唧唧复唧唧，木兰当户织。
不闻机杼声，惟闻女叹息。

问女何所思，问女何所忆？
女亦无所思，女亦无所忆。
昨夜见军帖，可汗大点兵，
军书十二卷，卷卷有爷名。
阿爷无大儿，木兰无长兄，
愿为市鞍马，从此替爷征。

东市买骏马，西市买鞍鞯，
南市买辔头，北市买长鞭。
旦辞爷娘去，暮宿黄河边；
不闻爷娘唤女声，但闻黄河流水鸣溅溅。
旦辞黄河去，暮至黑山头；
不闻爷娘唤女声，但闻燕山胡骑鸣啾啾。

万里赴戎机，关山度若飞。
朔气传金柝，寒光照铁衣。
将军百战死，壮士十年归。

归来见天子，天子坐明堂。
策勋十二转，赏赐百千强。
可汗问所欲，木兰不用尚书郎。
愿驰千里足，送儿还故乡。

爷娘闻女来，出郭相扶将；
阿姊闻妹来，当户理红妆；
小弟闻姊来，磨刀霍霍向猪羊。
开我东阁门，坐我西阁床。
脱我战时袍，著我旧时裳，

当窗理云鬓，对镜帖花黄。
出门看伙伴，伙伴皆惊惶：
同行十二年，不知木兰是女郎！

雄兔脚扑朔，雌兔眼迷离；
双兔傍地走，安能辨我是雄雌？

——《木兰诗》

这首《木兰诗》以五言为主，杂以少量的非五言句式。诗中讲的是木兰替父从军的故事。这个故事直到现在仍然家喻户晓，可见其影响之大。

三、用乐府旧题的乐府诗

前人常常用乐府的旧题来写诗。如歌、行、曲、吟、谣等等。他们不但用这些旧题抒写了崭新的思想内容和社会内容，还以五言、七言、杂言等不同句式，古风、绝句、律诗等不同体裁入诗，在形式上也使乐府诗得以更加丰富。

金樽清酒斗十千，玉盘珍馐直万钱。
停杯投箸不能食，拔剑四顾心茫然。
欲渡黄河冰塞川，将登太行雪满山。
闲来垂钓碧溪上，忽复乘舟梦日边。
行路难，行路难！多歧路，今安在？
长风破浪会有时，直挂云帆济沧海。

——李白《行路难》之一

李白的这首《行路难》用的就是古乐府旧题，可以清楚地看到，这一首乐府诗除了用古乐府旧题外与七言古风没有什么区别。

青海长云暗雪山，孤城遥望玉门关。
黄沙百战穿金甲，不破楼兰终不还。

——王昌龄《从军行》

五月天山雪，无花只有寒。
笛中闻折柳，春色未曾看。
晓战随金鼓，宵眠抱玉鞍。
愿将腰下剑，直为斩楼兰。

——李白《塞下曲》之四

《从军行》是古乐府旧题，《塞下曲》是唐乐府题。这两首诗，都是在平仄节奏、粘对、用韵等方面完全合律的格律诗。前者是七言绝句，后者是五言律诗。

四、不用乐府旧题的乐府诗

自杜甫弃乐府古题，到白居易的“新乐府运动”，乐府诗从内容到形式上减少了限制，所面临的天地就更加广阔了。

卖炭翁，伐薪烧炭南山中。
满面尘灰烟火色，两鬓苍苍十指黑。
卖炭得钱何所营？身上衣裳口中食。
可怜身上衣正单，心忧炭贱愿天寒。
夜来城外一尺雪，晓驾炭车辗冰辙。
牛困人饥日已高，市南门外泥中歇。
翩翩两骑来是谁？黄衣使者白衫儿。
手把文书口称敕，回车叱牛牵向北。
一车炭，千余斤，宫使驱将惜不得。
半匹红纱一丈绫，系向牛头充炭直。

——白居易《卖炭翁》

这是白居易仿照乐府体制创作的“新乐府”。他已经不用乐府旧题，而是以诗的内容为题。这首诗以叙事为主，通过卖炭老人的不幸遭遇，反映了劳动人民的疾苦，揭露了统治阶级及其爪牙的罪恶。

第三编
词的格律入门

第一章　词的基本知识

词源于乐府民歌。萌芽于南朝，形成于唐代，盛行于两宋。但一般都说始于唐，盛于宋。

因为词最初也是配音乐的，是先有曲调，后有文词，所以又称曲子词。后来词渐渐地与音乐脱离了，形成了一种新的、独立的诗歌体裁。词因其在形成发展过程中与诗歌的渊源，一般都认为它是由诗歌发展而来，是诗的别体，所以又称其为诗余。词的句式长短不一，故又称为长短句。

词与诗不同,它有自己的特点和分类。下面我们分别看一下。

第一节　词的特点

词的特点是在其发展中形成的。由于它和音乐、诗歌的渊源，所以在它的特点中就不可避免地带有音乐和诗歌的色彩。正因为这样，它才同样得到诗人词家的青睐。下面就从它的格式、句式、平仄、用韵等方面分别进行介绍。

一、每调各有格式

词没有一个统一固定的格式。它不像律诗只有四种基本格式。词则不同。词是每个词调都有自己的格式。它们的平仄、句式、用韵都各不相同。格式之外还有变格，也称又一体。这种词调的平仄、句式、用韵格式就叫词谱。清代《钦定词谱》收入词谱 826 调，2306 体，据说还有遗漏。可见词的格式之多。

二、句式有长有短

词的句式不像诗那么整齐。之所以把它叫作长短句，就是因为它的句式长短不一。最短的句子可以少到一字一句。《十六字令》第一句就是一个字。多者七字一句为主，八字以上者较少。我们常见的《沁园春》下阕第二句就是八个字。下面就是《十六字令》（又名《归字谣》）和《沁园春》的例子。

归。
目断吾庐小翠微。
斜阳外，
白鸟傍山飞。

——袁去华《归字谣》

我醉狂吟，
君作新声，
倚歌和之。
算芬芳定向，
梅间得意，
轻清多是，
雪里寻思。
朱雀桥边，
何人会道，
野草斜阳春燕飞。
都休问，
甚元无霁雨，
却有晴霓。

诗坛千丈崔嵬。
更有笔如山墨作溪。
看君才未数，
曹刘敌手；
风骚合受，
屈宋降旗。
谁识相如，
平生自许，
慷慨须乘驷马归。
长安路，
问垂虹千柱，
何处曾题。

——辛弃疾《沁园春·答杨世长》

不过，八字、九字、十一字的长句，有的直接作一句贯通；有的也把它从中断开。它们大都是上三下五、上四下五、上四下七的句式。

三、平仄限制严格

词的平仄是有严格限制的。不管每句是几个字，都有固定的平仄。每一个句子都有自己的平仄格式。词句多以律句为主，但也有一些拗句。每一个句子用律句还是拗句，都是词谱中的硬性规定，不可随意变更。有些词不但限制平仄，就连声调也要明确下来。

四、押韵形式多样

词在用韵上有很多种形式，有连续押韵的，也有隔句押韵、三句押韵的。既可以押平声韵，也可以押仄声韵；既可以一韵到底，也可以换韵；既可以平仄通押，也可以平仄错落押韵。押韵的形式虽多，但每个词调中都是固定的。不能随意改变。具体的押韵格式，后面的相关章节中还要讲到。

第二节　词的分类

对于词来说，从不同的角度划分，就有不同的分类。下面从字数和结构的角度分别来讲。

一、按字数划分

按字数划分，词可以分为小令、中调、长调。明顾从敬编选的《类编草堂诗余》改按词调长短分类，首次提出按小令、中调、长调的划分方法。后人又据此明确为五十八字以内为小令，五十九字至九十字为中调，九十一字以外为长调。但这种划分后来引起一些异议，认为小令、中调、长调之间的截然分界并不科学。

二、按结构划分

按结构划分，词可以分为单调、双调、三叠、四叠。

1. 单调

所谓单调，就是一首词只有一段。单调没有太长的篇幅，都属小令。它看上去很像一首诗。字句整齐的像绝句。《浪淘沙》就有七言绝句式的。字句不整齐的像古诗。但是由于词的平仄句式和用韵的独特性，我们吟诵起来它的韵味就和古诗大不相同了。

晴野鹭鸶飞一只，
水蘋花发秋江碧。
刘郎此日别天仙，
登绮席，

泪珠滴，
十二晚峰青历历。

——皇甫松《天仙子》

这首《天仙子》就是单调小令。它三十四字，六句，五仄韵。

单调的词常见的有《渔歌子》、《潇湘神》、《捣练子》、《江南春》、《忆王孙》、《如梦令》，还有前面提到的《十六字令》等。

还有一些单调的词，除了本格之外还有变格。本格是单调，变格是双调。如《忆江南》、《江城子》《天仙子》等。

2. 双调

双调就是一首词有两段。词的段也叫片或阕。第一段叫上片或上阕，第二段叫下片或下阕。也有叫前片后片的。双调的词最多，是词的主体。双调既有小令，又有中调，还有长调。双调上下片的关系也有不同。有上下片相同者，有上下片不同者。

(1) 上下片相同

上下片相同是指下片在句数、句式、平仄、押韵等方面，都与上片完全一样。下片就是上片的重复。如《巫山一段云》、《三字令》、《唐多令》、《破阵子》、《鹊桥仙》、《风入松》、《蝶恋花》、《渔家傲》、《苏幕遮》等，就是这一类型。它们的下片与上片没有区别。

古庙依青嶂，
行宫枕碧流。
水声山色锁妆楼，
往事思悠悠。

云雨朝还暮，
烟花春复秋。

啼猿何必近孤舟，
行客自多愁。

——李珣《巫山一段云》

这首《巫山一段云》就是上片和下片在句数、句式、平仄、押韵等方面完全相同的例子。

（2）上下片不同

上下片不同又分两种。

一种是下片与上片略有不同。如《浣溪沙》，上下片的区别只是上片首句入韵，下片首句不入韵。其他则完全相同。《画堂春》也是上片首句入韵，下片首句不入韵。但上下片首句在字数、平仄上也不相同。《阮郎归》也是上下片开头不同，后三句完全相同。

绿槐高柳咽新蝉，
薰风初入弦。
碧纱窗下水沉烟，
棋声惊昼眠。

微雨过，小荷翻，
榴花开欲然。
玉盆纤手弄清泉，
琼珠碎却圆。

——苏轼《阮郎归·初夏》

这首《阮郎归》，下片开头处（也叫“换头”）把上片首句的七字句改为两句，各为三字句。除此之外，其他各句完全相同。上下片各四平韵也没有变。

另一种是下片与上片有较大不同。《八声甘州》、《扬州慢》、

《洞仙歌》、《淡黄柳》等，上下片的句式、字数平仄也都不相同。

空城晓角，
吹入垂杨陌。
马上单衣寒恻恻。
看尽鹅黄嫩绿，
都是江南旧相识。

正岑寂，
明朝又寒食。
强携酒、小桥宅，
怕梨花、落尽成秋色。
燕燕飞来，
问春何在？
惟有池塘自碧。

——姜夔《淡黄柳》

这一首《淡黄柳》，双调，六十五字。上下片完全不同。它的前片五句，三仄韵；后片七句，五仄韵。而且句式也都各不相同。

3. 三叠、四叠

三叠、四叠就是一首词有三段或四段。三叠、四叠的词调都不多。《兰陵王》、《宝鼎现》、《夜半乐》等是三叠；《莺啼序》就是四叠。下面列举几首，以供参考。

三叠的选两首：

卷珠箔，朝雨轻阴乍阁。
阑干外、烟柳弄晴，芳草侵阶映红药。
东风妒花恶。

吹落，梢头嫩萼。
屏山掩，沉水倦熏，中酒心情怕杯勺。

寻思旧京洛，正年少疏狂，歌笑迷著。
障泥油壁催梳掠。
曾驰道同载，上林携手，灯夜初过早共约。
又争信飘泊。

寂寞，念行乐。
甚粉淡衣襟，音断弦索。
琼枝璧月春如昨。怅别后华表，那回双鹤。
相思除是，向醉里、暂忘却。

——张元干《兰陵王》

红妆春骑。
踏月影、竿旗穿市。
望不尽、楼台歌舞，习习香尘莲步底。
箫声断、约彩鸾归去，未怕金吾呵醉。
甚辇路、喧阗且止。
听得念奴歌起。

父老犹记宣和事。
抱铜仙、清泪如水。
还转盼、沙河多丽。
滉漾明光连邸第。
帘影冻、散红光成绮。
月浸葡萄十里。
看往来、神仙才子。

肯把菱花扑碎。

肠断竹马儿童，空见说、三千乐指。
等多时春不归来，到春时欲睡。
又说向、灯前拥髻。
暗滴鲛珠坠。
便当日、亲见霓裳，天上人间梦里。

——刘辰翁《宝鼎现·春月》

四叠的选一首：

金陵故都最好，有朱楼迢递。
嗟倦客、又此凭高，槛外已少佳致。
更落尽梨花，飞尽杨花，春也成憔悴。
问青山、三国英雄，六朝奇伟。

麦甸葵丘，荒台败垒。
鹿豕衔枯荠。
正潮打孤城，寂寞斜阳影里。
听楼头、哀笳怨角，未把酒、愁心先醉。
渐夜深，月满秦淮，烟笼寒水。

凄凄惨惨，冷冷清清，灯火渡头市。
慨商女不知兴废。
隔江犹唱庭花，馀音亹亹。
伤心千古，泪痕如洗。
乌衣巷口青芜路，认依稀、王谢旧邻里。
临春结绮。
可怜红粉成灰，萧索白杨风起。

因思畴昔，铁索千寻，谩沈江底。
挥羽扇、障西尘，便好角巾私第。
清谈到底成何事。
回首新亭，风景今如此。
楚囚对泣何时已。
叹人间、今古真儿戏。
东风岁岁还来，吹入钟山，几重苍翠。

——汪元量《莺啼序·重过金陵》

第三节 词 牌

一、词牌的形成

词牌就是词调格式的名称。每个词牌都有一个或多个格式，词人就是按照这种格式填词的。所以，选择了词牌就等于选择了格式。如果选择了词牌《一剪梅》，就等于要用《一剪梅》的格式去填词。但是，词牌不等于词的标题。标题是一首词内容的题目，是根据内容概括出来的。词牌则不同，它与所填词的内容无关。我们按照《一剪梅》格式所填的词，可以根本就不涉及梅的内容。如果这首词需要有一个标题，那就把它标在词牌“一剪梅”之后就可以了。如《一剪梅·×××》。当然，中间的“·”可有可无。也可以中间空一格。

那么，词牌是怎样形成的呢？它不外乎两个方面。一是源于乐曲的名称。如《菩萨蛮》、《蝶恋花》、《风入松》之类。它们原本是乐曲的名称，后来演变为仅用于限定字数、句式、平仄、用韵规则格式的名称，即词牌。二是源于这个词牌最初的第一首词的内容。如《渔歌子》、《更漏子》以及《秦楼月》、《如梦令》之类。最初第一个使用这个词牌的词，是以内容来确定标题的。它的标题或者是从内容中概括而来，或者是从这首词中有选择地摘出几个字、词或词组，甚至句子，来做标题。后人在按照他的这首词的格式填词的时候，就以最初的这个标题作为词牌。所以说，后人用了他的标题（词牌），只是用了他这首词的格式。与其内容是无关的。

箫声咽，
秦娥梦断秦楼月。
秦楼月，
年年柳色，
霸陵伤别。

乐游原上清秋节，
咸阳古道音尘绝。
音尘绝，
西风残照，
汉家陵阙。

——李白《忆秦娥》

芳菲歇，
故园目断伤心切。
伤心切，
无边烟水，
无穷山色。

可堪更近乾龙节，
眼中泪尽空啼血。
空啼血，

子规声外，
晓风残月。

——向子諲《秦楼月》

上面这两首词其实是同一词牌。词牌名《忆秦娥》，又名《秦楼月》。最初李白写了这首词，因词中有“秦娥梦断秦楼月”句，所以叫《忆秦娥》，又叫《秦楼月》。后来，宋代向子諲写的这首《秦楼月》就和“秦娥”、“秦楼”一点关系也没有了，它们只是变成了词牌的名称而已。

二、一词多格

前面说过，每个词牌都有一个或多个格式，词人就是按照这种格式填词的。也就是说，有些词牌只有一个格式。有些词牌则不止一个格式。其中有一个格式叫作本体，或本格、定格。另外的格式则叫作别体、又一体、变格、别格等。别体与本体的差别有大有小。有的只差几个字，有的则毫无相同之处。如《浪淘沙》就有七言绝句式、双调小令、小令别格，还有商调慢曲。《浪淘沙》的小令定格和小令别格只是首句差一个字；七言绝句式与双调小令截然不同；商调慢曲则是三叠，更不相同。而《柳梢青》的别格与定格则是句式不变，平仄略异，平韵改为入声韵。下面就是一首平声韵和一首入声韵的例子。

水月光中，
烟霞影里，
涌出楼台。◎
空外笙箫，
云间笑语，
人在蓬莱。◎

天香暗逐风回。◎
正十里、荷花盛开。◎
买个扁舟，
山南游遍，
山北归来。◎

——赵汝愚《柳梢青·西湖》

（此词平韵格上片首句有用韵、不用韵两种）

重阳时节。△
满城风雨，
更催行色。△
陇树寒轻，
海山秋老，
清愁如织。△

一杯莫惜留连，
我亦是、天涯倦客。△
后夜相思，
水长山远，
东西南北。△

——张孝祥《柳梢青·饯别蒋德施、粟子求诸公》

上面这两首词是同一词牌。前一首是平声韵，后一首是入声韵。虽然句式完全相同，但平仄当然要有所变化了。

还有一种情况，就是为了达到一种特定的效果，有时在词的正格词句中加一个衬字。如：

何处合成愁？

离人心上秋。
纵芭蕉、不雨也飕飕。
都道晚凉天气好；
有明月、怕登楼。

年事梦中休，
花空烟水流。
燕辞归、客尚淹留。
垂柳不萦裙带住，
漫长是、系行舟。

——吴文英《唐多令·惜别》

这个词牌的正格前段第三句，是上三下四的句式。吴文英在这首词里加了一个“也”字，就变成了上三下五的句式。其他都与正格相同。加了这个“也”字之后，其意韵和味道自然是大不相同了。

三、一牌多名

词牌还有一个现象，那就是一个词牌有多个名称。有的词牌只有一个名称，有些词牌则有好几个名称。也就是说它们都是同一词调格式的名称。比如《十六字令》，就又叫《苍梧谣》、《归字谣》。一词多名的词牌还是很多的。一个词牌除了最初的那个名称之外，其他的可以叫作别名。这些别名的来源大体有两个方面。

1. 由词牌格式的特点而来

有些词牌的格式具有与众不同的明显特点，人们就结合这一特点给它又取了一个别名。犹如我们现在所说的“外号”。如《苍梧谣》，由于它字数少，只有十六个字，就又叫它《十六字令》。

又如《念奴娇》，因全首共一百字，所以又叫《百字令》。

还有《三字令》，是因为它的每一句都只有三个字。

《八声甘州》则是全词共有八韵，故称“八声”。

2. 由后来的某一词作的影响而来

有些按照原来的词牌填写的词影响较大，或者受到人们的特别喜爱，于是就依据该词又给它取了一个别名。这个别名往往是该词中的一个词，一个词组，或一个句子。由于词人的喜好不同，有的词牌的别名往往却成了最常用的。比如《忆江南》，又名《望江南》、《梦江南》、《江南好》、《春去也》等。但它们都不是它最初的本名。最初它的本名叫《谢秋娘》，出自晚唐。后改为《望江南》。白居易作《忆江南》三首，本调遂改名为《忆江南》，一直沿用至今。

又如《念奴娇》，又名《大江东去》、《酹江月》。这是因为苏轼《念奴娇·赤壁怀古》中有“大江东去”、“一尊还酹江月”句。

《齐天乐》又名《台城路》。是因为周邦彦的一首《齐天乐·秋思》中有“绿芜凋尽台城路”句。这样的例子很多，不一一列举。

第四节　词　谱

词谱有两个概念。一个是把能代表各种词牌格式的前人作品有选择地集中起来，标上格式要求，编成一个集子，以便于词人填词时查找。如《词律》、《钦定词谱》、《白香词谱》等。这是一个词谱集的概念。另一个概念是指每个词牌的具体格式。即这个词牌的字数、句式、平仄、用韵等格式。也是词人填词的依据。前者只要掌握了每个《词谱》的查阅方法，按照《词谱》去查阅所列的具体词牌的格式（词谱）就可以了。而后者，即词牌的具体格式。人们把这种格式叫作词谱。它是每个词牌在字数、句式、平仄、用韵等方面的具体格式和规则。比如：

十六字令

又名《归字谣》、《苍梧谣》。

单调，十六字。四句，三平韵。

归。
—（韵）
猎猎熏风卷绣旗。
＋｜——＋｜—（韵）
拦教住，
——｜
重举送行杯。
＋｜｜——（韵）

——张孝祥

这就是《十六字令》的词谱。这个词谱中，我们可以看到，它的词牌名是《十六字令》。它的别名又叫《归字谣》、《苍梧谣》。有的《词谱》书上还标出别名的来历。如《钦定词谱》注为“蔡伸词名苍梧谣，周玉晨词名十六字令，袁去华词亦名归字谣”。还看到它是单调，十六字，四句，三平韵。然后是一首例词，并标有平仄、押韵的符号。各家《词谱》书所标平仄符号各不相同。如《钦定词谱》用白圈表示平声，用黑圈表示仄声，用半黑半白表示可平可仄。《词律》只在例词的可平可仄处标注可平，或者可仄。未标注处均按例词中字的平仄为准。

通过这个例子，我们对《词谱》书和具体词调的词谱就都有了一个比较清晰的了解。对具体词谱的掌握和应用要在下一章讲到。

第二章　词的基本格律

综观各种词牌的词谱，我们可以看到，它的基本格律主要体现在字数、句式、平仄、用韵等方面。本书在词谱中采用符号进行标注。“—”代表平声，“|”代表仄声，“+”代表可平可仄。句末标“（韵）”字处，表示此句末一字要押韵。末一字为“—”者，押平声韵；为“|”者，押仄声韵。个别处，根据需要，以“◎”代表押平声韵，“△”代表押仄声韵，“叠”代表叠韵。

第一节　词的字数和句式

一首词的总字数决定于词牌。每一个词牌的字数都是固定的。这是这个词牌的词谱中所明确的。如《阮郎归》四十七字，《蝶恋花》六十字，《水调歌头》九十五字等。

一首词内的句式也是固定的。词谱中明确了一个词牌共有多少句，每句多少字以及分几段、在什么位置分段等。现在，我们看两个例子。（以两种不同形式标注）

渔歌子

又名《渔父》、《渔父乐》。

单调，二十七字。五句，四平韵。

+ | — — | | —（韵）

＋－＋｜｜－－（韵）

－｜｜，

｜－－（韵）

＋－＋｜｜－－（韵）

从这个词谱可以看到，这个词牌叫作《渔歌子》的词，一共二十七字。五句，其中三个七言句，两个三言句。

渔家傲

双调，六十二字。上下片各五句，五仄韵。

＋｜＋－－｜｜，
△

＋－＋｜－－｜。
△

＋｜＋－－｜｜。
△

－＋｜，
△

＋－＋｜－－｜。
△

＋｜＋－－｜｜，
△

＋－＋｜－－｜。
△

＋｜＋－－｜｜。
△

－＋｜，
△

＋－＋｜－－｜。
　　　　　　　△

这个词牌叫作《渔家傲》的词，全首共六十二字。分两段（双调），前后片相同。第一、二、三句各七个字，第四句三个字，第五句七个字。上下片各五仄韵。是一首句句押韵的词。

从这两个词谱我们可以看到，它们的句式、字数各不相同。也就是说，每一个词牌都有自己的格式。句式的长短和字数的多少都是由不同的词牌而决定的。

第二节　词的平仄

词的平仄格律，要比律诗严格得多。词句的平仄，要重点掌握三个方面。一是固定的平仄格式；二是律句为主，拗句兼用。三是可平可仄。

一、固定的平仄格式

词的每一句的平仄格式都是固定的。这种固定，不是词的统一的固定，而是每一个词牌有每一个词牌的固定格式。不管是一字句，还是二字句、五字句、七字句，都是按照不同的格式要求被确定在不同的词牌中。词人再按照这种平仄格式去填词。例如，一字句，在这个词牌中被确定为平声，那么填词的时候就只能填平声字。而在另一个词牌中被确定为仄声，那么填词的时候就只能填仄声。如五言、七言句，在一个词牌中被确定为平起平收，那就只能按平起平收的句型填词；如果在另一个词牌中被确定为仄起仄收，填词的时候就只能按仄起仄收的句型填词。这是不能改变的。如果词谱中确定了某一句为拗句，那也只能按照拗句去填。因为词的格律中没有拗救一说。

二、律句为主，拗句兼用

由于受到律诗的影响，词的平仄句式多以律句为主。其中五字句和七字句多是律诗的四种基本句型。

如《十六字令》中的五字句就是 d 句型“仄仄仄平平”；七字句就是 B 句型“仄仄平平仄仄平”。《渔家傲》中第一句用的是七言的 C 句型“仄仄平平平仄仄”；第二句和结句都用的是 A 句型“平平仄仄平平仄”。它们都属于规范的基本律句。

除了五言、七言的律句外，三字、四字、六字句等也大都是合律的句子。这些律句都是从五言或者七言律句中截取的一部分。

三字句就是五言或七言律诗的四种基本句型的后三字，也叫三字尾。它们是“平平仄”、“仄仄平”、“平仄仄”、“仄平平”。如《渔歌子》中两个三字句，就是“平仄仄”、“仄平平”。《江城子》中连续两个三字句都用了“仄平平”。《阮郎归》下片的第一、二句也是三字句。它们分别用了“平仄仄”和“仄平平”。

四字句则是在七言律诗的四种基本句型中截取了前四个字。这四个基本句型的前四个字只有两种句式，即“平平仄仄”和“仄仄平平”。如《柳梢青》的上片六句都是四字句，就连续用了“仄仄平平，平平仄仄，仄仄平平。仄仄平平，平平仄仄，仄仄平平”。

六字句，可以说成是在四字句前面，加上两个与后面平仄相反的字。也可以说是在七言律诗的四种基本句型中截取了前六个字。这种合律的句式只有两种，即“平平仄仄平平”、“仄仄平平仄仄”（因为 C 句型和 D 句型截取后不合律）。如《醉太平》中上下片第三句都是“平平仄仄平平”。《画堂春》中上片第二句是“平平仄仄平平”，下片前两句是“仄仄平平仄仄，平平仄仄平平”。

八字句、九字句及以上的句式，在词中用的较少。《贺新郎》上下片倒数第三句“仄平平仄仄平平仄”，《虞美人》上下片的结句著名的“故国不堪回首月明中”、“恰似一江春水向东流”，就是“仄仄仄平平仄仄平平”。《相见欢》上下片结句都是“仄仄仄平平仄仄平平”。八字以上的句式，有的还把它从中隔开，看上去好像两句。如《虞美人》中的两个九字句，就常常把它分为上六下三的句式。秦观的“可惜一枝如画、为谁开”、“只怕酒醒时候、断人肠”，周邦彦的“比似寻常时候、易黄昏”、“又是一窗灯影、两愁人”都属于这种。

上面所列举的都属律句，在词当中用的很多，这样的例子比比皆是。虽然词的平仄句式中是以律句为主，但是，拗句也常常会用到。如《潇湘神》前两句“平仄平，平仄平”。《忆秦娥》中的“仄平平仄”。《声声慢》中的“仄仄仄”、“仄仄仄仄”、“平平仄平平仄”、“平平仄仄仄仄”、“仄仄仄平仄仄仄”。《黄莺儿》中的“平平平平”、“仄仄平平平仄平仄”。《醉太平》的“平平仄平”，“仄平平仄平”。《玉蝴蝶》的“仄平平仄平”。《忆旧游》的“仄平平平仄”。《锦堂春慢》中下片首句的“仄平平平平仄”。《寿楼春》中的“平平平平平”。《天仙子》中的“仄平平仄平平仄”。这些都是使用拗句的例子。

词中拗句的使用，也是词牌格式即具体某一词谱所确定下来的。它既不能拗救，也不能随意改变。是律句就要按照律句去填词，是拗句就要按照拗句去填词。

三、可平可仄的原则

词的律句中，有些位置的字也是可平可仄的。因为律句是受了格律诗中律句的影响，所以词的律句中的可平可仄与律诗的可平可仄略有相似之处，但又不完全相同。

1. 词的可平可仄多用在律句中，拗句用可平可仄较少。

2. 同样句式的律句，也不是都能用可平可仄。如三字句《忆江南》中的“－＋｜”，第二字就用了可平可仄。而《十六字令》中的“－－｜”，《江南春》的“－｜｜”，则都不用可平可仄。

3. 可平可仄的位置也大都是一、三、五的位置。如“＋－＋｜”、“＋－＋｜－－”、“＋－＋｜｜－－”“＋｜－－＋｜－”。个别在第二字的位置上的，一般是三字句。如“－＋｜”。或一、二字都可平可仄的“＋＋｜”之类。

4. 五字句和七字句要避孤平。在五字句中，“－－｜｜－”句式的可平可仄一般标为“＋－＋｜－”。在这个句式中，词谱明确标注了第一字、第三字可平可仄。但是，如果这两个字都用仄声，也就是第一字改变平仄，第二字不改变平仄，那么这个句式就犯孤平了。所以，第一字改变平仄用了仄声后，第三字也要改变平仄用平声。这样就解决了孤平的问题。这种句式在《破阵子》、《唐多令》、《阮郎归》等好多词牌中都有。

山前灯火欲黄昏，
山头来去云。
鹧鸪声里数家村，
潇湘逢故人。

挥羽扇，整纶巾，
少年鞍马尘。
如今憔悴赋招魂，
儒冠多误身。

——辛弃疾《阮郎归·耒阳道中》

辛弃疾的这首词的下片“少年鞍马尘”一句，第一字可平可仄用了仄声“少”字。第三字如果仍用仄声，就犯孤平了。所以，第三字必须也改变平仄为平声。词中用了“鞍”字，既符合可平可仄，又不犯孤平。

在七字句中，大多是这样标注这个句式的：“＋｜——＋｜—”。这个句式中，第一字、第五字是可平可仄的，第三字是不能改变的。因为第一字、第五字改变平仄后不会造成孤平。第三字如果改变平仄，那就要犯孤平了。所以第三字不标可平可仄。

5. 各家词谱集所载词谱的可平可仄常有不同。《钦定词谱》是把一个词牌的许多名家作品都找到一起，进行对照。凡是同一位置平仄不一致的，都作为可平可仄。甚至有的句子全句都是可平可仄。这样一来，就使词的平仄宽松了许多。如《生查子》的词谱，在《词律》、《钦定词谱》和《白香词谱》中的可平可仄就相差很多。

《生查子》，又名《楚云深》、《梅和柳》、《晴色如青山》等。双调，四十字。前后段各四句，两仄韵。

《词律》注：“作者平仄多有参差”。

＋｜｜——，＋｜——｜(韵)＋｜｜——，＋｜——｜(韵)
＋｜｜——，＋｜——｜(韵)＋｜｜——，＋｜——｜(韵)

烟雨晚晴天，零落花无语。难话此时情，梁燕双来去。
琴韵对薰风，有恨和情抚。肠断断弦频，泪滴黄金缕。

——魏承班

《钦定词谱》注：“此调以此词为正体，因此调创自韩偓，故以韩词作谱”。

＋＋＋＋＋，＋｜——｜(韵)＋＋｜＋—，＋｜——｜(韵)
＋＋＋＋—，＋｜——｜(韵)＋｜｜——，＋＋＋—｜(韵)

侍女动妆奁，故故惊人睡。那知本未眠，背面偷垂泪。
懒卸凤凰钗，羞入鸳鸯被。时复见残灯，和烟坠金穗。

——韩　偓

《白香词谱》：

＋－＋｜－，＋｜－－｜（韵）＋｜｜－－，＋｜－－｜（韵）
＋－＋｜－，＋｜－－｜（韵）＋｜｜－－，＋｜－－｜（韵）

去年元夜时，花市灯如昼。月上柳梢头，人约黄昏后。
今年元夜时，月与灯依旧。不见去年人，泪湿春衫袖。

——欧阳修《元夕》

虽然谱中有的句子的每个字都是可平可仄，但是我们在实际运用中，是不会把这一整句全都用作平声或者全都用作仄声的。

上面探讨的只是词的可平可仄的一般规律。初学者有所了解就可以了，因为例外的情况是很多的。这些例外的特殊要求，和一般规则一样，都在词谱中标注得清清楚楚。所以词人填词都是按照词谱去填的。我们学习这些规律，对我们灵活掌握和运用词谱会有很大帮助的。

第三节 词的用韵

一、关于词韵

词韵源于诗韵，但又与诗韵不同。自清代中叶戈载编的《词林正韵》问世以来，这部韵书即成为词界通用的词韵。戈载的《词林正韵》“以《集韵》为本”（引自《词林正韵》发凡），韵目按二百〇六韵，列平上去十四部，入声为五部，共十九部。张珍怀先生所辑《词韵简编》即以《词林正韵》删去生僻字，标目改为一百零六韵的平水韵标目，使之更为简捷方便。笔者近年所编《诗韵词韵速查手册》中的《词韵》，是依据《词林正韵》重新拣选。《词林正韵》未收之常用字，依据其他典籍酌加增补。并将单韵字和双韵字分列，以便查找。同时设有“单韵字注”和“双韵字注”，以利区别使用。在韵部划分上，改十九部为十七部。将原第十三部合入第六部，原第十四部合入第七部。平上去声共十二部。入声五部不变，但序号改为第十三部至第十七部。改《词韵》为十七部之理由主要基于两点：一是所合并韵部内之各韵，在《词林正韵》十九部出现之前的宋人词中就已通用；二是所合并韵部内之各韵的韵母基本相近或相同，合并后更贴近现今实际，也更贴近当前实际需要。

下面是《词韵》的分部目录。是按平上去十二部，入声五部，共十七部。其中韵目则依一百零六韵之平水韵。

前十二部为平声、上声、去声：

	平声	上声	去声
第一部	东冬	董肿	送宋
第二部	江阳	讲养	绛漾
第三部	支微齐灰半	纸尾荠贿半	寘未霁泰半队半
第四部	鱼虞	语麌	御遇
第五部	佳半灰半	蟹贿半	泰半卦半队半
第六部	真文元半侵	轸吻阮半寝	震问愿半沁
第七部	元半寒删先 覃盐咸	阮半旱潸铣 感俭豏	愿半翰谏霰 勘艳陷
第八部	萧肴豪	筿巧皓	啸效号
第九部	歌	哿	箇
第十部	佳半麻	马	卦半祃
第十一部	庚青蒸	梗迥	敬径
第十二部	尤	有	宥

以下五部为入声：

第十三部　屋沃

第十四部　觉药

第十五部　质陌锡职缉

第十六部　物月曷黠屑叶

第十七部　合洽

本书将《诗韵词韵速查手册》中的《词韵》与《诗韵》部分一同作为附录附于书后，以供参考和使用。

二、五种押韵格式

词的押韵方式与诗不同。诗的押韵比较固定，特别是律诗，要求押平声韵、隔句押韵、一韵到底等等。而词是不同的词牌有不同的押韵要求。大体可以分成五种格式。

1. 平韵到底式

平韵到底式，就是在一首词中，从头至尾只押一个平声韵。至于押韵的位置，是句句押，还是隔几句押，则因词牌的不同而不同。

它的押韵形态就是："平韵——押平——押平——……"。比如：

把酒祝东风，◎
且共从容，◎
垂杨紫陌洛城东。◎
总是当年携手处，
游遍芳丛。◎

聚散苦匆匆，◎
此恨无穷。◎
今年花胜去年红。◎
可惜明年花更好，
知与谁同？◎

——欧阳修《浪淘沙》

这首词中所用的“风、容、东、丛、匆、穷、红、同”等八韵，都是第一部平声韵。所以，是平韵的一韵到底。

常见的平韵到底式有：

渔歌子　忆江南　捣练子　浪淘沙　江城子　长相思　浣溪沙　采桑子　阮郎归　破阵子　临江仙　鹧鸪天　一剪梅　满庭芳　沁园春　水调歌头　十六字令　巫山一段云等。

下面选录三例：

阮郎归

又名《碧桃春》、《醉桃源》、《宴桃源》、《濯缨曲》。

双调，四十七字，前段四句，四平韵；后段五句，四平韵。

＋——｜｜——（韵）＋—＋｜—（韵）＋—＋｜｜——（韵）＋—＋｜—（韵）

＋＋｜，｜——（韵）＋—＋｜—（韵）＋—＋｜｜——（韵）＋—＋｜—（韵）

东风吹水日衔山，春来长是闲。落花狼藉酒阑珊，笙歌醉梦间。

春睡觉，晚妆残，无人整翠鬟。留连光景惜朱颜，黄昏独倚阑。

——李　煜

一剪梅

又名《蜡梅香》、《玉簟秋》。

双调，六十字。前后段各六句，三平韵。另有句句用韵者，如蒋捷《舟过吴江》词。

＋｜——＋｜—（韵）＋｜——，＋｜——（韵）＋—＋｜

｜——，＋｜——，＋｜——（韵）

＋｜——＋｜—（韵）＋｜——，＋｜——（韵）＋—＋｜｜——，＋｜——，＋｜——（韵）

红藕香残玉簟秋。轻解罗裳，独上兰舟。云中谁寄锦书来？雁字回时，月满西楼。

花自飘零水自流。一种相思，两处闲愁。此情无计可消除，才下眉头，却上心头。

——李清照

一片春愁待酒浇。江上舟摇，楼上帘招。秋娘渡与泰娘桥，风又飘飘，雨又萧萧。

何日归家洗客袍？银字笙调，心字香烧。流光容易把人抛，红了樱桃，绿了芭蕉。

——蒋捷《舟过吴江》

沁园春

又名《寿星明》、《洞庭春色》、《东仙》。

双调，一百十四字。前段十三句，四平韵；后段十二句，五平韵。

＋＋——，＋＋＋＋，＋＋＋—（韵）｜＋—＋｜，＋—＋｜，＋—＋｜，＋｜——（韵）＋｜——，＋—＋｜，＋｜——＋｜—（韵）＋—｜，＋＋—＋｜，＋｜——（韵）

＋—＋｜——（韵）＋＋｜、＋—＋｜—（韵）｜＋—＋｜，＋—＋｜，＋—＋｜，＋｜——（韵）—｜——，＋—＋｜，＋｜——＋｜—（韵）＋＋｜，｜＋—＋｜，＋｜——（韵）

孤馆灯青，野店鸡号，旅枕梦残。渐月华收练，晨霜耿耿，云山摛锦，朝露漙漙。世路无穷，劳生有限。似此区区长鲜欢。微吟罢，凭征鞍无语，往事千端。

当时共客长安，似二陆、初来俱少年。有笔头千字，胸中万卷，致君尧舜，此事何难！用舍由时，行藏在我，袖手何妨闲处看？身长健，但优游卒岁，且斗尊前。

——苏　轼

2. 仄韵到底式

仄韵到底式，就是在一首词中，从头至尾只押一个仄声韵。同样，押韵的位置和方式，也是因词牌的不同而不同。它的押韵形态就是："仄韵——押仄——押仄——……"。比如：

塞下秋来风景异，△
衡阳雁去无留意。△
四面边声连角起。△
千嶂里，△
长烟落日孤城闭。△

浊酒一杯家万里，△
燕然未勒归无计。△
羌管悠悠霜满地。△
人不寐，△
将军白发征夫泪。△

——范仲淹《渔家傲·秋思》

这首词中所用的"异、意、起、里、闭、里、计、地、寐、泪"等十韵，都是第三部仄声韵。所以，是仄声韵的一韵到底。

常见的仄韵到底式有：

如梦令　天仙子　生查子　点绛唇　卜算子　忆秦娥　醉花阴　鹊桥仙　踏莎行　蝶恋花　渔家傲　满江红　声声慢　念奴

娇　水龙吟　齐天乐　雨霖铃　永遇乐　贺新郎　祝英台近等。

下面选录三例：

蝶恋花

又名《鹊踏枝》、《黄金缕》、《卷珠帘》、《明月生南浦》、《凤栖梧》。

双调，六十字。前后段各五句，四仄韵。

＋｜＋——｜｜（韵）＋｜——，＋｜——｜（韵）＋｜＋——｜｜（韵）＋—＋｜——｜（韵）

＋｜＋——｜｜（韵）＋｜——，＋｜——｜（韵）＋｜＋——｜｜（韵）＋—＋｜——｜（韵）

庭院深深深几许？杨柳堆烟，帘幕无重数。玉勒雕鞍游冶处，楼高不见章台路。

雨横风狂三月暮。门掩黄昏，无计留春住。泪眼问花花不语，乱红飞过秋千去。

——欧阳修

永遇乐

双调。一百四字。前后段各十一句，四仄韵。

＋｜——，＋—＋｜，＋＋—｜（韵）＋｜——，＋—＋｜，＋｜——｜（韵）＋—＋｜，＋—＋｜，＋｜＋—＋｜（韵）＋——、——＋｜，＋＋｜＋—｜（韵）

＋—＋｜，＋＋＋｜，＋｜＋—＋｜（韵）＋｜——，＋—＋｜，＋｜——｜（韵）＋—＋｜，＋＋＋｜，＋｜＋—＋｜（韵）＋—＋、＋＋＋｜，＋—｜｜（韵）

明月如霜，好风如水，清景无限。曲港跳鱼，圆荷泻露，寂寞无人见。紞如三鼓，铿然一叶，黯黯梦云惊断。夜茫茫、重寻无处，觉来小园行遍。

天涯倦客，山中归路，望断故园心眼。燕子楼空，佳人何在，空锁楼中燕。古今如梦，何曾梦觉，但有旧欢新怨。异时对、黄楼夜景，为余浩叹。

——苏轼《彭城夜宿燕子楼，梦盼盼，因作此词》

贺新郎

又名《金缕曲》、《金缕歌》、《金缕词》、《乳燕飞》、《风敲竹》、《貂裘换酒》等。

双调，一百十六字。前后段各十句，六仄韵。

＋｜——｜（韵）｜——、＋—＋｜，＋——｜（韵）—｜————｜，＋｜＋—＋｜（韵）＋＋｜、＋—＋｜（韵）＋｜＋——｜｜，｜＋—、＋｜——｜（韵）＋｜｜，＋—｜（韵）

＋—＋｜——｜（韵）｜＋＋、＋＋＋｜，＋—＋｜（韵）—｜————｜，＋｜＋—＋｜（韵）｜＋｜、＋—＋｜（韵）＋｜＋——＋｜，｜＋—、＋｜——｜（韵）＋｜｜，＋—｜（韵）

睡起流莺语，掩苍苔、房栊向晚，乱红无数。吹尽残花无人见，惟有垂杨自舞。渐暖霭、初回轻暑。宝扇重寻明月影，暗尘侵、上有乘鸾女。惊旧恨，遽如许。

江南梦断横江渚。浪粘天、葡萄涨绿，半空烟雨。无限楼前沧波意，谁采蘋花寄取？但怅望、兰舟容与，万里云帆何时到？送孤鸿、目断千山阻。谁为我，唱金缕。

——叶梦得

3. 平仄转换式

平仄转换式，就是一首词中，押平声韵后又转换为押仄声韵。或者押仄声韵后又转换为押平声韵。这种格式既可以换韵一次，也可以交替换韵两次或更多。

它的押韵形态是："平韵——押平——换仄韵——押仄——换平韵——押平——换仄韵——押仄……"。（如果第一步是仄韵，后几步的形态则相反）

数家茅屋闲临水，△
轻衫短帽垂杨里。△
今日是何朝。◎（换平）
看予度石桥。◎（此二句依《全宋词》）

梢梢新月偃，△（换仄）
午醉醒来晚。△
何物最关情，◎（换平）
黄鹂三两声。◎

——王安石《菩萨蛮》

这首词首句的"水"字入四纸韵（仄声），第二句"里"押上句韵。第三句的"朝"字换二萧韵（平声），第四句"桥"字押上句韵。下片首句"偃"字换十三阮韵（仄声韵），第二句"晚"字押上句韵。第三句"情"字换八庚韵（平声韵），第四句"声"字押上句韵。

这首词与现在的词韵对照，首两句为第三部；次两句为第八部；下片首两句为第七部；后两句为第十一部。

常见的平仄转换式有：

南乡子　调笑令　昭君怨　菩萨蛮　更漏子　清平乐　虞美人等。

下面选录三例：

菩萨蛮

又名《重叠金》、《子夜歌》、《花间意》等。

双调，四十四字。前后段各四句，两仄韵，两平韵。

＋－＋｜－－｜（韵）＋－＋｜－－｜（韵）＋｜｜－－（换平韵）＋－＋｜－（韵）

＋－－｜｜（另换仄韵）＋｜＋－｜（韵）＋｜｜－－（另换平韵）＋－＋｜－（韵）

平林漠漠烟如织，寒山一带伤心碧。暝色入高楼，有人楼上愁。

玉阶空伫立，宿鸟归飞急。何处是归程？长亭更短亭。

——李　白

清平乐

又名《忆萝月》、《醉东风》。

双调，四十六字。前段四句，四仄韵；后段四句，三平韵。此词另有前段结句六字折腰句式，如赵长卿“鸿来燕去”词。

＋－＋｜（韵）＋｜－－｜（韵）＋｜＋－－｜｜（韵）＋＋＋－＋｜（韵）

＋－＋｜－－（换平韵）＋－＋｜－－（韵）＋｜＋－＋｜，＋－＋｜－－（韵）

春归何处？寂寞无行路。若有人知春去处，唤取归来同住。

春无踪迹谁知？除非问取黄鹂。百啭无人能解，因风飞过蔷薇。

——黄庭坚

鸿来燕去。又是秋光暮。冉冉流年嗟暗度。这心事、还无据。

寒窗露冷风清。旅魂幽梦频惊。何日利名俱赛，为予笑下愁城。

——赵长卿

更漏子

双调，四十六字。前段六句，两仄韵、两平韵；后段六句，三仄韵、两平韵。

另有后段首句不用韵者，平仄俱同，如韦庄“钟鼓寒”词。

｜——，—｜｜（韵）＋｜＋—＋｜（韵）＋｜｜，｜——（换平韵）＋—＋｜—（韵）

—＋｜（另换仄韵）＋＋｜（韵）＋｜＋—＋｜（韵）＋＋｜，｜——（另换平韵）＋—＋｜—（韵）

柳丝长，春雨细，花外漏声迢递。惊塞雁，起城乌，画屏金鹧鸪。

香雾薄，透帘幕，惆怅谢家池阁。红烛背，绣帘垂，梦君君不知。

——温庭筠

钟鼓寒，楼阁暝，月照古桐金井。深院闭，小庭空，落花香露红。

烟柳重，春雾薄，灯背水窗高阁。闲倚户，暗沾衣，待郎郎不归。

——韦　庄

4. 平仄互押式

平仄互押式，就是在一首词中，同一韵部的平韵和仄韵通押。它与平仄转换式不同。平仄转换式，是不同韵部的平仄韵转换。而平仄互押式，则是同一韵部内的平韵和仄韵通押。比如：

照野弥弥浅浪，

横空暧暧微霄。◎
障泥未解玉骢骄。◎
我欲醉眠芳草。△

可惜一溪明月，
莫教踏破琼瑶。◎
解鞍欹枕绿杨桥。◎
杜宇一声春晓。△

——苏轼《西江月》

这首词里的“霄”、“骄”、“瑶”、“桥”（平声），与“草”、“晓”（仄声）同为第八部韵。这种同韵部平仄通押就叫作平仄互押式。这种情况也叫作押侧声韵。

它的押韵形态是“平韵——（押平）——押侧声仄——（押仄）——押平……”。如果第一步是仄韵，后几步的形态则相反。（括号中的一步可有可无。）

常见的平仄互押式有：

哨遍　戚氏　西江月　醉翁操　渡江云　曲玉管等。

下面选录两例：

西江月

又名《白蘋香》、《步虚词》、《江月令》。

双调，五十字。前后段各四句，两平韵，一侧韵。

＋｜＋－＋｜，＋－＋｜－－（韵）＋－＋｜｜－－（韵）＋｜＋－＋｜（押同部仄韵）

＋｜＋－＋｜，＋－＋｜－－（韵）＋－＋｜｜－－（韵）＋｜＋－＋｜（押同部仄韵）

凤额绣帘高卷，兽环朱户频摇。两竿红日上花梢。春睡厌厌难觉。

好梦狂随飞絮，闲愁浓胜香醪。不成雨暮与云朝。又是韶光过了。

——柳　永

曲玉管

双调，一百〇五字。前段十二句，两仄韵，四平韵。后段十句，三平韵。

｜｜——，——｜｜，——｜｜——｜（仄韵）｜｜———｜，—｜——（押同部平韵）｜——（韵）｜｜——，———｜，｜—｜｜——｜（押同部仄韵）｜｜——，｜｜—｜——（押同部平韵）｜——（韵）

｜｜——，｜—｜、———｜，｜—｜｜——，——｜｜——（韵）｜——（韵）｜———｜，｜｜———｜，｜——｜，｜｜——，｜｜——（韵）

陇首云飞，江边日晚，烟波满目凭阑久。立望关河萧索，千里清秋。忍凝眸。杳杳神京，盈盈仙子，别来锦字终难偶。断雁无凭，冉冉飞下汀洲。思悠悠。

暗想当初，有多少、幽欢佳会，岂知聚散难期，翻成雨恨云愁。阻追游。每登山临水，惹起平生心事，一场消黯，永日无言，却下层楼。

——柳　永

5．隔韵相押式

隔韵相押式，是在一首词中，换韵之后再押换韵前边的那个韵。隔韵相押一般中间都要换韵的。

它的押韵形态有两种。一种是换韵时平仄互换：“平韵

1——（押平）——换仄1——（押仄1）——押平韵1——换仄2……”。（如果第一步是仄韵，后几步的形态则相反。）

不是无心惜落花，◎（平1）
落花无意恋春华。◎（押平）
昨日盈盈枝上笑，△（换仄1）
谁道，△（押仄1）
今朝吹去落谁家。◎（押平1）

把酒临风千种恨，△（换仄2）
难问，△（押仄2）
梦回云散见无涯。◎（押平1）
妙舞清歌谁是主，△（换仄3）
回顾，△（押仄3）
高城不见夕阳斜。◎（押平1）

——魏夫人《定风波》

这首《定风波》中，“家”、“涯”、“斜”是隔着仄声韵“笑、道”、“恨、问”、“主、顾”与首句“花”押韵的。

另一种隔韵相押式的押韵形态是同声换韵，即仄声韵还换仄声韵，只不过是换成不同韵部的仄声韵：“仄韵1——（押仄）——换仄2——（押仄）——押仄韵1——（押仄）——押仄2——……”。（如果第一步是平韵，后几步的形态则相反。）

红酥手，△（仄1）
黄藤酒，△
满城春色宫墙柳。△
东风恶，△（换仄2）
欢情薄，△

一怀愁绪，
几年离索。△
错，错，错！△（叠韵）

春如旧，△（押仄 1）
人空瘦，△
泪痕红浥鲛绡透。△
桃花落，△（押仄 2）
闲池阁，△
山盟虽在，
锦书难托。△
莫，莫，莫！△（叠韵）

——陆游《钗头凤》

隔韵相押的这种用韵格式比较复杂。中间换韵几次，隔押几次，都没有定数。

常见的隔韵相押式有：

诉衷情　定风波　定西番　相见欢　钗头凤　荷叶杯　上行杯　酒泉子　最高楼等。

下面选录三例：

相见欢

又名《秋夜月》、《上西楼》、《西楼子》、《忆真妃》、《月上瓜州》、《乌夜啼》等。

双调，三十六字。前段三句三平韵；后段四句，两仄韵，两平韵。

＋—＋｜——（韵）｜——（韵）＋｜＋——｜、｜——

（韵）

＋＋｜（换仄韵）＋－｜（韵）｜－－（归平韵）＋｜＋－－｜、｜－－（韵）

罗襦绣袂香红，画堂中，细草平沙番马、小屏风。

卷罗幕，凭妆阁，思无穷。暮雨轻烟魂断、隔帘栊。

——薛昭蕴

无言独上西楼，月如钩。寂寞梧桐深院锁清秋。

剪不断，理还乱，是离愁。别是一般滋味在心头。

——李　煜

定风波

双调，六十二字。前段五句，三平韵，两仄韵；后段六句，四仄韵，两平韵。

＋｜－－｜｜－（平韵）＋－＋｜｜－－（韵）＋｜＋－－｜｜（换仄韵）＋｜（韵）＋－＋｜｜－－（归平韵）

＋｜＋－－｜｜（换仄韵）＋｜（韵）＋－＋｜｜－－（归平韵）＋｜＋－－｜｜（换仄韵）＋｜（韵）＋－＋｜｜－－（归平韵）

暖日闲窗映碧纱，小池春水浸明霞。数树海棠红欲尽，争忍，玉闺深掩过年华。

独凭绣床方寸乱，肠断，泪珠穿破脸边花。邻舍女郎相借问，音信，教人羞道未还家。　——欧阳炯

定西番

双调，三十五字。前段四句，一仄韵，两平韵；后段四句两仄韵，两平韵。

又有后段第三句不用韵者，如温庭筠“细雨晓莺春晚”词。

＋｜＋－＋｜（韵）－｜｜，｜－－（换平韵）｜－－（韵）

＋｜＋－－｜（归仄韵）＋－＋｜－（归平韵）＋｜＋－＋｜（归仄韵）｜－－（归平韵）

汉使昔年离别，攀弱柳，折寒梅，上高台。
千里玉关春雪，雁来人不来。羌笛一声愁绝，月徘徊。

——温庭筠

细雨晓莺春晚，人似玉，柳如眉，正相思。
罗幕翠帘初卷，镜中花一枝。肠断塞门消息，雁来稀。

——温庭筠

以上只是词的用韵格式的大体分类。这种分类也不是绝对的。有的词牌中就同时包含了两种或两种以上的格式形态。比如仄韵到底的，有的中间就要换韵，由一种仄韵换到另一种仄韵。但它仍然保持了仄韵到底。如《木兰花》之类。而《钗头凤》则是既仄韵到底，又有换韵，又隔韵相押。

三、特殊的押韵形态

我们所说的词的特殊押韵形态，是指叠韵。这里所说的叠韵，与叠韵词以及重用前韵再赋一首的概念不同。这里所说的叠韵，是指在词的句中用相同的字去押前句的韵。这种叠韵不能算作一种押韵的格式，只不过是一种形态而已。这种叠韵，既可以叠一次，也可以叠一次以上。比如：

汴水流，◎
泗水流，（叠）
流到瓜洲古渡头，◎

吴山点点愁。◎

思悠悠，◎
恨悠悠，（叠）
恨到归时方始休，◎
月明人倚楼。◎

——白居易《长相思》

这首《长相思》是上片一叠韵，下片一叠韵，分别是两韵相连。而《钗头凤》中的“错！错！错！”和“莫！莫！莫！”是各两叠韵，分别形成了三韵相连的形态。

下面几种常见的词牌中都有叠韵：

长相思　如梦令　忆秦娥　醉花间　调笑令　钗头凤　一剪梅（另一体）

《一剪梅》的正格没有叠韵要求。它有一种别体是要求用叠韵的。具体是双调，六十字，前后片各六句，四平韵，两叠韵。见下例：

剩蕊惊寒减艳痕。◎
蜂也消魂。◎
蝶也消魂。（叠）
醉归无月傍黄昏。◎
知是花村。◎
不是花村。（叠）

留得闲枝叶半存。◎
好似桃根。◎
可似桃根。（叠）
小楼昨夜雨声浑。◎

春到三分。◎
秋到三分。(叠)

——张炎《一剪梅》

四、词的限韵

词的用韵，除了前面讲过的格式和形态之外，在具体的词牌内还有一些具体的限定。如《西江月》上下片第四句押侧声韵，《忆秦娥》宜押入声韵等。不过这些也不都是硬性规定。因为这类要求大多是源自于最初那首词，或者被人们认可的那些词。于是词家就因袭下来，成了约定俗成的规矩。后人一般都按这些规矩去填词，但也有例外。如《忆秦娥》就有不用入声韵者。有的还被列为另一体。这种情况是比较多的。我们现在填词时要看具体情况。如《忆秦娥》，古人用平声韵、上声韵皆有。所以，我们也不一定非入声韵不可。然而，《西江月》则不同。填《西江月》如果不按上下片第四句押侧声韵，而是押了其他韵部的仄声韵，那么就失去了《西江月》的特色。当然，变体另当别论。

满载一船秋色，
平铺十里湖光。◎
波神留我看斜阳，◎
放起鳞鳞细浪。△

明日风回更好，
今宵露宿何妨？◎
水晶宫里奏霓裳，◎
准拟岳阳楼上。△

——张孝祥《西江月·阻风三峰下》

这首《西江月》中，“光、阳、妨、裳”都是《词韵》第二部的平声韵。而“浪、上”也是在第二部，但它们是仄声字。所以，它们就是“光、阳、妨、裳”这些平声字的侧声字。用于韵，就叫作侧声韵。

前面说过，这些用韵的限制，很多都没有在词谱中明确下来。这就要求我们多读一些前人的优秀作品，从中去对比、感悟和体会。

第四节　词的对仗

词的对仗与诗不同。词没有必须使用对仗的要求。词谱中只是明确了该词牌的字数、句式、平仄、用韵等。却没有针对对仗的明确标注。某些词谱书中，在词谱后面标有第几第几句“多用对仗”，这也只是词家填词因袭下来的。并不是格律的规定。格律诗中的对仗与修辞中的对偶不同，因为格律诗中的对仗不仅要具备对偶的要素，它还必须符合格律的要求。而词中的对仗则不同。词中的对仗更接近于修辞手法。也就是说，词的对仗是自由的，也是不固定的。用不用对仗，主要是看表达内容的需要和作者的喜好。最初的那首词，或者被认为是正格的那首词，在词中某个位置使用了对仗，后人填词就会照着也用对仗。渐渐地，便约定俗成，人们就都照着去做了。于是，某些词牌在某一位置上的对仗也成了这一词牌的特色。因为它毕竟不是硬性规定。所以，也有人在一首词的同样位置上并不使用对仗。对某些词牌来说，这种情况反倒成了少数。综观历代词家词作，许多作品中都使用了对仗。所以研究探讨一下词在使用对仗上的特点和规律是很有必要的。

一、位置不固定

每一个词牌的字数、句式都是不同的。所以，它不可能像律诗那样把对仗固定在哪个位置上。律诗要求颔联、颈联必须对仗。对词来说就不存在这个问题。在一个词牌中，只要句式符合了对仗的条件，就可以使用对仗。这个条件就是，上下句必须字数相等。

波渺渺，
柳依依。
孤村芳草远，
斜日杏花飞。
江南春尽离肠断，
苹满汀洲人未归。

——寇准《江南春》

这首词中有三组字数相同的句式。第一组三字句“波渺渺”和“柳依依”用了对仗。第二组五字句“孤村芳草远”和“斜日杏花红”也用了对仗。第三组七字句用的是犄角对。也就是说，这首词全都用了对仗。

彩袖殷勤捧玉钟，
当年拚却醉颜红。
舞低杨柳楼心月，
歌尽桃花扇底风。

从别后，
忆相逢，
几回魂梦与君同。
今宵剩把银缸照，
犹恐相逢是梦中。

——晏几道《鹧鸪天》

这首词有四组相同句式，只有两处用了对仗。上片开头两个七字句没有用对仗，后两句用了对仗。下片开头的两个三字句用了对仗。最后的两个七字句也没有用对仗。后人填《鹧鸪天》大多依此。

梅谢了，
塞垣冻解鸿归早。
鸿归早，
凭伊问讯，
大梁遗老。

浙河西面边声悄，
淮河北去炊烟少。
炊烟少。
宣和宫殿，
冷烟衰草。

——刘克庄《忆秦娥》

在《忆秦娥》中，很多人都不用对仗。但也有用对仗的。在同一词家同是《忆秦娥》词牌的不同作品中，也是有的用对仗，有的不用对仗。而且在这一词牌中对仗的位置也是不固定的。《忆秦娥》中，符合用对仗条件的有三处。上片最后两句四言句，下片开头两句七言句和下片最后两句四言句。在这三处中，有的只在一处用对仗，也有的在两处用对仗。当然，三处都用也可以。刘克庄的这首《忆秦娥》则在下片的七言句和四言句两处用了对仗。而下面这首万俟咏的《忆秦娥》则是只在最后一组四言句处用了对仗。

天如洗。

金波冷浸冰壶里。
冰壶里。
一年得似，
此宵能几。

等闲莫把栏干倚。
马蹄去便三千里。
三千里。
几重云岫，
几重烟水。

——万俟咏《忆秦娥》

二、平仄不严格

词的对仗，在平仄上不像律诗那样严格。律诗中对仗的平仄是必须按照格律办的。除了可平可仄的字之外，在节奏点上的字的平仄必须是相对的。而词则不同。词的句式长短不一，即使符合对仗的句式，两句的平仄也往往会出现不完全相对的情况。有时，两句的平仄还会完全相同。最有代表性的就是《钗头凤》。

陆游在《钗头凤》中，把能用对仗的句式都用了对仗。并且每一组对仗都是平仄相同。如三字句的“红酥手，黄藤酒”、“东风恶，欢情薄”、“春如旧，人空瘦”、“桃花落，闲池阁（犄角对）”都是“——｜”对“——｜”。五字句的“一怀愁绪，几年离索”、“山盟虽在，锦书难托”则是“＋——｜”对“｜——｜”。这些对仗中，只有“山”、“锦”二字平仄相对，其余皆平仄相同。

在填词运用对仗的时候，要特别注意不能为了适应对仗而改变句式的平仄。因为在词谱中已经明确了的句式平仄，除可平可仄处之外，不管它是构成律句还是拗句，也不管它相对还是相同，都不影响你把语言组织成和谐、生动、美妙的对仗。

三、同字相对

同字相对，就是在对仗中，出句与对句相同位置用了相同的字。在律诗的对仗中，是不能同字相对的。但是，在词中则并不罕见。

愁无语，
黄昏庭院黄梅雨。
黄梅雨，
新愁一寸，
旧愁千缕。

杜鹃叫断空山苦，
相思欲计人何许。
人何许，
一重云断，
一重山阻。

——程垓《忆秦娥》

这首词的上下片最后两个四言句分别用了对仗。上片对仗中有个“愁”字是同字相对。下片四字句的对仗中就有两个字是同字相对。这种同字相对不但没有破坏这首词的语言美，反而起到了强化表现内容的作用。在词的韵律上，更具韵味，更加突出了词的韵律美。

下面再举几个这样的例子。

浙河西面边声悄，
淮河北去炊烟少。

这是刘克庄一首《忆秦娥》中下阕的七言对仗。上下句的第二字都用了“河”字，形成了同字相对。

我住长江头，
君住长江尾。
日日思君不见君，
共饮长江水。

此水几时休，
此恨何时已。
只愿君心似我心，
定不负、相思意。

——李之仪《卜算子》

李之仪的这首《卜算子》，前片开头的五字句对仗中，就有“住、长、江”三个字同字相对。后片开头的对仗中，有“此、时”两处同字相对。

同字相对在词中可以用。用得好了，可以收到意想不到的效果。但这不是词的格律要求，也不是某一个词牌词谱的规定。它只是一种修辞手段，是表现词的内容的需要。所以，我们可以看到，同一个词牌的词，一首采用了这种手法，另一首就没有采用这种手法。这完全由词家根据需要去抉择。

红满苔阶绿满枝，
杜宇声声，
杜宇声悲！
交欢未久又分离，
彩凤孤飞，
彩凤孤栖。

别后相思是几时？
后会难知？
后会难期？
此情何以表相思？
一首情词，
一首情诗。

——唐寅《一剪梅》

独立苍茫醉不归。
日暮天寒，
归去来兮。
探梅踏雪几何时。
今我来思，
杨柳依依。

白石江头曲岸西。
一片闲愁，
芳草萋萋。
多情山鸟不须啼。
桃李无言，
下自成蹊。

——辛弃疾《一剪梅·游蒋山呈叶丞相》

上面是两首《一剪梅》。其中唐寅的一首采用了同字相对。辛弃疾的一首则没有采用同字相对，并且在可以对仗的句式中也没有使用对仗。

四、同韵相对

同韵相对，就是在对仗中，对句和出句的韵脚押在了一个韵上。因为词的平仄就不严格，所以，就有可能出现字数相同的上下句的韵脚平仄相同的情况。在词中，有三种同韵相对的可能。

第一种，词谱中明确了这两个字数相同的句子末一字都要押韵。这样的句子用于对仗，自然就会同韵相对了。比如《菩萨蛮》上片的开头两句就是“＋－＋｜－－｜（韵），＋－＋｜－－｜（韵）”。这两句字数相同，符合词中可以对仗的条件；平仄完全相同，韵脚自然相同；规则要求要押韵。看一个例子。

归鸿声断残云碧，
背窗雪落炉烟直。
烛底凤钗明，
钗头人胜轻。

角声催晓漏，
曙色回牛斗。
春意看花难，
西风留旧寒。

——李清照《菩萨蛮》

这首《菩萨蛮》上片开头两句用了对仗。“碧”和“直”是同一部的入声韵。下片开头两句的对仗，也是要求押韵的。“漏”和“斗”同是仄声韵（十二部）。

第二种，字数相等的句子，上句的末一字和下句末一字的平仄相同。词谱中没有要求押韵，但是把这两句末一字都用了相同韵部的字，或用了相同的字，那就成了同韵相对。比如：

红藕香残玉簟秋。
轻解罗裳，
独上兰舟。

云中谁寄锦书来？
雁字回时，
月满西楼。

花自飘零水自流。
一种相思，
两处闲愁。
此情无计可消除，
才下眉头，
却上心头。

——李清照《一剪梅》

李清照的这首《一剪梅》用的是尤韵。按照词谱下片的“才下眉头”末一字虽是平声，但不要求入韵。这里用了“头”字，与下句末一字不但同韵，而且还同字。

第三种，如果词谱规定句句押韵，句中相同字数的句子用了对仗的话，那么，这一对仗必然也是同韵相对。

一片春愁待酒浇。
江上舟摇，
楼上帘招。
秋娘渡与泰娘桥，
风又飘飘，
雨又萧萧。

何日归家洗客袍？
银字笙调，
心字香烧。
流光容易把人抛，

红了樱桃，
绿了芭蕉。

——蒋捷《一剪梅·舟过吴江》

这是《一剪梅》的一个别格。它的特点是要求句句押韵。这首词中对仗使用的“摇、招”、“飘、萧”、“调、烧”、“桃、蕉”都是同一韵部中的平声韵。所以，也都是同韵相对。

张先的《天仙子》中“临晚镜，伤流景”、“风不定，人初静”两处对仗，使用了“镜、景、定、静”都是仄声韵的同韵相对。沈蔚的《天仙子》中“衣未解，心先快”、“山一带，水一派”两处对仗，也都是仄声韵的同韵相对。

五、一字领后面的对仗

一字领也叫一字豆，也称领字、领格。它是一个句式中最前面的那个字起引领作用，带动后面的字词或句子以完成需要表达的完整意思。领字除了有一个字的，还有两个字的，三个字的。它们分别叫二字领、三字领或二字豆、三字豆。它们的作用大体相同。

望故乡渺邈，归思难收。

——柳永《八声甘州》句

那堪片片飞花弄晚，蒙蒙残雨笼晴。

——秦观《八六子》句

便纵有千种风情，更与何人说？

——柳永《雨霖铃》句

以上是一字领、二字领、三字领的例子。三字领的句子，有时是在这三个字的后面加一个顿号，表示停顿一下。

记愁横浅黛，
泪洗红铅，
门掩秋宵。
坠叶惊离思，
听寒蛩夜泣，乱雨萧萧。
凤钗半脱云鬓，
窗影烛花摇。
渐暗竹敲凉，
疏萤照晓，
两地魂销。

迢迢，
问音信，
道径底花阴，
时认鸣镳。
也拟临朱户，
叹因郎憔悴，
羞见郎招。
旧巢更有新燕，
杨柳拂河桥。
但满眼京尘，
东风竟日吹露桃。

——周邦彦《忆旧游》

这首词中有六处用了一字领，它们分别是上片的“记、听、渐”和下片的“道、叹、但”。

一字领的用字，多以去声字为宜。

如果一字领后面用了两个字数相同的句子，那么，这两个句子可以用对仗。如果一字领的后面是四个字数相同的句子，它们则可以构成对仗中的扇面对。有的是一字领后面的句子字数并不相等，所以不能对仗。如：

对潇潇暮雨洒江天，一番洗清秋。

——柳永《八声甘州》句

但凭栏无语，烟花三月春愁。

——郑觉斋《扬州慢》句

但有的一字领后面虽然具备了字数相同的句式，也没有用对仗的。比如，下面的几个例子：

又不道流年，暗中偷换。

——苏轼《洞仙歌》句

又斜风细雨，重门须闭。

——李清照《念奴娇》句

这些词句中，如苏轼的《洞仙歌》和李清照的《念奴娇》中的一字领后面都是字数相等的句子却没有用对仗。

下面是一字领和二字领后面用对仗的例子：

叹飘零宦路，荏苒年华。

——司马光《锦堂春慢》句

愁一箭风快，半篙波暖。

——周邦彦《兰陵王·柳》句

把吴钩看了，栏杆拍遍。

——辛弃疾《水龙吟·登建康赏心亭》句

有渔翁共醉，溪友为邻。

——陆游《沁园春》句

当时暗水和云泛酒，空山留月听琴。

——王沂孙《八六子》句

更那堪鹧鸪声住，杜鹃声切。

——辛弃疾《贺新郎》句

这些例子是一字领、二字领、三字领后面用了对仗的。还有一种在一字领后面用的是一种特殊的对仗，即扇面对。扇面对我们在格律诗的对仗中提到过，但没有细讲。扇面对，也叫隔句对。即后一联的出句对前一联的出句，后一联的对句对前一联的对句。也就是出句对出句，对句对对句。在词的一字领后面要形成扇面对，就必须有四个句式相同的句子。这四个句子构成两联。第二联的上句与第一联的上句相对成对仗；第二联的下句与第一联的下句相对成对仗。从这四句连续排列顺序上看，就是隔句相对。下面就是一字领后面构成扇面对的例子：

似谢家子弟，衣冠磊落；
相如庭户，车骑雍容。

——辛弃疾《沁园春·灵山齐庵赋》句

叹年光过尽，功名未立；
书生老去，机会方来。

——刘克庄《沁园春·梦孚若》句

渐月华收练，晨霜耿耿；
云山摛锦，朝露漙漙。

——苏轼《沁园春》句

在这些词例中，辛弃疾《沁园春·灵山齐菴赋》中的“相如庭户”与“谢家子弟”相对；“车骑雍容”与“衣冠磊落”相对。刘克庄《沁园春·梦孚若》中的“书生老去”与“年光过尽”相对；“机会方来”与“功名未立”相对。苏轼《沁园春》中的“云山摛锦”与“月华收练”相对；“朝露漙漙”与“晨霜耿耿”相对。

词中的对仗虽然没有明确的限制，但是，词中对仗的形式则是颇为丰富的。正因为它没有明确的限制，这就给词家在填词使用对仗时获得了更加广阔的自由空间。要想把对仗这一形式用好，用得精到，我们必须像前面提到过的那样，多去学习、研究前人的优秀作品，在使用上达到得心应手的境地。

第四编
诗词的唱和、选韵与语言特色

第一章　诗词的唱和

唱和有两个意思。一是指歌唱时的此唱彼和，互相呼应。二是指诗人之间以诗词互相唱酬应答。这里说的唱和，是指后者。唱和是诗人常用的一种以诗词为媒介的交流形式。他们以诗词互相唱和来增进交流，表达个人的感情和对生活的感受。

唱和的形式有很多种，由两人以上共作一诗，联结成篇的叫联句。先规定若干字为韵，各人分拈韵字，依韵作诗叫做分韵，也称赋韵。联句时常用分韵。以前人诗、词原韵或诗意写成的诗、词叫追和。续用他人原韵或题意唱和的叫赓和。其中依照其原诗所押的韵作诗，叫和韵；不用原诗所押的韵作诗，叫和诗。以诗词相互赠答，称唱酬。下面分别来讲。

第一节　联　句

联句的特点是不限定参加人数。大家围绕一个主题。每人的句数可多可少。可以限韵，也可以不限韵。限韵也可以采取分韵的形式各人分拈韵字，依韵而作。

李白与高霁、韦权舆有一联句《改九子山为九华山联句》（序略）：

妙有分二气，灵山开九华。（李　白）
层标遏迟日，半壁明朝霞。（高　霁）

积雪曜阴壑，飞流喷阳崖。（韦权舆）

青荧玉树色，缥缈羽人家。（李　白）

元和六年韩愈被召为京官。张籍、张彻、孟郊与其相会京师而联句。这就是著名的《会合联句》。

离别言无期，会合意弥重。（张籍）

病添儿女恋，老丧丈夫勇。（韩愈）

剑心知未谢，诗思犹孤耸。（孟郊）

愁去剧箭飞，欢来若泉涌。（张彻）

析言多新贯，摅抱无昔壅。（张籍）

念难须勤追，悔易勿轻踵。（韩愈）

吟巴山荦峃，说楚波堆垄。（孟郊）

马辞虎豹怒，舟出蛟鼍恐。（张彻）

狂鲸时孤轩，幽狖杂百种。（韩愈）

瘴衣常腥腻，蛮器多疏冗。（张籍）

剥苔吊斑林，角饭饵沉冢。（韩愈）

忽尔衔远命，归欤舞新宠。（孟郊）

鬼窟脱幽妖，天居觌清栱。（韩愈）

京游步方振，谪梦意犹恟。（张籍）

诗书夸旧知，酒食接新奉。（韩愈）

嘉言写清越，愈病失痃肿。（孟郊）

夏阴偶高庇，宵魄接虚拥。（韩愈）

雪弦寂寂听，茗碗纤纤捧。（孟郊）

驰辉烛浮萤，幽响泄潜蛩。（韩愈）

诗老独何心，江疾有余尰。（孟郊）

我家本瀍穀，有地介皋巩。（韩愈）

休迹忆沉冥，峨冠惭阘茸。（孟郊）

升朝高辔逸，振物群听悚。（张彻）

徒言濯幽泌，谁与薙荒茸。（张籍）
朝绅郁青绿，马饰曜珪珙。
国雠未销铄，我志荡邛陇。（孟郊）
君才诚倜傥，时论方汹溶。（韩愈）
格言多彪蔚，悬解无梏拱。（韩愈）
张生得渊源，寒色拔山冢。（韩愈）
坚如撞群金，眇若抽独蛹。（韩愈）
伊余何所拟，跛鳖讵能踊。
块然堕岳石，飘尔胃巢氄。（孟郊）
龙旆垂天卫，云韶凝禁甬。（韩愈）
君胡眠安然，（孟郊）
朝鼓声汹汹。（韩愈）

李白等人的联句篇幅比较短。每人两句一换。韩愈、孟郊等人的联句篇幅比较长。每人除了有两句之外，还有一句的和四句的。

第二节　和诗与和韵

一、和诗

在唱和诗中，依照别人诗词原韵作诗，叫作和韵。不依原韵的唱和诗叫作和诗。和诗不依原韵就少了一个约束。所以，和诗较之和韵，就更加自由随意一些。不过，既然是和诗，它不依原韵可以，但是，必须与唱和的那首原诗相关联。否则，就不能称其为唱和了。

银烛熏天紫陌长，禁城春色晓苍苍。
千条弱柳垂青琐，百啭流莺绕建章。

剑珮声随玉墀步，衣冠身惹御炉香。
共沐恩波凤池里，朝朝染翰侍君王。

——贾至《早朝大明宫呈两省僚友》

绛帻鸡人报晓筹，尚衣方进翠云裘。
九天阊阖开宫殿，万国衣冠拜冕旒。
日色才临仙掌动，香烟欲傍衮龙浮。
朝罢须裁五色诏，佩声归向凤池头。

——王维《和贾舍人早朝大明宫之作》

鸡鸣紫陌曙光寒，莺啭皇州春色阑。
金阙晓钟开万户，玉阶仙仗拥千官。
花迎剑珮星初落，柳拂旌旗露未干。
独有凤凰池上客，阳春一曲和皆难。

——岑参《奉和中书贾至舍人早朝大明宫》

五夜漏声催晓箭，九重春色醉仙桃。
旌旗日暖龙蛇动，宫殿风微燕雀高。
朝罢香烟携满袖，诗成珠玉在挥毫。
欲知世掌丝纶美，池上于今有凤毛。

——杜甫《奉和贾至舍人早朝大明宫》

这是当时中书舍人贾至上朝之后写的一首诗。王维、岑参和杜甫分别唱和。这些唱和诗没有使用贾至原诗韵，所以叫作和诗而不能叫和韵。虽然这些和诗没有使用贾至原诗韵，但却都与贾至原诗中早朝大明宫这一内容相关联。

二、和韵

和韵是依照别人诗词的原韵作诗。它比和诗多了一个约束。

除了诗人之间的赠酬诗，有时，一个人作了一首诗或词，这首诗或词并不是要赠送给谁的。而其他人对他的这首诗词有所感受，那么，就可以按照此诗词的韵来唱和。这种和韵，与和诗一样，一个人可以唱和，其他人也可以唱和。常常也会有好多人都来唱和一首的情况。这些唱和诗，包括诗人之间的赠酬诗，如果要使用所和的那首诗词的原韵，就把它叫作和韵。

和韵分次韵、用韵和依韵。这是对和韵的一种分类，也是现在较为通行的一种分类。它们之间是有区别的。它们是和韵中不同的押韵方式。

1. 次韵

次韵亦称步韵。也就是步别人之韵。次韵的要求是，要使用所唱和的那首诗词原来的韵、原来的韵字，而且每个韵字都要用在原来的位置。也就是“三原”的原则：“原韵——原韵字——原位置”。次韵是和韵中最严格的一种，也是诗人常用的一种。它要求严格，难度大，有一定的束缚性。所以，这种形式也是最见功底的。由于受到诗人的喜爱，这种形式的好作品也是层出不穷的。

腊前千朵亚芳丛，细腻偏胜素柰功。
螓首不言披晓雪，麝脐无主任春风。
一枝拂地成瑶圃，数树参庭是蕊宫。
应为当时天女服，至今犹未放全红。

——皮日休《扬州看辛夷花》

柳疏梅堕少春丛，天遣花神别致功。
高处朵稀难避日，动时枝弱易为风。
堪将乱蕊添云肆，若得千株便雪宫。
不待群芳应有意，等闲桃杏即争红。

——陆龟蒙《和袭美扬州看辛夷花次韵》

水边沙外，
城郭春寒退。
花影乱，
莺声碎。
飘零疏酒盏，
离别宽衣带。
人不见，
碧云暮合空相对。

忆昔西池会，
鹓鹭同飞盖。
携手处，
今谁在？
日边清梦断，
镜里朱颜改。
春去也，
飞红万点愁如海。

——秦 观《千秋岁》

岛边天外，
未老身先退。
珠泪溅，
丹衷碎。
声摇苍玉佩，
色重黄金带。
一万里，
斜阳正与长安对。

道远谁云会，
罪大天能盖。

君命重，
臣节在。
新恩犹可觊，
旧学终难改。
吾已矣，
乘桴且恁浮于海。

——苏轼《千秋岁·次韵少游》

但是，次韵难度往往影响诗意的表达。这时，我们就可以有一点灵活性，来避免因韵害意的情况发生。比如对个别韵字采用同音字替换的办法，既在音上保持了原韵的发音，同时又成全了诗意的完美。

长安大雪年，束薪抱衾裯。
云安市无井，斗水宽百忧。
今我逃空谷，孤城啸鸺鹠。
得米如得珠，食菜不敢留。
况有松风声，釜鬲鸣飕飕。
瓦盎深及膝，时复冷暖投。
明灯一爪剪，快若鹰辞鞲。
天低瘴云重，地薄海气浮。
土无重腿药，独以薪水瘳。
谁能更包裹，冠履装沐猴。

——苏轼《谪居三适三首·夜卧濯足》

海民慢寒备，不畜衾与裯。
虽苦地气泄，亦无徒跣忧。
逐客久未安，集舍占鸺鹠。
念昔使胡中，车驰卒不留。

貂裘溯北风，十袭犹飕飕。
中涂履冰河，马倒身自投。
宛足费冯翼，千里烦桊韝。
十年事汤剂，风雨气辄浮。
南来足忧虑，此病何时瘳。
名身孰亲疏，慎勿求封侯。

——苏辙《次韵子瞻谪居三适·夜卧濯足》

上述例诗中，苏轼原诗最后一个韵字是“猴”字。而苏辙和诗中最后一个韵字是“侯”。“猴”与“侯”并不是同一个韵字，严格讲有违次韵的要求。但是，为了不影响诗意完美表达，诗人还是这样用了。这也不失为一种灵活用韵的好办法。但是，这种办法只能偶一为之。如果在同一首诗中重复出现这种情况，那就不能称其为次韵了。

2. 用韵

用韵是要使用所唱和的那首诗词原来的韵、原来的韵字。但是，不要求每个韵字都用在原来的位置上。也就是说，只要用原诗的韵字就可以了，不必按照原诗韵的顺序去用。在“三原”的原则中，只需两个原则，即“原韵——原韵字”就可以了。看起来要比次韵宽松一些，但用起来并不比次韵容易。所以，使用这种和韵形式唱和的远不及次韵的多。

银台金阙夕沉沉，独宿相思在翰林。
三五夜中新月色，二千里外故人心。
渚宫东面烟波冷，浴殿西头钟漏深。
犹恐清光不同见，江陵卑湿足秋阴。

——白居易《八月十五日夜禁中独直，对月忆元九》

一年秋半月偏深，况就烟霄极赏心。
金凤台前波漾漾，玉钩帘下影沉沉。
宴移明处清兰路，歌待新词促翰林。
何意枚皋正承诏，瞥然尘念到江阴。

——元稹《酬乐天八月十五
夜禁中独直玩月见寄》

元稹与白居易的这两首诗都用了十二侵的韵。所用的韵字也相同。只是它们的位置有所改变。白居易诗中是“沉、林、心、深、阴”的顺序，而元稹和诗中则是“深、心、沉、林、阴”的顺序。

3. 依韵

依韵是要使用那首诗词原来的韵，但不用原来的韵字，所以也就不涉及原来的韵字及其位置。在“三原”的原则中也就只剩了一个原则：“原韵”。也就是只要与原诗同韵就可以了。至于韵字，那就可以另行选择了。

四弦才罢醉蛮奴，酃醁余香在翠炉。
夜半醒来红蜡短，一枝寒泪作珊瑚。

——皮日休《春夕酒醒》

几年无事傍江湖，醉倒黄公旧酒垆。
觉后不知明月上，满身花影倩人扶。

——陆龟蒙《和袭美春夕酒醒》

上面陆龟蒙的《和袭美春夕酒醒》中，韵脚用了“湖、垆、扶”，与皮日休的《春夕酒醒》中韵脚用的“奴、炉、瑚”同是七虞韵。虽然韵字不同，但是韵是相同的。所以，陆龟蒙的这首《和袭美春夕酒醒》属依韵唱和。

上面讲的次韵、用韵、依韵是现在和韵中比较通行的三种押韵方式。

但是，次韵、用韵、依韵这三种押韵方式也不是一下子形成的。它是在中国古典诗词的发展中逐渐形成的。古人作诗和韵时，最初并没有次韵、用韵、依韵的说法。到了唐代后期才有了次韵的名称。至宋代次韵、依韵、用韵才盛行起来。但这时也没有把它们当作一种分类，而只是当作和韵中同一种押韵方式的不同名称而已。

先看“用韵”。前人的许多诗作中，在标题中标明了用韵，实际上与次韵一样，既用原诗的原韵，又用原诗的原韵字，还把韵字用在原位置上。比如：

从君觅数珠，老境仗消遣。
未能转千佛，且从千佛转。
儒生推变化，乾策数大衍。
道士守玄牝，龙虎看舒卷。
我老安能为，万劫付一喘。
默坐阅尘界，往来八十反。
区区我所寄，蹙缩蚕在茧。
适从海上回，蓬莱又清浅。

——苏轼《乞数珠赠南禅湜老》

嗣宗虽不言，叔宝犹理遣。
东坡但熟睡，一夕一展转。
南迁昔虞翻，却扫今冯衍。
古佛既手提，诸方皆席卷。
当年清隐老，鹤瘦龟不喘。
和我弹丸诗，百发亦百反。
耆年日凋丧，但有犊角茧。

时来窥方丈，共笑虎毛浅。

——苏轼《再用数珠韵赠湜老》

苏轼的《再用数珠韵赠湜老》就是完全按第一首赠湜长老诗中的“遣、转、衍、卷、喘、反、茧、浅”八个韵字来用的。韵的使用符合“原韵——原韵字——原位置”。这里的用韵就是使用前韵的意思。同样是使用符合“原韵、原韵字、原位置”的这种和韵方式，苏轼有时把标题标为“用前韵”，有时标为“次前韵”。如《用前韵再和许朝奉》、《次前韵寄子由》等。

再看“依韵”。前人的许多诗作中，也有的在标题中标明了依韵，可实际上也是与次韵一样，既用原诗的原韵，又用原诗的原韵字，还把原韵字用在原位置上。比如：

河水激箭险，谁言航苇游。
坚冰驰马渡，伏浪卷沙流。
树落新摧岸，湍惊忽改洲。
凿龙时退鲤，涨潦不分牛。
万里通槎汉，千帆下漕舟。
怨歌今罢筑，故道失难求。
滩急风逾响，川寒雾不收。
讵能穷禹迹，空欲问张侯。

——欧阳修《黄河八韵寄呈圣俞》

少本江南客，今为河曲游。
岁时忧漾溢，日夕见奔流。
啮岸侵民壤，飘槎阁雁洲。
峻门波作箭，古郡铁为牛。
目极高飞鸟，身轻不及舟。
寒冰狐自听，源水使尝求。

密树随湾转，长罾刮浪收。
如何贵沈玉，川兴是诸侯。

——梅尧臣《依韵和欧阳永叔黄河八韵》

欧阳修的《黄河八韵寄呈圣俞》用的是尤韵“游、流、洲、牛、舟、求、收、侯”八个韵字。梅尧臣诗中同样也用了这八个韵字。并且也是依照“原韵——原韵字——原位置”来使用的。但是，他在标题中标的却是“依韵”。同样是使用符合“原韵——原韵字——原位置”的和韵方式，梅尧臣也是有时把标题标为“依韵”，有时标为“次韵”。如《次韵奉和永叔谢王尚书惠牡丹》、《依韵和欧阳永叔秋怀拟孟郊体见寄二首》等。而这些诗中韵的使用也都符合“原韵——原韵字——原位置”的和韵方式。

但有时也有例外。看梅尧臣的另外一首诗。

堤柳才黄已落梅，寻芳弭盖共徘徊。
桑城日暖蚕催浴，麦垅风和雉应媒。
别浦人嬉遗翠羽，弋林春废锁歌台。
归鞍暮逼宫街鼓，府吏应惊便面回。

——欧阳修《昨日偶陪后骑同适近郊谨成七言四韵兼呈圣俞》

洛水桥边春已回，柳条葱蒨眼初开。
无人拾翠过幽渚，有客寻芳上古台。
林邃珍禽时一啭，酒酣红日未西颓。
知君最是怜风物，更约偷闲取次来。

——梅尧臣《依韵和欧阳永叔同游近郊》

欧阳修的诗中用了十灰韵的“徊、媒、台、回”。梅尧臣的依韵诗中用了“开、台、颓、来”，也是十灰的韵。但除了“台”

字外，其他三字都不是原来的韵字，所以更谈不上原来的位置了。这首诗不符合“三原”的原则，而与我们现在和韵诗分类中的依韵概念相一致，即只符合“三原”原则中的一个原则：“原韵”。也就是只与原诗同韵，而韵字则是在同一韵中另行选择的。

我们从上面的这些例子中，可以了解到，当时的次韵、用韵、依韵还没有一个明确的区别和划分。我们还可以从这些现象中进一步了解到和韵方式的形成和发展过程。有了这些了解，对我们更好地欣赏和理解前人和韵诗的作品将会有很大帮助。

第三节　追　和

追和的特点就是追和前人的诗或词。或者同时代的诗词，已经写出来较长一段时间后再去唱和，也叫追和。苏轼就有《追和子由去岁试举人洛下所寄九首》。这种和诗都是以追和的那首诗的诗意来作的。也就是说，内容是相关联的。在方法上，可以用原诗、词的韵，也可以不用原韵来作。下面是李贺的一首追和前人的诗以及何逊、谢朓的原诗。

李贺《追和何谢铜雀妓》：

佳人一壶酒，秋容满千里。
石马卧新烟，忧来何所似？
歌声且潜弄，陵树风自起。
长裾压高台，泪眼看花机。

何逊《铜雀妓》原诗：

秋风木叶落，萧瑟管弦清。
望陵歌对酒，向帐舞空城。
寂寂檐宇旷，飘飘帷幔轻。
曲终相顾起，日暮松柏声。

谢朓《铜雀妓》原诗：

穗帷飘井干，樽酒若平生。
郁郁西陵树，讵闻歌吹声。
芳襟染泪迹，婵娟空复情。
玉座犹寂寞，况乃妾身轻。

李贺的这首追和诗，是有感于何逊、谢朓的《铜雀妓》诗与铜雀台的故事而作。所以它是和诗中的一首追和诗。在这首追和诗中，他没有使用何逊、谢朓二诗的原韵。

霜余已失长淮阔，
空听潺潺清颍咽。
佳人犹唱醉翁词，
四十三年如电抹。

草头秋露流珠滑，
三五盈盈还二八。
与余同是识翁人，
惟有西湖波底月！

——苏轼《玉楼春·次欧公西湖韵》

上面这首词是苏轼为怀念恩师欧阳修所填。这是一首次韵的追和词。在这首词中，苏轼使用了欧阳修生前所作《玉楼春》的原韵。下面是欧阳修《玉楼春》的原词：

西湖南北烟波阔，
风里丝簧声韵咽。
舞余裙带绿双垂，
酒入香腮红一抹。

杯深不觉琉璃滑，
贪看六幺花十八。
明朝车马各西东，
惆怅画桥风与月。

——欧阳修《玉楼春》

第四节　赠　酬

诗人词家之间互相赠诗和回赠叫作赠酬或唱酬、酬唱。这是诗人词家唱和中的一种常见形式。以诗词相赠，称赠；以诗词回赠，称酬，称答，亦称酬答、酬和、和答。赠酬诗是有针对性的，即赠给谁，回赠者要针对赠诗的内容回赠，这些都是很明确的。回赠诗不要求使用赠诗的原韵。是否使用赠诗的原韵，取决于回赠者的喜好。

为我引杯添酒饮，与君把箸击盘歌。
诗称国手徒为尔，命压人头不奈何。
举眼风光长寂寞，满朝官职独蹉跎。
亦知合被才名折，二十三年折太多。

——白居易《醉赠刘二十八使君》

巴山楚水凄凉地，二十三年弃置身。
怀旧空吟闻笛赋，到乡翻似烂柯人。
沉舟侧畔千帆过，病树前头万木春。
今日听君歌一曲，暂凭杯酒长精神。

——刘禹锡《酬乐天扬州初逢席上见赠》

刘禹锡的这首和诗没有用白居易赠诗的原韵。这首诗沉郁中见豪放，是赠酬诗中的优秀篇什。诗中“沉舟侧畔千帆过，病树前头万木春”句，已成为无人不晓的千古佳句。

门巷寥寥空紫苔，先生应渴解酲杯。
醉中不得亲相倚，故遣青州从事来。

——皮日休《醉中寄鲁望一壶并一绝》

酒痕衣上杂莓苔，犹忆红螺一两杯。
正被绕篱荒菊笑，日斜还有白衣来。

——陆龟蒙《袭美醉中寄一壶并一绝，走笔次韵奉酬》

阶下饥禽啄嫩苔，野人方倒病中杯。
寒蔬卖却还沽吃，可有金貂换得来。

——陆龟蒙《再和次韵》

陆龟蒙在酬和诗中不但用了皮日休赠诗的原韵，而且还再次次韵相和。（陆龟蒙字鲁望，皮日休字袭美。）

千峰百嶂宜州路。
天黯淡、知人去。
晓别吾家黄叔度。
弟兄华发，
远山修水，
异日同归处。

樽罍饮散长亭暮。
别语缠绵不成句。
已断离肠能几许。

水村山馆，
夜阑无寐，
听尽空阶雨。

——黄大临《青玉案·和贺方回韵，送山谷弟贬宜州》

烟中一线来时路。
极目送，归鸿去。
第四阳关云不度。
山胡新啭，
子规言语，
正在人愁处。

忧能损性休朝暮。
忆我当年醉时句，
渡水穿云心已许。
暮年光景，
小轩南浦，
同卷西山雨。

——黄庭坚《青玉案·至宜州次韵上酬七兄》

这两首词是黄大临与其弟黄庭坚的赠酬之作。当时，黄庭坚被贬宜州。其兄黄大临以和贺铸《横塘路（即青玉案）》韵来赠送黄庭坚。黄庭坚又以原韵相酬。黄大临词悲凉伤别，黄庭坚词乡思情切。两首词表达了他们二人的真挚感情与相互牵挂的兄弟情怀。

第五节　自和诗

自和诗是依照自己作过的诗的原韵，再作一首，也有把它叫作叠韵的。自和诗没有什么特殊要求。在使用原韵的方法上，可以根据诗词的内容需要来选择次韵、用韵或者依韵。

其一

黄昏犹作雨纤纤，夜静无风势转严。
但觉衾裯如泼水，不知庭院已堆盐。
五更晓色来书幌，半夜寒声落画檐。
试扫北台看马耳，未随埋没有双尖。

其二

城头初日始翻鸦，陌上晴泥已没车。
冻合玉楼寒起粟，光摇银海眩生花。
遗蝗入地应千尺，宿麦连云有几家。
老病自嗟诗力退，空吟《冰柱》忆刘叉。

——苏轼《雪后书北台壁二首》

苏轼的这首《雪后书北台壁二首》在当时反响很大。很多人都争相唱和。于是苏轼又自和其诗，按自己原诗韵写了《谢人见和前篇二首》。

其一

已分酒杯欺浅懦，敢将诗律斗深严。
渔蓑句好应须画，柳絮才高不道盐。
败履尚存东郭足，飞花又舞谪仙檐。

书生事业真堪笑，忍冻孤吟笔退尖。

其二

九陌凄风战齿牙，银杯逐马带随车。
也知不作坚牢玉，无奈能开顷刻花。
得酒强欢愁底事，闭门高卧定谁家。
台前日暖君须爱，冰下寒鱼渐可叉。

——苏轼《谢人见和前篇二首》

陆龟蒙也有一首自和次前韵的诗：

病身兼稚子，田舍劣相容。
迹共公卿绝，贫须稼穑供。
月方行到闰，霜始近言浓。
树少栖禽杂，村孤守犬重。
汀洲藏晚弋，篱落露寒舂。
野弁欹还整，家书拆又封。
杉篁宜夕照，窗户倚疏钟。
南北唯闻战，纵横未胜农。
大春虽苦学，叔夜本多慵。
直使貂裘弊，犹堪过一冬。

——陆龟蒙《江墅言怀》

命既时相背，才非世所容。
著书粮易绝，多病药难供。
梦为怀山数，愁因戒酒浓。
鸟媒呈不一，鱼寨下仍重。
晚枅蓑兼褐，晴檐织带舂。
著签分水味，标石认田封。

此地家三户，何人禄万钟。
草堂聊当贵，金穴任轻农。
把钓竿初冷，题诗笔未慵。
莫忧寒事晚，江上少严冬。

——陆龟蒙《自和次前韵》

诗人词家的相互唱和，产生了大量的优秀诗词作品。这对丰富诗词的内容和形式，促进诗词的繁荣和发展，都有着重要意义。但是，在唱和时，要竭力避免勉强凑韵。特别是次韵、用韵，难度大，束缚性强。如果勉强凑韵，则影响了诗意的表达。那就得不偿失了。

第二章　诗词的择韵

在写诗填词时，选择用什么样的韵来表达你要表达的内容，也是很重要的一个环节。韵不但有宽韵、窄韵之分，还与诗中感情的表达有着直接的关系。下面分开来说。

第一节　宽韵与窄韵

我们使用的平水韵中，每个韵部所含的字数都是不同的，有多有少。以平声为例，三江、五微、十五删、十五咸等所含的字数就比较少。所含的字数少，在使用时可选择的余地就小，当然，难度也就大一些。还有一些韵部如七虞、一先、七阳、八庚等所含的字数就多，在使用时可选择的余地就大、就宽泛，当然，难度也就会相对的降低一些。字数少的被称作“窄韵”，字数多的被称作“宽韵”。一般情况下，人们都喜欢选择宽韵来用。但也不是绝对的。一是要取决于内容的需要；二是只要达到了一定的用韵能力，即便是窄韵，照样可以作出好诗来。比如：

秦时明月汉时关，万里长征人未还。
　　　　　　◎　　　　　　◎
但使龙城飞将在，不教胡马度阴山。
　　　　　　　　　　　　　◎

——王昌龄《出塞》

京口瓜洲一水间，钟山只隔数重山。
◎ ◎
春风又绿江南岸，明月何时照我还。
◎

——王安石《泊船瓜洲》

王昌龄的这首《出塞》和王安石《泊船瓜洲》都是用的十五删的韵。虽然用的是窄韵，但这两首诗可以说都是千古传唱，至今仍然受到人们的喜爱。

江涵秋影雁初飞，与客携壶上翠微。
◎ ◎
尘世难逢开口笑，菊花须插满头归。
◎
但将酩酊酬佳节，不用登临恨落晖。
◎
古往今来只如此，牛山何必独沾衣。
◎

——杜牧《九日齐山登高》

澹然空水对斜晖，曲岛苍茫接翠微。
◎ ◎
波上马嘶看棹去，柳边人歇待船归。
◎
数丛沙草群鸥散，万顷江田一鹭飞。
◎
谁解乘舟寻范蠡，五湖烟水独忘机。
◎

——温庭筠《利州南渡》

这两首诗都是独用了窄韵五微韵的，同样也是脍炙人口，受到人们喜爱。

不过，在韵的选择上，对过于险、僻、生、熟之韵应尽量少用。有人喜用一些险韵、僻韵，往往收不到好的效果，还给人以故意炫耀的感觉。还有人总喜欢用那些人们常用的、非常熟悉的熟韵，特别是在律诗和绝句中。这样，就很容易让人感到雷同、没有新意。所以，在韵的选择上，不能把它当作一种文字游戏，更不能以韵生诗，去硬拼硬凑。韵的选择，要坚持从内容出发，随情意而生。

在词韵中，宽韵、窄韵就不显得那么重要了。因为词韵把相邻的韵放到一起，作为一个韵部。每个韵部中所含的韵字就多了许多。所以，词韵的选择就宽泛得多。以平声为例，比如第一部包含了一东二冬；第二部包含了三江七阳；第三部包含了四支五微八齐和十灰的一部分等。其他各部也都是这样。

一剪梅花万样娇。
斜插疏枝，
略点梅梢。
轻盈微笑舞低回，
何事尊前
拍手误招。

夜渐寒深酒渐消。
袖里时闻
玉钏轻敲。
城头谁恁促残更，
银漏何如，
且慢明朝。

——周邦彦《一剪梅》

周邦彦的这首《一剪梅》中，“娇、招、消、朝”是二萧韵，

“梢、敲”是三肴韵。在诗韵中，它们是邻韵。而在词韵中，它们同属第八部。可见，词韵的选择范围与诗韵比，就扩大了许多。

第二节　韵的通押

通押是指在同一首诗中，两个相邻韵部的韵字互押。古体诗的通押较为宽泛，格律诗则比较严格，词则另有不同。

一、诗韵的通押

诗韵的通押，历来意见不一。有人主张用韵应严，不可通押。如果通押，属出韵，或错韵。还有人主张通押只限于首句入韵者。这种情况比较多，古今很多优秀诗篇也都是这样用的。还有一种意见是不但首句入韵可以通押，其他也可通押。其实唐代诗中也有很多这样的例子。对于可以通押的，不管是首句通押，还是非首句通押，只能限于邻韵的通押。这是诗韵通押的特点，它与词韵的通押不同。下面分别来看一下首句通押和非首句通押的例子。

先看首句通押：

洛阳城里见秋风，欲作家书意万重。
复恐匆匆说不尽，行人临发又开封。
——张籍《秋思》

百啭千声随意移，山花红紫树高低。
始知锁向金笼听，不及林间自在啼。
——欧阳修《画眉鸟》

上面两首诗都是首句入韵的。前一首唐代张籍的《秋思》中

“重、封”押的是二冬韵。而首句“风”是一东韵，属首句通押邻韵。后一首宋代欧阳修的《画眉鸟》中“低、啼”是八齐韵，首句“移”则是四支韵。也是首句通押邻韵。

再看非首句通押：

寥落古行宫，宫花寂寞红。
白头宫女在，闲坐说玄宗。
——元稹《行宫》

这首诗起句的“宫”与第二句的“红”都是一东韵。末句的“宗”是二冬韵。属东冬韵通押。

破却千家作一池，不栽桃李种蔷薇。
蔷薇花落秋风起，荆棘满亭君自知。
——贾岛《题兴化寺园亭》

以“推敲”闻名的贾岛，在他的这首《题兴化寺园亭》中也采用了通押。“池、知”是四支韵，“薇”是五微韵。属支微韵通押。

陈迹随人事，初秋别此亭。
重来梨叶赤，依旧竹林青。
风幔何时卷，寒砧昨夜声。
无由出江汉，愁绪月冥冥。
——杜甫《客旧馆》

杜甫在这首诗中也采用了通押。诗中“亭、青、冥”是九青韵，“声”是八庚韵。这是庚青通押。

凤尾香罗薄几重，碧文圆顶夜深缝。
扇裁月魄羞难掩，车走雷音语未通。
曾是寂寥金烬暗，断无消息石榴红。

斑骓只系垂杨岸，何处西南待好风。

——李商隐《无题》

李商隐的这首诗中，“重、缝”是二冬韵，“通、红、风”则是一东韵。为东冬通押。

上述诗中都是采用了通押的。有的是东冬韵通押，有的是支微韵通押，有的是支齐韵通押，有的是庚青韵通押。可见古人并不避忌邻韵的通押。历代诗人在格律诗中使用通押的例子很多。这里不可能一一列出。从唐、宋直到明、清，从普通诗人到名人大家都是屡见不鲜。

在格律诗中是否采用通押，虽然见解不一，我倒觉得可以互不影响。不喜欢通押的，可继续从严不用通押；喜欢通押的，因有前人为例，自然也可以放心大胆地去用而不必避忌。当然，前提必须是韵母相同或相近的邻韵才能通押。

二、词韵的通押

《词韵》把邻韵、侧声韵合为一部。除入声韵部外，其他各部都含平上去声及其邻韵。每一部中不同韵目的韵字都可通押。如果需要押侧声韵时，本部平仄即可通押。后五部是入声韵。入声韵也是在一个韵部中的不同韵目的韵字通押。这样，哪些可以通押，哪些不可以通押的问题就非常明确了。

我们举例来说明。比如：

分部	平声	上声	去声
第八部	萧肴豪	篠巧皓	啸效号
第九部	歌	哿	箇

第九部中平声以歌韵独用，上声以哿韵独用，去声以箇韵独用。歌韵、哿韵、箇韵没有邻韵，所以不存在邻韵通押问题。而这三个韵互为侧声韵，在词谱中如果要求押侧声韵的话，则可按

要求通押。第八部中的平声萧韵、肴韵、豪韵互为邻韵，上声篠韵、巧韵、皓韵互为邻韵，去声啸韵、效韵、号韵互为邻韵。平上去各自的互押可以叫作通押。它们中的平、上、去声韵互为侧声韵，如果需要也可以通押。

严格意义上讲，在词韵中，抛开侧声韵通押外，每部之内同声不同韵目之互押，不能算作通押。因为它们都在一个韵部之内。虽然韵目与韵目是邻韵关系，这只是相当于诗韵中的邻韵通押，但在词韵中因为是以韵部为单位的，所以不能叫作通押。

词的真正意义上的通押，应该是两个不同韵部之间的通押。词韵的每一部都是相对独立的，一般都不主张通押。但是，戈载《词林正韵》“以唐宋诸名家为据”，“列平上去为十四部，入声为五部，共十九部，皆取古人之名词参酌而审定之”（引自《词林正韵发凡》）。这样就难免有所疏漏。有些唐宋名家之词的通押就没有完全为十九韵部所接纳。比如，一首词内按照十九部对照，同时用了第六部韵和第十三部韵，同时用了第七部韵和第十四部韵者都有。因为当时还没有十九部之说，所以不能把它们称为两个部之间的通押。为了指导现在的填词用韵，这里拿十九部来对照前人的词作，权且把它叫作通押，来举例分析。下面只以平声韵为例。

1. 第六部和第十三部的通押

在宋词人中，秦观、朱敦儒、张元幹、叶梦得、张才翁、赵构、薛梦桂、程武等都有现在所说的第六部韵和第十三部韵通押的词作。

过秦淮旷望，
迥潇洒、绝纤尘。
爱清景风蛩。
吟鞭醉帽，
时度疏林。

秋来政情味淡，
更一重烟水一重云。
千古行人旧恨，
尽应分付今人。

渔村。
望断衡门。
芦荻浦、雁先闻。
对触目凄凉，
红凋岸蓼，
翠减汀苹。
凭高正千嶂黯，
便无情到此也销魂。
江月知人念远，
上楼来照黄昏。

——秦观《木兰花慢》

秦观的这首词中“尘、云、人、村、门、闻、苹、魂、昏”都是现在的第六部韵，而第五句的“林”则是现在的第十三部韵。

红稀绿暗掩重门。
芳径罢追寻。
已是老于前岁，
那堪穷似他人。

一杯自劝，
江湖倦客，
风雨残春。

不是酴醾相伴，
如何过得黄昏。
——朱敦儒《朝中措》

《朝中措》是上片三平韵，下片两平韵。朱敦儒的这首词中“门、人、春、昏”都是现在的第六部韵，而前片第二句“寻”是现在的第十三部韵。

2. 第七部和第十四部的通押

宋代词人中，黄庭坚、辛弃疾、周邦彦、朱敦儒、周密等也都有现在所说的第七部韵和第十四部韵通押的词作。

一叶扁舟卷画帘。
老妻学饮伴清谈。
人传诗句满江南。

林下猿垂窥涤砚，
岩前鹿卧看收帆。
杜鹃声乱水如环。
——黄庭坚《浣溪沙》

《浣溪沙》是上片三平韵，下片两平韵。黄庭坚的这首词中“帘、谈、南、帆”都是现在的第十四部韵，最后一句的“环”则是现在的第七部韵。

绕床饥鼠，
蝙蝠翻灯舞。
屋上松风吹急雨，
破纸窗间自语。

平生塞北江南，

归来华发苍颜。
布被秋宵梦觉，
眼前万里江山。
——辛弃疾《清平乐·独宿北山王氏庵》

《清平乐》为平仄转换式，它的上片四仄韵，下片三平韵。辛弃疾的这首词的下片三平韵中，“颜、山”为现在的第七部韵，“南”字则是现在的第十四部韵。

从以上的例子来看，在没有十九部划分之前，在宋代，上平声的十一真、十二文、十三元（部分）三韵与下平声的十二侵韵是通用的，也就是可以通押。上平声的十三元（部分）、十四寒、十五删三韵与下平声的十三覃、十四盐、十五咸三韵也是通用的，即可以通押。按十九部划分之后，上平声的十一真、十二文、十三元（部分）三韵划为第六部；下平声的十二侵韵独用划为第十三部；上平声的十三元（部分）、十四寒、十五删三韵划为第七部；下平声的十三覃、十四盐、十五咸三韵划分为第十四部。虽然这些韵目不在一个韵部，但是既有前人的用法作参考，又有这些韵字的韵母相近或相同的特点，第六部韵和第十三部韵完全可以通押；第七部韵和第十四部韵也完全可以通押。既然是这样，索性把它们合在一起，则更加方便实用。这也是笔者在《诗韵词韵速查手册》中把第十三部合入第六部，把第十四部合入第七部的具体原因。

在宋人词中还有把八庚、九青、十蒸韵与十一真、十二文、十三元及十二侵韵通押的。即十九部中的第十一部与第六部及第十三部。但是，按照现在的读音，庚、青、蒸韵的韵母与真、文、元及侵韵的韵母并不能说是相近。所以不足为例，也就不做分析了。

第三节　韵的感情色彩

这里所说的韵的感情色彩，不是指韵字的字义所表达的内容。这里说的韵的感情色彩，是指韵字的发音、声调所构成的特点，对诗词内容感情特色的表达所发挥的作用。即用不同的韵，因为发音和声调的不同，它们所表达出的内容的感情效果就不同。比如有的字发音响亮一些，有的字发音低沉一些。有的音调比较昂扬，有的音调比较柔婉。当然，响亮的、昂扬的自然就适合表达一些豪放、壮美的内容。低沉、柔婉的就适合表达一些悲伤、缠绵的内容。所以，前人通过研究和实践，在韵与诗词的感情色彩方面提出了一些经验之谈。比如有人认为，平声韵中的东、冬、江、阳、歌、麻等韵发音洪亮，所以适合抒发豪放雄壮的感情；平声韵中的支、微、齐、灰、寒、删、先等韵发音清柔，比较适合抒发清婉温柔的感情；上声、去声韵发音委婉，适合抒发缠绵婉约的感情；入声韵发音短促，适合抒发凄美激越的感情。明代谢榛在《四溟诗话》（卷一）中也写道："诗宜择韵：若秋、舟，平易之类，作家自然出奇；若眸、瓯，粗俗之类，讽诵而无音响；若锼、搜，艰险之类，意在使人难押。"这些观点，在我们的诗词创作当中都可以作为参考。

第三章 诗词的语言特色

诗歌是一种语言艺术，格律诗词当然也不例外。它的语言魅力是任何文艺形式都无法与之相比的。为了更好地欣赏和理解前人的作品，提高诗词创作水平，我们必须对诗词的语言特色有所了解。所以，这一章我们要着重讲一下格律诗词的语言特色。

第一节 诗词语言之精练性

诗词与其他文艺形式，包括其他诗歌形式相比，语言上最大的不同，就是它的精炼性。诗词可以用最精练的语言，表达极其丰富的内容。格律诗中的律诗、绝句，词中的一些小令，它们的字数都很少。可是，它们呈现出的内容，却相当丰富。我们可以随便举一个例子。如杜甫的一首著名的《绝句》中的句子："两个黄鹂鸣翠柳"。短短的七个字，就给我们呈现出黄鹂、柳树；黄鹂的数量——两个；柳树的形态——翠绿的；黄鹂在做什么——鸣叫；黄鹂在什么地方鸣叫——翠绿的柳枝上。何等丰富的一个画面啊！这样精练的语言，这样精练的表达方法，是任何一种文学形式都难以达到的。这首诗后面几句是"一行白鹭上青天。窗含西岭千秋雪，门泊东吴万里船"。这首诗每句七个字，一共四句，二十八个字。四句诗中每句一景，而且每一景都是那么的丰富具体。"蓝天上飞翔的一行白鹭，隔窗而望积淀着皑皑白雪的西岭，门前停泊位上停靠着的一定会有从东吴而来或者即将去往东吴的航船吧”。同时，在描写这样丰富美丽画面的语言中，我们还可以感受到作者那种向往“东吴”的心情。诗中既写景还写情，把情与景也巧妙地融合在一起，收到了情景交融的效果。可见在这二十八个字中，它的内涵有多么深厚，它所包含的内容是多么丰富。

语言精练的特点，在词中也同样突出。比如下面这首词：

去年元夜时，
花市灯如昼。
月上柳梢头，
人约黄昏后。

今年元夜时，
月与灯依旧。
不见去年人，
泪湿春衫袖。

——欧阳修《生查子·元夕》

我们先看这首词中的两句“月上柳梢头，人约黄昏后”。短短的两句，八个字。时间、人物、事件都交代出来。结合上下文，连地点、环境都非常清楚了。整首词八句，四十字，把去年、今年两年的情景都展现出来。还包括了两年不同情景的对比。人物的心情也表达得淋漓尽致。一首好的诗、词，一个好的诗句、词句，都是用精练的语言，呈现出丰富、饱满的思想内容的。所以，在诗词创作中，首先要选择最精炼的语言来表达要表达的思想内容。使我们的作品达到多一字则多余，少一字则不足。只有这样才是恰到好处。

第二节 诗词语言之形象性

诗词和其他文学形式一样，必须具有形象性。那么这种形象性是从哪里来的呢？我们在写诗填词的时候，一定要选择形象的语言，来表达具体、形象的事物。

千山鸟飞绝，
万径人踪灭。
孤舟蓑笠翁，
独钓寒江雪。

——柳宗元《江雪》

柳宗元的这首《江雪》，以极其精练、形象的语言给我们展现了这样一个形象的画面：白雪皑皑的群山之中，连只鸟儿也没有。一条条山间小路，一个人也看不到。就连曾经留下的脚印，也被白雪给覆盖了。只有透着一股寒气的江边，有一只孤零零的小船，船上一位披着簑衣、戴着斗笠的渔翁坐在那里垂钓。我们似乎感觉到，雪也在静静地、静静地飘落着。多美的一个画面啊。苍茫、空旷、寂静。同时画龙点睛般地又写了江水、渔翁。给空旷、寂静的画面又增添了一丝生命和活力。于是，就连落雪的声音都可以听到了。柳宗元仅用了二十个字，就展现出了这么一个形象、丰富的画面，这就是诗词的魅力。

柳宗元在这首诗中所用的都是极具形象性的语言。写山，用了“千山”；写山路，用了“万径”；写空旷，用了“鸟飞绝”、“人踪灭”；写舟，用了“孤”；写渔翁，用了“蓑、笠”，既展示了他的穿戴，又揭示了天气。用“孤舟、独钓、寒江”描写了渔翁垂钓的环境；最后一个字落在“雪”字上，把所有的景色都与雪联系起来。这么形象的语言，这么形象、生动的画面，怎不让人叫绝。而且，在欣赏这个画面的时候，谁又感受不到诗人当时心情的流露呢？

我们从另一个角度来对比一下，可能对诗词语言的形象性就能更好地理解了。假如是一位功底较浅的爱好者，在写这首诗的时候，后两句很有可能写成这样："孤舟一渔翁，独钓在江畔"。那么，这里的"渔翁"具体穿戴了什么，"江边"是个什么样子，这是什么季节、什么环境。这些，我们都无从看到。虽然这里也有渔翁，也有江边，这些也是形象事物。但，这种形象是模糊的、不具体的、没有色彩的，所以更谈不上生动。

黄梅时节家家雨，
青草池塘处处蛙。
有约不来过夜半，
闲敲棋子落灯花。

——赵师秀《有约》

宋人赵师秀的《有约》同样以形象的语言，给我们描绘出一个形象生动的画面。绵绵梅雨，呱呱蛙鸣。约了朋友，却被雨所隔。过了半夜，还不见来。等得无聊，闲得无聊。拿起桌上的棋子一敲，灯花被震落下来。有声有色，有静有动，犹如就在眼前。

西塞山前白鹭飞，
桃花流水鳜鱼肥。
青箬笠，
绿蓑衣，
斜风细雨不须归。

——张志和《渔歌子》

这是一首词，它同样描绘出一幅美丽的画面。在这一画面中，作者把环境、季节、人物、心情等都形象、生动地展示出来。这些都是因为运用了形象性语言获得的效果。以形象的语言展现动人的画面，对诗词写作来说至为重要。

第三节　诗词语言之准确性

诗词语言更需要准确性。因为诗词的字数受限制，所以更需要珍惜每一个字的使用。要使诗词中的每一个字都做到准确、生动、恰如其分。这就是古人所说的“炼字”。在炼字方面，自古就有许多佳话流传下来。下面先看一首诗。

闲居少邻并，草径入荒园。
鸟宿池边树，僧敲月下门。
过桥分野色，移石动云根。
暂去还来此，幽期不负言。

——贾岛《题李凝幽居》

在贾岛的这首诗中，蕴涵着一个流传至今的故事。贾岛初赴京师时，一天在驴背上得“鸟宿池边树，僧推月下门”之句，他反复吟咏，想把“推”字改为“敲”字，但又斟来酌去拿不定主意。于是，就在驴背上吟哦，以手来比画着“推”与“敲”的动作。结果冲撞了当时吏部侍郎兼任京兆尹的著名文学家韩愈的仪仗队。他被人推到韩愈的面前。贾岛说明原委，韩愈想了一会儿，对贾岛说：“‘敲’字好。”韩愈不但没有怪罪他，还与他结为布衣之交。于是留下了这段“推敲”的佳话。而“推敲”二字也成为对字句认真斟酌的意思。通俗地说，这种斟酌、推敲，就是选择更加准确、生动的语言来表达作品内容的过程。

还有一个王安石改字的故事。先看下面这首诗。

京口瓜洲一水间，
钟山只隔数重山。
春风又绿江南岸，
明月何时照我还。
——王安石《泊船瓜洲》

在王安石的这首诗中，“春风又绿江南岸”一句的“绿”字，开始用的是“到”，后来圈去“到”，改为“过”；又改作“入”。改作“满”等。数易之后，最终才确定为“绿”字。

现在，我们看一下，在这个诗句中的“绿”、“到”、“过”、“入”、“满”这几个字，哪一个更好、更准确呢？很显然，“到”、“过”、“入”、“满”并不理想。太过单调，流于肤浅，缺乏色彩。它们仅仅表达出春天来了而已，却不能呈现出春天来了是个什么样子。而“绿”字则不同。用了一个“绿”字，呈现在我们面前的就是春风吹过，草开始发芽了，岸边被蒙上一层嫩绿。一幅春意盎然的样子。这才是实际应有的状态。所以，只有这样的文字、这样的语言才能够准确地表现事物本有的特征。也只有这样准确的语言，才能把诗词中要表现的内容既准确，又形象，又生动地呈现出来。

在诗词写作中选择使用准确的语言，实际就是一个锻句炼字的过程。虽然锻句炼字不仅仅只是一个语言的准确性的问题。但语言的准确性也是一个语言运用的基本条件之一。语言的准确性还不仅仅只是字词的锤炼，它还体现在炼句上。清代周容的《春酒堂诗话》中有这样一段话：“崔惠童诗‘今日残花昨日开’，若是‘昨日开花今日残’，便削然无意矣。”周容的话不无道理。两句诗的字完全相同，只是位置顺序作了改变，其意味则大相径庭。所以，诗词语言的准确性不但要选择推敲好每一个字，还要斟酌把握好字词的位置和顺序。古人写诗填词是非常讲究锻词炼句的。唐代诗人卢延让在《苦吟》一诗中感慨道：“吟安一个字，拈断数茎须。”贾岛在《题诗后》一诗中的“两句三年得，一吟双泪流。”都形象地反映了他们在锻句炼字中的严谨态度和刻苦精神。这些都是值得我们学习的。

第四节　诗词语言之音乐性

诗词语言的又一大特色，就是它具有很强的音乐性。诗词以其独有的格律形式所构成的美妙音律，让诗句朗朗上口，给人以富有节奏、旋律的音乐美感。这是其他任何一种文学形式都难以企及的。

我国的古典诗词和其他诗歌形式一样，是由民歌、民谣发展而来的。所以诗词从它一诞生就具有可以吟唱的音乐性。而语言的平仄四声和韵律的应用，都让诗词产生了节奏和旋律，从而形成了特殊的音乐效果。相同韵母的韵字在诗篇词章中相应的位置上的反复，构成了诗词的和谐美和旋律美。而平仄四声的交替变换，则造就了诗词的节奏美。这里让我们从平仄四声的角度，看一下诗词的节奏，以及它与诗词语言音乐性的关系。

一、诗词中的节奏来源于音节的交替组合

诗词中的节奏是来源于诗句中音节的交替组合的。比如：

人闲｜桂花｜落，
夜静｜春山｜空。

——王维《鸟鸣涧》句

天门｜中断｜楚江｜开，
碧水｜东流｜至此｜回。
两岸｜青山｜相对｜出，

孤帆｜一片｜日边｜来。

——李白《望天门山》

从上述诗句可以看出，每两个音节为一组，最后剩下的一个音节自己为一组。这就形成了一种有规律的音节组合变换。仅以五言和七言为例，它们的这种规律则是，五言的“2—2—1”；七言的“2—2—2—1”。但是这种音节的组合变换，并不仅仅这一种。下面是其他的几种组合变换。

夜宿｜峰顶寺，
举手｜扪星辰。

——李白《题峰顶寺》句

月黑｜雁｜飞高，
单于｜夜｜遁逃。

——卢纶《塞下曲》句

楼船｜夜雪｜瓜洲渡，
铁马｜秋风｜大散关。

——陆游《书愤》句

乱云｜如兽｜出｜山前，
细雨｜和风｜满｜渭川。

——韦庄《登咸阳县楼望雨》句

这些诗句的音节组合规律是，五言的“2—3”、“2—1—2”；七言的“2—2—3”、“2—2—1—2”。在词中，除上述音节组合外，还有：

竟｜无语｜凝噎。

——柳永《雨霖铃》句

有｜渔翁｜共醉，
　溪友｜为邻。
——陆游《沁园春》句

更｜长门｜翠辇｜辞｜金阙。
——辛弃疾《贺新郎》句

这里选的几个句子都是词中的“一字领”句式。它的第一组都是一个音节。可见词的音节组合变换更为丰富。

我们这里说的诗句词句的音节组合，只是从分析音节组合规律的角度来讲的。在实际吟诵时，我们常常是不完全按照这种组合的划分去吟诵的。比如，五言句式常常读为“2—3”组合；七言句式常常读为“2—2—3”或“4—3”组合。如前面的几个例句则是：

人闲｜桂花落，
夜静｜春山空。

月黑｜雁飞高，
单于｜夜遁逃。

天门｜中断｜楚江开，
碧水｜东流｜至此回。

乱云｜如兽｜出山前，
细雨｜和风｜满渭川。

更｜长门｜翠辇｜辞金阙。

或者是：

乱云如兽｜出山前，
细雨和风｜满渭川。

楼船夜雪｜瓜洲渡，
铁马秋风｜大散关。

更｜长门翠辇｜辞金阙。

这种音节的组合交替，是由句子的语法结构决定的。它犹如音乐中的节拍，在这种音节的组合交替中孕育了诗词的节奏。

二、诗词中的节奏来源于平仄的交替组合

诗词中的节奏还来源于诗句中平仄的交替组合。比如：

五言

a. 仄仄｜平平｜仄
b. 平平｜仄仄｜平

c. 平平平｜仄仄
d. 仄仄仄｜平平

七言

A. 平平｜仄仄｜平平｜仄
B. 仄仄｜平平｜仄仄｜平

C. 仄仄｜平平平｜仄仄
D. 平平｜仄仄仄｜平平

这是格律诗五言律句和七言律句基本句型的平仄组合。在这种基本组合中，都是两个或三个相同的平声或仄声为一组。不同的平仄声按组交替变换。但是，即便是格律诗中，也不一定完全都是基本律句。受到可平可仄的影响，基本律句的形态往往会变成这样的形态：

五言：

a.（平）｜仄｜（平）平｜仄
b.（仄）｜平（平）｜仄｜平

c.（仄）｜平平｜仄仄
d.（平）｜仄仄｜平平

七言：

A.（仄）｜平（平）｜仄（仄）｜平｜仄
B.（平）｜仄（仄）｜平（平）｜仄｜平

C.（平）｜仄（仄）｜平平｜仄仄
D.（仄）｜平（平）｜仄仄｜平平

变成这种形态，它的平仄也是交替变换的。但有时也会出现这样的句子：

向晚意不适，
｜｜｜｜｜

——李商隐《乐游原》句

谁知林栖者，
————｜

——张九龄《感遇·其一》句

草木有本心，
｜｜｜｜—

——张九龄《感遇·其一》句

即便是这种连续多个相同的平声或仄声的诗句，也不是平淡没有起伏的。因为在多个连续相同的平声或仄声的诗句中，虽然平仄相同，但是它们的声调还是有变化的。因为平声中包括了上平声和下平声；仄声中包括了上声、去声和入声。它们的声调是不同的。如：

“谁知林栖者”的声调是：

阳平阴平｜阳平阴平｜上声

“草木有本心”的声调是：

上声｜入声｜上声上声｜阴平

这样的声调交替构成了音调的起伏变化，使诗句产生了抑扬顿挫和回环往复的节奏和旋律，从而生成了诗词所特有的音乐美感。

诗词语言的音乐性不只是我们上面讲的这些。它还包括了语法、修辞以及清新、明丽、流畅的语言运用。但是，这些语言技巧的问题，已不是本书所要讲的内容。好的诗词作品，是多手段的产物。一首“床前明月光”传唱千年而不衰；一曲“大江东去”令人荡气回肠；读罢“千古江山”，让人如闻金戈铁马的喧嚣；细品“寻寻觅觅，冷冷清清，凄凄惨惨戚戚”，萦绕于耳，久久不去的是那种深沉与柔婉之情。诗词语言的音乐美则是使这些不朽佳作得以千古流传的手段之一。

附　录

诗　韵

本编以《诗韵合璧》为蓝本，去其生僻字，收入韵字6321个。其中《诗韵合璧》未收入的常用字，依据《集韵》《古今韵会举要》等典籍酌加增补。与其他各典不一致处则视具体情况，或依《诗韵合璧》收入，或依各典加以补正。韵目仍依106韵不变。为方便查阅，将两韵或两韵以上兼收的字称为双韵字，加方括号以示区别。

一、上平声

【一东】

东铜桐筒峒酮童僮潼曈瞳艟忠翀忡盅虫螽融终戎绒狨棕崇嵩崧菘芃洪洪烘弓躬芎穹穷宫崆隆窿癃风枫疯工讧红攻功蒙濛檬曚朦艨栊珑咙昽胧聋匆葱聪骢蓬篷通雄熊充彤鸿丛公翁嗡鬃沣酆[中][冲][衷][种][空][倥][悾][笼][砻][庞][曚][幪][鲖][恫][侗][同][衕][瞢][懵][梦][冯][洚][虹][总][逢][艟][丰][哄]

【二冬】

冬咚疼农侬浓哝脓秾醲宗踪琮悰容榕熔镕蓉龙茏龚舂蚣松忪淞枞峰蜂锋烽庸慵墉镛鳙佣痈噰饔凶讻匈胸邛筇蛩恭邕钟彤[冲][重][憧][橦][艟][从][纵][逢][缝][茸][供][淙][溶][汹][喁][雍][壅][凇][跫][丰][封][葑]

【三江】

江茳扛杠矼缸豇泷龙邦梆桩逄双窗腔[降][洚][庞][撞][幢][橦][淙][悾][跫]

【四支】

支吱枝岐歧肢之芝眵黟移簃垂陲卑碑裨脾郫陴奇埼崎琦畸攲猗漪皮披疲知痴蜘踟驰池师狮螄筛基其箕綦骐期欺淇棋祺琪蜞旗麒斯澌撕厮词祠颐姬宧谁惟椎帷雌骓锥维潍罹丝兹滋慈磁嵫鹚鸶鸱鸸而洏鲕鲥鳍耆蓍鬐髭龇疵赀资咨粢瓷姿茨炊埘时诗持隋随危卮栀蓠篱漓缡螭醨魑麾縻糜蘼醿麋肌脂厘狸眉湄嵋楣郿笞怡饴贻规窥夷姨痍丕伾邳祁芪衹祗泜胝禧嘻嬉僖熹熙罴羁伊咿虒篪妫沩追逵逶痿萎蕤夔葵荽绥虽蚩嗤媸嫠犛嫠淄缁锱辎缌飔嫘孜尸怩妮呢墀宜仪悲辞疑亏羲曦私彝衰匙牺巇羸蛳娭貔枇纰毗蚍琵圯儿弥霉鼒[吹][噫][遗][迟][迤][弛][施][匜][医][累][锤][箠][委][倭][仔][孳][比][仳][伎][偲][思][尼][居][丽][鹂][骊][酾][台][治][眙][睢][推][唯][差][嵯][氏][坻][椅][锜][剞][骑][踦][剂][荠][蓰][莳][蕲][觯][槌][椑][庳][靡][麓][犛][訾][觜][堕][机][饥][蛇][蠵][蠡][其][澌][涯][为][陂][离][璃][龟][司][嶷][馗][鬻][提][戏][褫][寅]

【五微】

微薇徽挥晖辉翚韦帏祎违闱围讥叽矶玑非霏扉绯腓圻沂祈颀旂肥淝希晞稀威葳妃飞畿依巍归[菲][诽][蜚][痱][欷][豨][几][机][饥][衣][俟]

【六鱼】

鱼渔裾琚腒舒妤余徐狳蜍滁渠蕖诸猪潴储庐驴胪胥蔬梳虚墟歔璩蘧摅蛆疽菹趄雎锄闾榈樗初书舆祛袪[居][据][椐][屠][予][纾][且][苴][沮][狙][咀][如][茹][洳][于][淤][龉][衙][嘘][醵][车][誉][疏][除][与][欤][畬][胠][躇][湑][糈]

【七虞】

虞吴娱蜈禺愚嵎髃隅刍雏趋无芜巫诬于吁盱纡竽迂盂邘都欋衢癯氍需儒濡嚅襦须媭朱侏诛洙姝珠株殊铢蛛邾茱窬渝愉瑜榆觎歈逾毹氍臾萸谀腴岖枢躯柎苻符夫芙扶肤蚨趺麸厨蹰拘驹劬朐谟

嫫模晡匍逋蒲敷辜沽姑菇枯蛄骷鸪胡湖猢瑚糊鹕葫醐酥酴途荼菰孤狐弧觚罛奴拏驽乎呼滹吾梧鼯徂殂租粗卢垆泸栌轳舻鲈鸬颅炉芦孚俘莩郛稃呜乌凫俱壶徒摹图毋苏殳雩洿刳[区][呕][驱][娄][溇][镂][蒌][芋][菟][莆][铺][酺][酤][俞][揄][喻][输][愈][龉][喁][呱][瓠][句][岣][枹][罦][桴][污][涂][屠][瞿][诹][裯][膜][瓿][于][絮][麌][懦][恶][阇][庑][跗]

【八齐】

蛴脐跻齑犁梨黎藜蒺萋凄圭奎畦闺邽堤低羝啼蹄绨梯稊鹈鸡奚傒溪蹊鼷倪猊蜺鲵嘶西栖粞醯暌睽笄篦砒嵇赍荑犀鼙迷携兮乩[齐][挤][提][缇][醍][题][骊][鹂][嶲][蠵][徯][氐][诋][批][蠡][黧][妻][璃][泥][缔][霓][澌][椑][稽]

【九佳】

佳淮鞋街睚崖牌阶皆偕谐喈揩俳排埋霾骸乖怀豺侪斋钗挨崽[娲][蜗][娃][哇][蛙][洼][涯][柴][差][楷][槐][荄]

【十灰】

灰诙恢盔偎隈煨回茴洄徊徘裴哀缞媒煤禖陪醅酶梅莓枚玫瑰魁雷罍堆崔催摧杯坯胚薹苔抬胎炱邰鲐鳃腮该陔孩垓赅咳唉埃才材财来莱崃桅哉灾猜皑开呆颓[思][偲][傀][隗][槐][嵬][裁][栽][台][骀][推][悝][培][欸][脢][能][荄][颏][徕][虺]

【十一真】

真嗔禛瞋因茵姻洇骃裀氤辛莘新薪辰唇宸晨申伸神绅呻宾滨嫔缤槟邻鄰璘辚鳞麟匀旬荀询恂峋洵珣昀郇秦蓁溱榛蓁臻逡踆皴堙禋钧均筠珍春椿频苹濒颦银民珉岷筤缗伦沦轮驯肫窀莼淳醇鹑巡遵旻斌赟贫臣人仁身巾彬尘陈津循纫闽豳夤[嶙][磷][瞵][湮][歅][甄][振][娠][抡][纶][屯][纯][垠][填][囷][麇][亲][竣][寅][谆][惇][狺][泯][傧][鄞][玭][畛]

【十二文】

文纹蚊雯云芸妘纭耘焚棼芬棻汾纷鼢雰氛氲煴君裙群军荤皲

勤勋涢郥熏薰曛獯醺芹昕欣筋獖[堇][鄞][坟][垠][龈][闻][分][颁][员][贲][斤][听][殷][缊][麇][狺][蕲]

【十三元】

元芫沅园原源嫄袁猿辕蕃幡璠燔膰蹯翻藩萱喧暄浑裈祥温辒瘟痕根跟轩尊樽蹲墩暾昏惛婚阍爰谖鹓鸳仑昆馄琨锟鹍鲲炖饨盆溢孙狲荪门扪掀鼋冤言魂存豚村烦埙坤垣晅恩吞蘩矾樊飧髡臀鞬[屯][纯][囤][圈][溷][论][抡][湲][媛][援][闷][怨][智][宛][蜿][奔][贲][喷][洹][貆][缊][薀][蕴][繁][敦][惇][反][番][垠][甗][犍][獂][阮]

【十四寒】

寒箪殚郸竿杆玕肝奸刊邗鼾安鞍兰拦栏丸纨汍芄峦栾滦鸾銮端湍姗珊蹒蹣瞒虈预官倌棺馒鳗盘槃磐瘢宽髋潘磻蟠完刓剜酸狻貛抟桓檀丹韩餐残阑襕团欢摊[单][弹][瘅][曼][蔓][谩][墁][漫][镘][难][滩][谰][澜][洹][貆][乾][干][汗][奸][叹][观][翰][看][冠][钻][獂][胖][弁][莞][坛][般][敦][繁][智][娈][攒][揣]

【十五删】

删弯湾鬘鬟寰澴阛班斑环还闲娴鹇痫颁顽颜关蛮姦菅攀山鳏斒艰斓悭扳僝[孱][潺][般][殷][湲][潸][间][纶][擐][讪][患][颁][奸]

二、下平声

【一先】

前湔千芊阡迁跹戋笺玄弦蚿舷船沿铅田畋坚贤阗滇颠癫巅颧肩捐娟涓鹃妍岍骈胼焉蔫嫣然燃边笾延筵涎蜒连莲涟鲢廛瀍躔婵蝉蠕蜷鬈拳篇偏编蹁鳊翩翾缏楩鞭鞯全荃筌诠佺拴栓铨痊专砖悛篅颛遄鸢鹯澶膻鳣邅椽橼宣揎瑄仙籼骞褰璇悬愆绵棉权天胭烟怜年眠渊蠲泉毡旃联镌川圆虔挛[先][佃][钿][单][禅][鄢][鲜]

[湮][甄][歅][犍][键][旋][漩][燕][煎][谝][扁][扇][煽][纯][缘][孱][潺][湲][浅][溅][钱][传][便][填][牵][研][员][穿][咽][零][平][卷][惓][蜎][搴][竣][纤][缠][阏][乾]

【二萧】

萧箫潇蟏蜩凋雕苕招怊弨昭轺貂韶龆岧髫迢超条枭撩獠寮尧荛哓峣饶骁浇蛲跷翘宵霄绡消硝销逍魈朝潮焦蕉谯憔樵鹪乔荞侨桥骄晁姚珧祧谣徭猺瑶鳐飖遥窑嫖幖膘瓢藨飘飙苗描猫枵鸮辽邀聊喓腰寥刁杓幺镳钊椒妖儵莜幧[肖][哨][蛸][摇][繇][鹞][佻][挑][洮][朓][铫][跳][侥][娆][桡][烧][娇][峤][轿][僚][嘹][潦][燎][镣][鹩][要][漂][摽][剽][劭][标][檇][夭][调][徼][嚣][彯][陶][鲦][料][僬][噍][廖][藨]

【三肴】

肴崤淆巢爻交茭洨蛟鲛郊包苞咆胞跑匏庖筲捎梢艄抄抓抛呶哮坳硗铙茅蝥嘲虓猇聱硇脬凹[佼][咬][姣][胶][筊][蛸][鞘][鄗][敲][泡][枹][炮][飑][刨][掊][唠][啁][教][撵][謷][尢][鸼][窌][钞][剿]

【四豪】

豪壕嚎濠毫毛蚝髦旄刀叨忉舠魛咷桃逃鼗曹嘈槽螬糟遭艚艘高蒿篙涛皋嗥槔翱遨敖嗷璈獒熬鳌螯慅搔骚羔糕萄掏绹淘醄醪慆滔韬臊尻绦猱弢褒袍牢饕捞痨嶗鏖[劳][涝][唠][骜][謷][洮][挑][挠][裯][绸][缫][缲][操][号][陶][膏][氂][嚣][咎][漕][潦][芼][梼][焘]

【五歌】

歌哥多罗啰锣萝箩苛疴何诃阿呵珂柯河菏莎桫挲摩魔瘸坡波禾科蝌他佗陀驼柁跎酡讹靴莪俄哦娥蛾鹅骡螺皤皤鄱窝埚涡锅挪搓傞蹉踒矬痤窠鼍蓑唆梭婆戈囮[茄][枷][迦][逻][过][瑳][嵯][磋][瘥][峨][硪][砢][轲][荷][和][磨][娑][沱][那][哪][颇][拖][傩][么][番][驮][献][倭][髁][陂]

【六麻】

麻纱沙砂鲨裟袈加珈跏笳嘉痂牙芽呀鸦邪琊耶椰揶挝瓜窊爬巴芭笆琶吧耙疤葩夸奢拿佘赊嗟槎艖骅哗叉杈桠楂渣查虾蟆葭霞瑕遐蕸遮花茶家斜爷丫[娃][哇][洼][涯][蛙][蛇][蜗][娲][茄][枷][迦][衙][爹][哆][哑][咤][呱][华][桦][杷][畲][涂][污][溠][差][车][阇][苴][瘕][些][划]

【七阳】

阳场扬杨旸肠钖炀殇觞乡芗光洸胱香昌菖猖鲳阊章嫜樟漳獐璋彰鄣方芳坊枋肪钫鲂邡房唐塘搪溏糖螗戕斨妆装尝常棠裳堂镗螳蹚霜骦孀央殃秧鸯蔷墙嫱樯梁粱庄赃黄簧璜仓沧呛玱舱跄鸧疮皇篁徨湟惶煌蝗艎隍遑凰囊襄骧穰镶瓤箱湘缃厢亡芒忙邙肓茫荒郎螂廊狂汪康慷糠冈钢纲刚匡筐洭眶良茛娘狼琅稂粮踉杭航苌伥姜羌蜣僵缰礓疆徜徉羊佯详洋祥翔庠床筜珰裆旁滂磅螃螯锵浆桑伤商昂帮臧[长][张][涨][苍][抢][枪][创][倘][趟][行][桁][桄][防][彷][妨][汤][炀][砀][飏][攘][穰][将][蒋][亢][吭][肮][颃][当][铛][锽][凉][泱][浪][潢][王][相][忘][望][偿][倡][强][庆][量][榔][丧][障][彭][藏][慌][阆][膀]

【八庚】

庚鹒赓虻氓盲绷棚亨烹英瑛苹伻抨坪枰砰怦怔钲京惊琼勍明萌茔茕莺萦潆营荣嵘蝾生笙牲甥鲸黥衡蘅宏纮翃闳泓茎硁罂婴缨嘤撄璎樱鹦鸣争筝峥琤铮狞菁清情晴睛蜻精鲭祊旌盈楹赢羸籝瀛贞桢祯赪成城诚郕呈程酲柽蛏名洺浜兵枨栟姘拼撑瞠盯粳羹觥荆兄卿擎耕甍晶声倾饧黉伧珩铿轰訇橙薨澎膨蟛坑[平][评][正][征][行][桁][搒][榜][横][更][彭][盟][莹][檠][迎][盛][轻][令][并][枪][丁][侦][顷][裎][猩][狰][铛][锽][趟]

【九青】

青泾陉形邢刑硎铏型亭葶停婷渟聍咛仃汀叮玎厅疔星惺腥灵棂苓笭伶泠玲铃聆蛉羚舲龄囹翎鸰瓴瓶帡冥螟荥荧萤萍坰扃馨霆

醹鄸僜铭[廷][莛][蜓][庭][宁][丁][钉][町][溟][暝][瞑][蓂][经][猩][醒][零][听][屏][娉]

【十蒸】

蒸承丞症惩登簦澄菱陵凌绫崚鲮棱楞膺鹰绳蝇誊塍腾縢滕藤朋崩鬅鹏曾罾僧增缯嶒憎噌熷艿仍扔礽弘肱薨冰升兢矜灯絙恒层[胜][塍][冯][凝][烝][应][乘][兴][征][称][能][堋][凭][瞢][镫][蹬]

【十一尤】

尤优忧疣莸由抽油蚰鲉邮流琉旒硫鎏鍪镠璆樛瘳榴骝游蝣酋猷遒鞧鞦秋啾楸鳅愁鹙鸠仇修脩攸悠牛牟侔眸蛑蟊矛柔揉周惆稠州洲酬舟侜辀筹俦畴踌休髹貅鸺庥囚泅求俅球赇裘逑浮蜉侯篌猴喉缑糇讴抠鸥瓯喽搂楼蝼髅骰投耰鄹诌邹罘抔沟钩軥兜篼刘羞馐丘邱蚯虬谋陬偷头幽彪裒篝呦阄飕搜锼廋麀[区][呕][沤][欧][留][溜][馏][遛][瘤][娄][偻][溇][蒌][篓][调][绸][啁][裯][叟][溲][诹][鲰][掫][掊][揄][缪][戮][蹂][鞣][罦][桴][枹][枸][句][售][噍][咻][涑][浏][湫][梼][帱][鲦][繇][艽][馗][收][不][驺][卣][龟][瞀][犹][彪][柚][妯][鸼]

【十二侵】

侵骎寻浔鲟林森霖淋琳郴今衿芩琴岑涔衾禽擒檎谌斟音愔歆壬淫霪箴忱砧心钦嵚襟金针阴琛[任][妊][椹][湛][沉][深][浸][祲][镡][蟫][吟][黔][临][禁][喑][参][簪][荫]

【十三覃】

覃潭谭昙骖毵含贪盦聃耽龛戡堪坍倓谈郯痰甘坩泔柑蚶酣邯苷褴蓝篮南男谙鹌庵涵岚蚕惭儋婪[镡][蟫][醰][淦][湛][澹][楠][函][参][眈][酖][三][担][探][坛][憨][颔][簪][弇]

【十四盐】

詹谵幨檐瞻襜蟾蒹鬑谦嫌缣磏鳒鹣廉镰蠊拈沾鲇黏觇霑佥签菝淹腌阉阎歼髯蚺忺恹恬湉甜钳钤尖奁潜添炎暹帘[盐][占][苫]

[阽][痁][纤][锨][严][兼][砭][渐][黔][楠][崦]

【十五咸】

咸缄搀馋凡衫杉岩衔芟鸽喃[巉][镵][谗][函][监][嵌][掺][锨][严][帆][髟]

三、上声

【一董】

董懂蓊塕唪动孔汞捅桶蠓拢[侗][洞][幪][矇][总][笼][空][倥][偬][懵][玤]

【二肿】

肿宠陇垄奉捧拥甬俑涌蛹踊勇恿怂耸拱栱珙冗冢悚竦踵氄巩[溶][汹][种][壅][茸][重][恐][鲖]

【三讲】

讲港棒蚌项缿耩[玤]

【四纸】

纸舐枳轵偲诡姽跪技妓皮廌庀匕妣秕止芷址沚祉耻趾齿此紫嘴倚绮旖旎尔你玺迩耳弭旨指笫姊秭宄氿轨匭市柿恃峙畤痔己芑圮屺杞纪已巳汜祀洧鲔敉耔子李枲矢雉癸揆以苡似拟姒史驶俚娌理鲤士仕侈矣涘诔耜逦彼徙俾婢梓滓是毁髓葸蕊豸豕捶视美兕水喜螭嚭痞鄙簋晷死履垒跬起芈舣[蓰][屣][弛][迤][匜][氏][坻][抵][砥][底][靡][庳][髀][刳][掎][椅][锜][踦][跂][伎][仔][傀][使][俟][仳][比][泚][訾][呰][里][悝][委][累][褫][箠][揣][企][否][蚁][始][嶲][哆][唯][被][岿][酾][几][机][珥][只][徵][耒]

【五尾】

尾娓扆苇伟玮炜韪悱棐斐匪篚榧鬼虮岂唏[菲][诽][蜚][蚁][虺][卉][几][豨][纬]

【六语】

圉圄敔吕莒侣稆旅膂苎伫纻贮抒杼序渚绪楮褚煮许杵巨苣拒

炬钜距阻俎龃举榉叙溆汝暑鼠黍醑虡所础屿墅[语][龉][衙][予][纾][苴][诅][沮][咀][女][茹][著][与][欤][处][糈][湑][楚][去][御][讵][柜]

【七麌】

羽诩栩禹瑀踽龋抚妩怃庾腐腑俯府拊鼓瞽虏虎琥古罟估诂岵怙牯祜股羖蛊簠土杜肚主拄柱麈普谱户沪扈午仵浒努弩坞甫浦辅脯黼溥组祖鲁橹堵赌睹五伍缕褛窭窳宇武鹉父斧釜滏伛侮舞卤乳补竖妈姥部矩[麌][蒌][篓][偻][溇][嵝][数][苦][酤][枸][蒟][莽][雨][贾][吐][树][煦][莆][圃][咻][取][剖][愈][怒][炷][雇][迕][簿][庑][聚]

【八荠】

米澧鳢醴牴邸陛弟礼体启棨[荠][挤][济][氏][诋][坻][抵][柢][砥][底][娣][递][涕][悌][泥][洗][泚][蠡][髀][徯][缇][醍][眯][稽]

【九蟹】

蟹獬澥买荬骇奶摆拐矮锴[解][洒][楷][罢][夥]

【十贿】

贿蓓倍绐殆怠迨锾猥亥毐每海垲恺凯闿改浼儡待睬彩罪宰醢蕾璀乃腿磊[诒][骀][嵬][傀][隗][悔][采][在][载][铠][礌][鼐][欸][颏][汇][琲]

【十一轸】

轸胗疹敏允狁陨殒闵悯纼蚓尹窘肾脤尽忍愍准隼笋哂牝蠢紧簨缜稹楯菌[诊][畛][赈][蜃][引][盾][泯][纯][吮][朕][困][黾][嶙]

【十二吻】

吻刎谨槿粉愤恽卺韫[坋][忿][坟][拉][揾][薀][蕴][隐][听][近][堇][瑾][殷][龀]

【十三阮】

挽晚坂返偃蝘鼴郾忖悃捆阃绲混棍辊焜很恳垦撙鲧苑婉琬踠慬本笨损衮滚稳畚沌烜[阮][远][反][阪][饭][宛][菀][涴][畹][蜿][盾][遁][堰][鄢][蹇][囤][圈][绻][巘][踉][娩][澧][鳟]

【十四旱】

旱秆罕缓暖管琯坦袒满趱浣脘碗伞短款诞疃纂儹懒亶[馆][盥][卵][散][断][伴][但][侃][算][瓒][悍][澧]

【十五潸】

限板版钣眼盏刬产浐铲简赧柬皖[潸][拣][撰][绾][栈][莞][阪][羼]

【十六铣】

铣筅跣践典腆犬畎免冕勉辩辨辫篆筧岘泫铉碥褊匾湎缅勔猕茧葳藓剪翦辇软沔演兖脔喘展显謇舛戬件琏墡鳝殄燹癣阐隽撚[善][遣][缱][转][辗][碾][选][洗][浅][饯][栈][钱][键][搴][蹇][宴][狷][蚬][蜎][蜒][衍][卷][晛][扁][谝][谳][巘][鲜][吮][甗][跰][黾][娩][娈][瑑]

【十七筿】

筿沼绍杪秒眇渺缈缥鳔缭瞭皎皦窅窈窕兆旐悄愀小表鸟茑枭了扰晓杳舀矫嬲藐淼肇殍赵[侥][绕][娆][娇][佻][朓][挑][掉][摽][慓][少][蓼][湫][标][夭][僚][燎][缴][剿][蕉]

【十八巧】

巧饱鲍卯昴泖狡绞铰爪搅吵炒[挠][拗][茆][佼][咬][姣][筊]

【十九皓】

皓浩皞皂澡藻璪早草枣考拷栲老栳恼脑瑙杲昊滈槁稿镐保葆褓堡岛捣鸨宝道稻讨嫂颢灏祆蚤媪抱[缟][鄗][涝][潦][好][造][倒][祷][扫][埽][缲][缫][夭][燠]

【二十哿】

哿可砢舸娿娜果裸蜾颗裹朵垛舵椭火伙我琐锁妥羸蓏叵左爸祸脞彈[坷][轲][荷][砢][硪][峨][堕][惰][跛][颇][簸][哆][沱][傩][坐][那][哪][么][夥][瘅][卵][娑][爹][揣][拖][瑳]

【二十一马】

马玛者赭踝痄野寡剐社写冶也灺扯傻厦嘏檟惹喏姐耍雅斝[假][瘕][哑][哆][泻][洒][下][夏][贾][舍][若][且][奼][髁][打][把][鲊][瓦]

【二十二养】

痒象像橡奖桨敞氅仿纺昉党谠漭蟒曩滉幌网罔惘辋魍魉丈枉掌赏嗓磉颡谎怳恍鞅朗昶沆驵响想爽享襁鲞壤往厂蒡鞅[养][泱][怏][慌][广][犷][挡][抢][苍][莽][蒋][彷][傥][倘][仰][仗][杖][榔][榜][膀][强][穰][荡][两][攘][盎][长][涨][上][吭][肮][脏][帑][晃][奘]

【二十三梗】

梗埂绠哽鲠景憬璟影冷岭领颈颍颖丙炳郢皿猛艋蜢靖静饼省眚境幸倖悻警永井骋逞整瘿杏秉耿荇矿冏[请][婧][靓][并][屏][顷][犷][狰][黾][檠][邴][裎][打][儆][阱]

【二十四迥】

迥洞炯侹挺梃珽铤艇颋酊酩茗到等鼎顶肯拯謦婞[町][泞][溟][醒][莛][并][诇][胫]

【二十五有】

酉酒口抖蚪苟笱狗久玖羑丑扭纽忸钮偶耦藕薮擞莠诱肘纣绺纠赳陡手朽柳友受瞍牖阜九帚亩舅臼韭牡缶黝耇糗某母拇殴垢郈叩溜[有][右][后][否][咎][培][剖][瓿][掊][扣][篓][溇][嵝][走][取][掫][鲰][守][嗾][叟][溲][绶][首][厚][蹂][狃][卣][峋][枸][浏][茆][寿][斗][吼][欧][呕][妇][姆][负][灸][服]

【二十六寝】

寝锓锦蕈葚荏饪恁怎谂稔审婶禀廪懔凛沈品[噤][甚][椹][枕][衽][朕][饮]

【二十七感】

感撼揽览榄敢橄惨糁黪萏菡胆坎毯揜昝罨[槧][錾][澹][颔][喊][晻][眈][醰][嵌][赣]

【二十八俭】

俭捡检脸睑险陕奄埯掩罨冉苒芡谄玷点飐嗛琰剡染簟贬俨靥闪[猃][敛][潋][渐][歉][魇][忝][崦][晻][弇][焰]

【二十九豏】

豏减碱犯范槛舰斩黯[湛][掺][阚][喊][滥][歉][巉]

四、去声

【一送】

送弄哢冻栋凤讽众瓮贡痛仲粽恸控鞚赗蕻[同][洞][恫][衕][梦][中][衷][空][哄][幪][砻][瞢][偬][凇][赣][戆]

【二宋】

宋统综讼颂用诵俸疭共[供][从][纵][封][葑][重][种][缝][雍][恐]

【三绛】

绛巷[降][洚][淙][撞][憧][幢][艟][哄][虹][戆]

【四寘】

寘寄寐至轾致笥伺嗣饲饵珥馈匮帜炽备畀痹秘毖庇挚贽鸷四驷泗利莉痢痣志忌怼恚意惎次恣懿弃异记试谊诿寺侍义议位莅遂隧燧邃鼻劓惴瑞臂避譬詈置萃翠悴粹醉瘁芰忮豉翅愧魅谥缢稚穗穊冀骥季悸睡泪自洎字牸示祟啻辔喂嗜肆肄屃赑厕赐勚贰腻胾地事吏器伪智类媚坠二诐帔觊渍精鞴[诒][治][始][眙][眯][睢][眦][柴][晒][思][累][蒉][篑][掎][骑][吹][咥][识][织][积][值][埴][植][柜][槌][迟][遗][跂][踬][跸][跛][陂][被][其]

[澌][刺][戏][使][易][帅][食][暨][比][觯][荔][莳][薏][彗][企][为][赍][谇][屣][锤][峕][施][庳][司][里][瑟][泌][珥][出][欬][亟][孳]

【五未】

未味气饩讳畏胃谓渭猬狒费贵翡慰魏毅既[髴][沸][汇][溉][暨][尉][蔚][芾][诽][痱][卉][衣][忾][欷][纬]

【六御】

箸翥署薯曙倨锯踞豫预蓣滪遽觑絮恕庶虑瘀助驭饫[御][去][胠][女][如][茹][洳][沮][诅][狙][据][椐][淤][处][著][与][欤][疏][语][醵][除][楚][嘘][讵][誉]

【七遇】

遇寓赋赂辂路潞露璐鹭固痼锢铸镀渡库裤务雾布怖忤募墓暮慕蠹蛀住注驻驸付附鲋阼胙祚裕捂悟晤寤捕哺傅赙措醋酗互冱梪骛婺娶姹妪妒护戽具飓惧愫嗉素屡屦澍溯塑腧谕误诉讣赴趣步兔故顾戍绔孺[厝][怒][恶][胯][瓠][铺][酺][圃][瞿][雇][属][苦][酤][句][煦][蒟][吐][咮][喻][俞][输][足][仆][作][芋][获][菟][树][度][数][骛][聚][污][驱][雨][炷][迕][妇][负][副][富][跗]

【八霁】

霁哜岁刿制蓟薙艺呓蕙惠蟪慧憩盻睨睥睇剃第逝势誓砌砺厉蛎励疠敝蔽弊箅羿翳帝蒂禘谛计诣谜髢髻帨税锐屉戾唳隶棣桂筮噬嚏芮汭枘傺穄薜襞踶鳀细继例俪袂禊滞澨世卫币际婿媲彘毙裔系替脆睿毳曳赘瘗[齐][挤][济][剂][娣][涕][悌][递][说][蜕][泥][泄][贳][蹶][鳜][偈][揭][捩][丽][契][祭][闭][缀][缔][彗][柢][达][逮][掣][妻][眯][眦][题][粝][离][荔][轪][切][晢][裼][医]

【九泰】

泰会荟侩浍绘桧脍郐赖籁濑癞贝狈沛霈霭蔼太汰带外旆蔡害

最艾兑丐柰[大][奈][轪][盖][粝][蜕][酹][狯][哕]

【十卦】

卦挂诖懈廨邂迈劢虿戒诫械介芥玠疥瘵夬快拜湃债败呗哙喟嘬隘卖派怪坏界薤蒯稗届惫呰寨聩[杀][铩][蒉][篑][喝][噫][嗌][话][晒][眦][瘥][画][湗][解][祭][狯][价][块][衩]

【十一队】

队内爱暧叆逮倅淬碎睟晦诲溃愦辈代玳岱贷袋黛妹昧睐赉肺慨概乂刈对耐戴襶褦吠喙碍碓佩退憝态秽莱废配埭焙背再赛邶[栽][载][裁][孛][悖][忾][悔][脢][劾][欬][溉][湗][塞][逮][敦][铠][在][琲][瑁][礌][酹][徕][采][北][谇][啐][鼐][块][耒]

【十二震】

震闰润慎镇刃仞轫牣韧鬓摈殡殉徇晋缙搢瑨馑觐蔺躏俊峻骏浚畯舜瞬荩烬赆遴讯汛迅进吝信印阵顺衅胤榇慭仅认衬疢趁[振][娠][赈][蜃][磷][瞵][诊][谆][傧][瑱][琎][瑾][引][亲][龀]

【十三问】

问运酝晕郓郡捃汶紊韵粪奋偾愠焮靳训璺[分][坋][忿][斤][近][缊][薀][蕴][抆][员][隐][闻]

【十四愿】

愿巽噀建健艮恨褪寸困宪劝券钝逊嫩贩畈坌楦诨[揾][远][遁][绻][圈][溷][论][闷][怨][潩][饭][献][曼][蔓][喷][奔][敦][涴][畹][堰][媛][瑗][键][焌][鳟][万][顿]

【十五翰】

旰矸扞按案岸炭半泮绊畔靽判叛逭涫瀚汉涣奂换唤焕赞灌瓘罐鹳粲璨垾捍焊惋腕窜撺段缎锻乱旦玩烂贯爨幔灿惮蒜喭祼彖[翰][干][汗][骭][悍][难][滩][谰][澜][谩][墁][漫][镘][缦][叹][观][断][散][算][冠][弹][看][钻][胖][伴][但][侃][馆][晏][盥][瓒][攒]

【十六谏】

谏涧锏裥襻涮汕疝扮盼嫚慢惯雁赝宦办豢串苋绽幻篡孪丱瓣[缦][谩][讪][栈][栅][患][间][晏][绾][骭][擐][羼]

【十七霰】

霰见现砚線线缮膳鄯鄄练炼绚绢罥睊眩炫卞汴忭彦谚谴茜荐唁唛颤擅嬗掾殿面县变箭战贱院电甸眷倦羡奠骗遍恋钏片淀靛楝嬿馔[传][转][辗][碾][研][趼][先][选][煎][燕][咽][穿][宴][堰][弁][媛][瑗][援][拣][撰][佃][钿][遣][缱][眄][瞑][饯][溅][便][倩][瑑][缘][缠][单][禅][扇][煽][蚬][狷][旋][漩][甗][牵][善][瑱][衍][卷][惓][谳]

【十八啸】

啸叫噭召诏邵照曜耀俏诮峭票骠俵裱庙疗笑窍妙钓眺尿枭醮[僬][噍][敫][徼][绕][烧][朓][铫][跳][嘹][镣][鹩][鹞][摇][掉][摽][剽][漂][慓][要][劭][调][吊][少][料][峤][轿][肖][哨][鞘][约][爝]

【十九效】

效珓校孝酵罩淖棹拗靿疱闹豹貌窖稍笊[较][胶][教][桡][爆][拗][乐][觉][敲][泡][炮][趵][刨][窌][钞]

【二十号】

噪燥躁诰郜靠糙耗耄到报菢帽导盗灶奥懊悼犒蹈傲嫪慕套臑[号][告][造][暴][瀑][劳][涝][潦][漕][隩][澳][燠][冒][瑁][帱][祷][焘][缟][膏][操][好][纛][骜][倒][凿][扫][埽][芼][眊]

【二十一箇】

箇个莝挫锉座贺货做佐饿课糯唾播破卧剁[大][奈][驮][坷][轲][磋][磨][瘴][作][那][些][过][逻][和][簸][坐][惰][懦][髁][涴]

【二十二祃】

祃骂驾架谢榭嫁稼亚娅乍诈诧侘偌讶砑迓灞柘靶化夜暇赦蔗罅跨麝怕卸坝鹧汊嗄[奼][咤][价][假][借][蜡][藉][把][杷][华][桦][下][吓][罢][夏][霸][炙][舍][射][胯][贳][泻][溠][差][话][衩][帕][鲊][瓦]

【二十三漾】

漾恙样壮状帐胀怅怆悢酿圹纩旷旺放舫访让诳谅谤傍况觃嶂瘴伉抗炕向饷唱畅葬匠尚酱宻亮妄宕[荡][汤][炀][砀][飏][长][张][涨][亢][吭][颃][防][妨][怏][盎][行][桁][桄][相][杖][仗][仰][偿][傥][倡][当][挡][搒][掠][凉][阆][浪][潢][上][望][将][晃][量][障][藏][养][王][丧][两][忘][广][创][脏][奘]

【二十四敬】

敬政姓性泳咏净诤竟獍镜柄病郑迸摒命圣映晟劲竞孟聘硬帧敻[请][倩][婧][靓][盛][盟][榜][横][评][诇][正][证][令][行][庆][更][迎][轻][并][侦][儆][邴][檠][娉][阱][趟]

【二十五径】

径定碇锭嶝磴瞪凳蹭赠甑订饤磬罄媵邓孕滢剩佞亘[经][胫][廷][庭][应][听][胜][乘][称][莹][证][兴][宁][泞][醒][钉][镫][蹬][暝][烝][凭][凝][堋]

【二十六宥】

宥侑候堠就僦鹫秀绣锈透奏凑辏腠狖狩戊茂宙岫袖鼬胄臭嗅嗽漱漏佑豆饾脰逗籀贸购构冓媾觏遘诟姤逅谬鹨疚柩绉皱瘘袤糅懋酎寇究窦笣篕授兽陋昼旧救幼瘦咒彀骤毳傻又鲎蔻厩耨[畜][留][溜][馏][遛][瘤][右][扣][后][售][柚][辐][副][富][复][覆][蹂][鞣][晵][蔟][嗾][味][吼][狃][犹][守][宿][窌][仆][伏][绶][缪][廖][偻][镂][走][繇][首][句][沤][收][厚][读][寿][斗][有][囿][姆][灸]

【二十七沁】

沁渗谮谶鸩赁窨闯妗[枕][酖][沉][深][禁][噤][吟][喑][任][妊][衽][祲][浸][饮][临][甚][荫]

【二十八勘】

勘磡啖淡暂绀缆憾瞰暗[憨][阚][淦][錾][滥][澹][担][探][三][赣][参][醰][嵌]

【二十九艳】

艳滟念埝验殓赡韂垫堑坫店俺僭窆酽掞厌餍[獫][剑][敛][潋][占][苫][阽][痁][欠][椠][砭][盐][兼][忝][焰][焱]

【三十陷】

陷鉴梵忏赚蘸站泛[监][帆][剑][镵][阚][谗][欠]

五、入声

【一屋】

屋木沐霂竹竺筑箙簇族镞目苜腹蝮馥蝠福禄碌榖縠觳毂孰塾熟鹿簏麓漉辘菊掬鞠麴逐轴舳牧犊渎椟牍黩粥鬻育淯叔菽淑卜扑蔌簌速觫斛槲柷祝蹙茯洑濮蹼醭薁昱蓿缩穆秃谷肉陆肃骕鹔六哭蓄搐滀独睦衄矗蹴谡毓夙彧倏髑曝[幅][辐][副][匐][暴][瀑][蓼][缪][戮][复][覆][隩][澳][燠][俶][伏][仆][朴][柚][妯][宿][读][畜][鹜][恧][蔟][菔][服][鷇][郁][囿][涑][碡][啄][煜]

【二沃】

沃鋈烛触录菉箓绿渌逯醁酷喾梏牿鹄鹆欲俗浴峪辱蓐缛溽褥鄏蜀蠋躅跼局续赎玉曲粟狱束促嘱瞩旭顼幞笃督瘃勖毒亍[足][属][橐][告][仆][碡]

【三觉】

角桷确涩捉娖卓倬诼涿琢椓学峃雹壳悫擢濯偓渥握幄喔龌龊嚣珏璞榷岳朔槊搠搦斲剥趵驳浊镯荦皃邈[觉][乐][朴][数][爆][縠][较][药][趵][飑][瞀][眊][啄]

【四质】

质锧日驲鹭桎郅厔室窒实密蜜必铋镒谧溢漆膝疾蒺嫉悉蟋蟀率聿律失佚帙泆秩栗溧溧篥毕荜筚笔吉佶诘姞恤怵秫术述逸遹鹬潏橘栉七叱一乙壹黜弼虱戌昵佾鬻匹[出][茁][侄][咥][蛭][苾][瑟][泌][汩][跸][踬][卒][捽][啐][崒][轶][唧][帅][尼][拮][焌]

【五物】

物勿芴茀弗佛刜拂怫绋绂韨袚黻屈倔崛乞仡屹讫讫诎熨欻颮[尉][蔚][芾][菀][沸][髴][艴][掘][厥][郁][不][吃]

【六月】

月谒蝎羯歇没殁伐筏垡阀阙蕨撅橛劂突窣猝饽脖鹁勃渤笏忽淴惚纥矻兀杌扤屼窟堀曰骨发讷粤罚钺樾[厥][蹶][鳜][孛][悖][汩][滑][讦][越][卒][捽][崒][鹘][唠][咄][掘][揭][猲][碣][竭][凸][刖][核][阏][艴][袜][顿]

【七曷】

曷葛渴褐鞨鹖遏末沫抹秣聒括活阔闼挞撄捋捺撮钹跋魃拨泼袯裰笪妲怛割豁钵脱夺萨辣斡剌瘌[拔][掇][剟][喝][猲][獭][阏][越][鸹][适][袜][咄][达][粝][磕][蘖]

【八黠】

黠秸劼扎札轧戛嘎刮刹刷捌揠八叭朳哳察菝猾猰辖瞎煞[杀][铩][滑][鹘][鸹][拔][刖][茁][獭][颉][帕]

【九屑】

屑节疖别列冽洌裂烈杰爇热亵结洁桔穴窃彻决诀抉玦缺觖撇瞥蹩鳖楔锲挈絜垤绖耋悦阅阕捏涅陧铁跌迭瓞篾蔑蠛撷缬撤澈辙辍啜惙绁媟揲渫薛孽蘖折浙哲蜇舌呐啮噎臬桀设谲雪绝血灭拽拙劣餮孑锊截[偈][揭][碣][竭][侄][咥][蛭][掇][缀][剟][讦][说][谳][茁][茶][苾][蘖][颉][拮][批][捩][橇][泄][咽][切][掣][契][凸][闭][轶][哲][霓]

【十药】

博搏缚膊镈薄欂礴各骆洛络恪珞烙硌略酪貉落阁雒雀霍藿攉臛矍籰懼攫镬蠖爵嚼郝椁郭廓勺芍妁灼酌铎萚箨箬诺鄀萼谔崿愕腭锷鳄鄂鹗鹤鹊碏错粕泊箔绰烁铄跃踱寞摸漠镆瘼怍昨酢迮虐谑噱斫柝壑垩噩弱蒻却脚幕扩托削橐钥龠瀹亳涸疟镢禚[药][约][莫][膜][昔][厝][作][柞][著][躇][恶][乐][栎][轹][跞][若][凿][掠][度][获][格][醵][魄][鄗][敫][缴][拓][爝][簿][索]

【十一陌】

陌百貊客喀骼白伯拍柏珀舶帛迫赤赫亦奕弈迹役疫碧石祏跖鼫磔硕额译泽驿择绎怿峄释辟僻擗擘檗璧襞癖脊嵴踖鹡瘠责箦啧帻碛赜厄扼轭隔嗝槅膈翮舄潟掖液腋埸蜴掴帼蝈摭蹠夕汐宅穸窄蚱舴掷踯郤惜籍策逆脉席戟麦册尺隙屐剧益斥坼拆谪虢奭褯螫貘嫟绤蓦[昔][借][腊][藉][柞][栅][核][格][魄][积][画][易][适][摘][蹢][射][炙][翟][砉][鬲][鲫][吓][哑][嗌][划][刺][莫][霸][霹][获][只][筴][索][革]

【十二锡】

锡惕踢剔历沥呖枥疬苈雳劈壁甓绩嫡滴镝析淅晰蜥晳狄荻逖的菂砾阋阒觅觌汨涤溺幂寂击笛敌激檄籴鹢鹝戚迪郦倜[焱][摘][蹢][适][霹][霓][翟][鬲][砉][吊][吃][栎][轹][跞][裼][蓂][俶]

【十三职】

职力仂肋勒黑默墨息熄则侧测恻弋忒式拭栻轼或域棫蜮惑阈敕棘匿慝亿忆臆仄昃克翊翌翼殛啬濇穑饬饰蚀洫湜国色极得德贼刻直殖特稷即陟抑愎愊湢逼踣[值][埴][植][幅][副][匐][识][织][唧][鲫][食][北][塞][劾][冒][螣][嶷][菔][薏][恧][亟][万][革]

【十四缉】

缉揖辑葺戢濈立笠泣粒邑挹浥悒给卌廿十什汁及岌芨伋级汲

吸执蛰絷翕熠褶霅湿涩集急入习袭隰[唈][笈][圾][歙][煜][拾][楫]

【十五合】

合蛤鸽颌塔搭褡嗒答盒盍溘嗑榼瞌阖塌蹋榻遢邋遝拉垃纳衲沓踏趿靸飒杂匝漯卅奄[唈][喝][盖][磕][腊][蜡][圾][拓]

【十六叶】

叶帖贴谍堞牒蝶蹀鲽屧倢捷婕睫荚侠挟浃铗蛱颊页惬箧晔烨聂摄嗫滠慑镊蹑鬣躐躞燮妾接捻馌叠氎涉协勰靥辄猎詟[魇][霎][荼][笈][筴][箑][喋][歙][楫][拾]

【十七洽】

洽恰袷祫夹狭峡硖郏法怯劫蜐胁甲押狎呷胛柙鸭匣闸业邺插锸歃乏眨压掐劄[喝][喋][筴][箑][霎]

词　韵

一、为满足广大词家和爱好者的需要，依据《词林正韵》重新拣选，辑成本编，为与其他版本区别，故称《词韵》。

二、《词林正韵》未收入的常用字，依据其他典籍酌加增补。与其他各典不一致处则视具体情况，或依《词林正韵》收入，或依各典加以补正。

三、本《词韵》分部改为十七部。将原第十三部合入第六部，原第十四部合入第七部。平上去声共十二部。入声五部不变，但序号改为第十三部至第十七部。改《词韵》为十七部之理由主要基于两点：一是所合并韵部内之各韵，在《词林正韵》十九部出现之前的宋人词中就已通用；二是所合并韵部内之各韵的韵母基本相近或相同，合并后更贴近现今实际。

四、为方便查阅，将两韵或两韵以上兼收的字称为双韵字，加方括号以示区别。

第一部

平声：一东二冬通用

【一东】

东铜桐筒峒酮童僮潼曈瞳朣忠翀忡盅虫螽融终戎绒狨棕崇嵩崧菘芃蕻洪烘弓躬芎穹穷宫崆隆窿癃风枫疯工讧红攻功蒙濛檬曚朦艨栊珑咙昽胧聋匆葱聪骢蓬篷通雄熊充彤鸿丛公翁嗡鬃沣酆[中][冲][衷][种][空][倥][悾][笼][砻][庞][矇][幪][鲖][恫][侗][同][衕][瞢][懵][梦][冯][浲][虹][总][逢][艟][丰][哄]

【二冬】

冬咚疼农侬浓哝脓秾醲宗踪琮悰容榕熔镕蓉龙茏龚舂蚣松忪淞枞峰蜂锋烽庸慵墉镛鳙佣痈噰饔凶讻匈胸邛筇蛩恭邕钟彤[冲][重][憧][橦][艟][从][纵][逢][缝][茸][供][淙][溶][汹][喁][雍][壅][凇][跫][丰][封][葑]

仄声：上声一董二肿

去声一送二宋通用

【一董】

董懂蓊塕唪动孔汞捅桶蠓拢[侗][洞][幪][矇][总][笼][空][倥][偬][懵][琫]

【二肿】

肿宠陇垄奉捧拥甬俑涌蛹踊勇恿怂耸拱栱珙冗冢悚竦踵氄巩[溶][汹][种][壅][茸][重][恐][鲖]

【一送】

送弄哢冻栋凤讽众瓮贡痛仲糉恸控鞚赗蕻[同][洞][恫][衕][梦][中][衷][空][哄][幪][砻][瞢][偬][凇][赣][戆]

【二宋】

宋统综讼颂用诵俸疭共[供][从][纵][封][葑][重][种][缝][雍][恐]

第二部

平声：三江七阳通用

【三江】

江茳扛杠矼缸豇泷龙邦梆桩逢双窗腔[降][洚][庞][撞][幢][橦][淙][悾][跫]

【七阳】

阳场扬杨旸肠钖疡殇觞乡芗光洸胱香昌菖猖鲳阊章嫜樟漳獐

璋彰鄣方芳坊枋肪钫鲂邡房唐塘搪溏糖螗戕斨妆装尝常棠裳堂镗螳蹚霜骦孀央殃秧鸯蔷墙嫱樯梁粱庄赃黄簧璜仓沧呛玱舱跄鸧疮皇篁徨湟惶煌蝗艎隍遑凰囊襄骧穰镶瓤箱湘缃厢亡芒忙邙肓茫荒郎螂廊狂汪康慷糠冈钢纲刚匡筐洭眶良莨娘狼琅稂粮踉杭航苌伥姜羌蜣僵缰礓疆徜徉羊佯详洋祥翔庠床筜珰裆旁滂磅螃螀锵浆桑伤商昂帮臧[长][张][涨][苍][抢][枪][创][倘][趟][行][桁][桄][防][彷][妨][汤][炀][砀][飏][攘][穰][将][蒋][亢][吭][肮][颃][当][铛][锽][凉][泱][浪][潢][王][相][忘][望][偿][倡][强][庆][量][榔][丧][障][彭][藏][慌][阆][膀]

仄声：上声三讲二十二养
去声三绛二十三漾通用

【三讲】

讲港棒蚌项缿耩[玤]

【二十二养】

痒象像橡奖桨敞氅仿纺昉党谠漭蟒曩滉幌网罔惘辋魍魉丈枉掌赏嗓磉颡谎恍恍鞅朗昶沆驵响想爽享襁鲞壤往厂蒡鞅[养][泱][怏][慌][广][犷][挡][抢][苍][莽][蒋][彷][傥][倘][仰][仗][杖][榔][榜][膀][强][穰][荡][两][攘][盎][长][涨][上][吭][肮][脏][帑][晃][奘]

【三绛】

绛巷[降][洚][淙][撞][憧][幢][艟][哄][虹][戆]

【二十三漾】

漾恙样壮状帐胀怅怆悢酿圹纩旷旺放舫访让诳谅谤傍况贶嶂瘴伉抗炕向饷唱畅葬匠尚酱鬯亮妄宕[荡][汤][炀][砀][飏][长][张][涨][亢][吭][颃][防][妨][怏][盎][行][桁][桄][相][杖][仗][仰][偿][傥][倡][当][挡][搒][掠][凉][阆][浪][潢][上][望][将][晃][量][障][藏][养][王][丧][两][忘][广][创][脏][奘]

第三部

平声：四支五微八齐十灰(半)通用

【四支】

支吱枝岐歧肢之芝眵黟移簃垂陲卑碑裨脾郫陴奇埼崎琦畸攲猗漪皮披疲知痴蜘踟驰池师狮蛳筛基萁箕綦骐期欺淇棋祺琪蜞旗麒斯澌撕厮词祠颐姬宧谁惟椎帷雌骓锥维潍罹丝兹滋慈磁嵫鹚鸶鸱鸸而洏鲕鲥鳍耆蓍鬐髭龇疵赀资咨粢瓷姿茨炊埘时诗持隋随危卮栀蓠篱漓缡螭醨魑麾縻糜蘼醾麋肌脂厘狸眉湄嵋楣郿笞怡饴贻规窥夷姨痍丕伾邳祁芪衹祗泜胝禧嘻嬉僖熹熙罴羁伊咿虒篪妫沩追逵逶痿萎蕤夔葵荽绥虽蚩嗤媸鳌獒膂淄缁锱辎缌飔嫘孜尸怩妮呢墀宜仪悲辞疑亏羲曦私彝衰匙牺巇羸蛃娭貔枇纰毗蚍琵坒儿弥霉鼒[吹][噫][遗][迟] [迤][弛][施][匜][医][累][锤][箠][委][倭][仔][孳][比][仳][伎][偲][思][尼][居][丽][鹂][骊][酾][台][治][眙][睢][推][唯][差][嵯][氏][坻][椅][锜][剞][骑][踦][剂][荠][蓰][莳][蕲][觯][槌][椑][庳][靡][氂][犛][訾][觜][堕][机][饥][蛇][蠵][蠡][其][澌][涯][为][陂][离][璃][龟][司][嶷][馗][蟞][提][戏][褫][寅]

【五微】

微薇徽挥晖辉翚韦帏袆违闱围讥叽矶玑非霏扉绯腓圻沂祈颀旂肥淝希晞稀威葳妃飞畿依巍归[菲][诽][蜚][痱][欷] [豨][几][机][饥][衣][俟]

【八齐】

蛴脐跻齑犁梨黎藜蘜萋凄圭奎畦闺邽堤低羝啼蹄绨梯稊鹈鸡奚傒溪蹊鼷倪猊蜺鲵嘶西栖粞醯睽暌笄篦砒嵇赍荑犀鼙迷携兮乩[齐][挤][提][缇][醍][题][骊][鹂][嶲][蠵][徯][氐] [诋][批][蠡][蟞][妻][璃][泥][缔][霓][澌][椑][稽]

【十灰】

灰诙恢偎隈煨回茴洄徊徘裴媒禖煤陪醅酶梅莓坯胚杯桅枚玫瑰魁雷罍堆崔催摧盔颓缞[傀][隗][槐][嵬][推][培][悝][脢][虺]

仄声：上声四纸五尾八荠十贿(半)
去声四寘五未八霁九泰(半)
十一队(半)通用

【四纸】

纸舐枳轵咫诡姽跪技妓庋麂庀匕妣秕止芷址沚祉耻趾齿此紫嘴倚绮旖旎尔你玺迩耳弭旨指笫姊秭宄氿轨匦市柿恃峙畤痔己芑圮屺杞纪已巳汜祀洧鲔敉耔子李枲矢雉癸揆以苡似拟姒史驶俚娌理鲤士仕侈矣涘诔耜迤彼徙俾婢梓滓是毁髓葸蕊豸豕捶视美兕水喜蟢嚭痞鄙簋晷死履垒跬起芈舣[蓰][屣][弛][迤][匜][氏][坻][抵][砥][底][靡][庳][髀][剞][掎][椅][锜][踦][跂][伎][仔][傀][使][俟][仳][比][泚][觜][訾][里][悝][委][累][褫][箠][揣][企][否][蚁][始][巂][哆][唯][被][岿][骊][几][机][珥][只][黹][耒]

【五尾】

尾娓扆苇伟玮炜韪悱棐斐匪篚榧鬼虮岂唏[菲][诽][蜚][蚁][虺][卉][几][豨][纬]

【八荠】

米澧鳢醴牴邸陛弟礼体启棨[荠][挤][济][氏][诋][坻][抵][柢][砥][底][娣][递][涕][悌][泥][洗][泚][蠡][髀][徯][缇][醍][眯][稽]

【十贿】

贿馁猥每磊儡罪倍蓓蕾璀腿浼[傀][隗][嵬][琲][悔][汇][礌][诒]

【四寘】

寘寄寐至轾致笥伺嗣饲饵刵馈匮帜炽备畀痹秘毖庇挚贽鸷四驷泗利莉痢痣志忌怼恚意惎次恣懿弃异记试谊诿寺侍义议位莅遂隧燧邃鼻劓惴瑞臂避譬詈置萃翠悴粹醉瘁芰忮豉翅愧魅谥缢稚穗穊冀骥季悸睡泪自洎字牸示祟啻罄喂嗜肆肄屃赑厕赐勚贰腻觚地事吏器伪智类媚坠二诐帔觊渍糒鞴[诒][治] [始][眙][眯][睢][眦][柴][晒][思][累][蒉][篑][掎][骑][吹][咥][识][织][积][值][埴][植][柜][槌][迟][遗][跂][踬][跸][跛][陂][被][其][澌][刺][戏][使][易][帅][食][暨][比][觯][荔][莳][薏][彗][企][为][责][谇][屣][锤][岿][施][庳][司][里][瑟][泌][珥][出][欬][亟][孳]

【五未】

未味气饩讳畏胃谓渭猬狒费贵翡慰魏毅既[鬃][沸][汇] [溉][暨][尉][蔚][芾][诽][痱][卉] [衣][忾][欷][纬]

【八霁】

霁哜岁刿制蓟薙艺呓蕙惠蟪慧憩盻睨睥睇剃第逝势誓砌砺厉蛎励疠敝蔽弊箅羿翳帝蒂禘谛计诣谜髢髻帨税锐屉戾唳隶棣桂筮噬嚏芮汭枘傺穄薜嬖踶鳀细继例俪袂褉滞濞世卫币际婿媲彘毙裔系替脆睿毳曳赘瘗[齐][挤][济][剂][娣][涕] [悌][递][说][蜕][泥][泄][贳][蹶][鳜][偈][揭][捩][丽][契][祭][闭][缀][缔][彗][柢][达][逮][掣][妻][眯][眦][题][粝][离][荔][轪][切][哲][禓][医]

【九泰】

会荟侩绘桧脍贝狈沛霈旆外最兑[蜕] [粝][哕][狯][酹]

【十一队】

队内倅淬碎晬昧妹晦诲溃愦辈肺乂刈对吠喙佩退秽废配焙背碓憝邶[谇][啐][孛][悖][悔][脢][琲][瑁][敦][北][耒] [瀣][礌][酹]

第四部

平声：六鱼七虞通用

【六鱼】

鱼渔裾琚腒舒妤余徐狳蜍滁渠蕖诸猪潴储庐驴胪胥蔬梳虚墟歔璩蘧摅蛆疽菹趄雎锄闾榈樗初书舆祛袪[居][据][椐][屠][予][纾][且][苴][沮][狙][咀][如][茹][洳][于][淤][龉][衙][嘘][醵][车][誉][疏][除][与][欤][畬][胠][躇][湑][糈]

【七虞】

虞吴娱蜈禺愚嵎髃隅刍雏趋无芜巫诬于吁盱纡竽迂盂邘都欋衢癯氍需儒濡嚅襦须媭朱侏诛洙姝珠株殊铢蛛邾茱窬渝愉瑜榆觎歈逾毹氍臾萸谀腴岖枢躯柎苻符夫芙扶肤趺趺麸厨蹰拘驹劬朐谟嫫模晡逋逋蒲敷辜沽姑菇枯蛄骷鸪胡湖猢瑚糊鹕葫醐酥酴途荼菰孤狐弧觚罛奴拏驽乎呼滹吾梧鼯徂殂租粗卢垆泸栌轳舻鲈鸬颅炉芦孚俘莩郛稃呜乌凫俱壶徒摹图毋苏殳雩洿刳[区][呕][驱][娄][溇][镂][蒌][芋][菟][莆][铺][酺][酤][俞][揄][喻][输][愈][龉][喁][呱][瓠][句][岣][枹][罦][桴][污][涂][屠][瞿][诹][裯][膜][瓠][于][帑][麌][懦][恶][阇][庑][跗]

仄声：上声六语七麌通用

去声六御七遇通用

【六语】

圉圄敔吕莒侣稆旅膂苎伫纻贮抒杼序渚绪楮褚煮许杵巨苣拒炬钜距阻俎龃举榉叙溆汝暑鼠黍醑虡所础屿墅[语][龉][衙][予][纾][苴][诅][沮][咀][女][茹][著][与][欤][处][糈][湑][楚][去][御][讵][柜]

【七麌】

羽诩栩禹瑀踽龋抚妩怃庾腐腑俯府拊鼓瞽虏虎琥古罟估诂岵

怙牯祜股羖蛊簠土杜肚主拄柱麈普谱户沪扈午仵浒努弩坞甫浦辅脯黼溥组祖鲁橹堵赌睹五伍缕褛窭寙宇武鹉父斧釜滏伛侮舞卤乳补竖妈姥部矩[麌][萎][篓][偻][溇][嵝][数][苦][酤][枸][蒟][莽][雨][贾][吐][树][煦][莆][圃][咻][取][剖][愈][怒][炷][雇][迕][簿][庑][聚]

【六御】

箸翥署薯曙倨锯踞豫预蓣澦遽觑絮恕庶虑瘀助驭饫[御][去][胠][女][如][茹][洳][沮][诅][狙][据][椐][淤][处][著][与][欤][疏][语][醵][除][楚][嘘][讵][誉]

【七遇】

遇寓赋赂辂路潞露璐鹭固痼锢铸镀渡库裤务雾布怖忤募墓暮慕蠹蛀住注驻驸付附鲋阼胙祚裕捂悟晤寤捕哺傅赙措醋酗互冱枑骛婺娶姹妪妒护戽具飓惧愫嗉素屦屦澍溯塑腧谕误诉讣赴趣步兔故顾戍绔孺[厝][怒][恶][胯][瓠][铺][酺][圃][瞿][雇][属][苦][酤][句][煦][蒟][吐][味][喻][俞][输][足][仆][作][芋][获][菟][树][度][数][骛][聚][污][驱][雨][炷][迕][妇][负][副][富][跗]

第五部

平声：九佳(半)十灰(半)通用

【九佳】

佳淮鞋街睚崖牌阶皆偕谐喈揩俳排埋霾骸乖怀豺侪斋钗挨崽[柴][差][涯][楷][槐][荄]

【十灰】

薹苔抬胎炱邰鲐腮鳃该孩垓陔赅咳唉埃才材财来崃莱哉灾猜哀皑开呆[裁][栽][台][骀][荄][颏][欸][徕][能][思][偲]

仄声：上声九蟹十贿(半)
去声九泰(半)十卦(半)
十一队(半)通用

【九蟹】

蟹獬澥买荬骇奶摆拐矮锴[解][洒][楷][罢][夥]

【十贿】

绐殆怠迨恺垲凯闿睬彩亥海毐改待宰醢乃[欸][颏][采][在][载][铠][骀][鼐]

【九泰】

泰赖籁濑癞霭蔼蔡艾太汰浍郐带外害丐奈[大][轪][奈][盖]

【十卦】

懈廨邂戒诫械介芥玠界疥瘵夬快怪拜湃劢迈虿债败呗喟哙嘬隘卖派坏薤稗届惫蒯寨聩呰[黄][箦][杀][铩][喝][噫][嗌][晒][价][块][祭][解][瀣][眦][瘥][狯][衩]

【十一队】

爱暧叆逮代玳岱贷袋黛睐赉慨概耐戴襶褦碍态菜埭再赛[栽][裁][载][欸][劾][采][块][在][忾][溉][塞][逮][鼐][铠][徕]

第六部

平声：十一真十二文十三元(半)
十二侵通用

【十一真】

真嗔禛瞋因茵姻洇骃祻氤辛莘新薪辰唇宸晨申伸神绅呻宾滨嫔缤槟邻粼璘辚鳞麟匀旬荀询恂峋洵珣昀郇秦蓁溱榛螓臻逡踆皴堙禋钧均筠珍春椿频苹濒颦银民珉岷笢缗伦沦轮驯肫窀莼淳醇鹑巡遵旻斌赟贫臣人仁身巾彬尘陈津循纫闽豳贇[嶙][磷][瞵][湮][歕][甄][振][娠][抡][纶][屯][纯][垠][填][困][麇][亲][竣]

[寅][谆][惇][狺][泯][傧][鄞][琎][畛]

【十二文】

文纹蚊雯云芸妘纭耘焚棼芬棻汾纷鼢雰氛氲煴君裙群军荤皲勤勋涢郧熏薰曛獯醺芹昕欣筋豮[堇][鄞][坟][垠][龈][闻][分][颁][员][贲][斤][听][殷][缊][麇][狺][蕲]

【十三元】

浑裈温辒瘟尊樽蹲墩暾昏惛婚阍昆琨锟鹍鲲馄饨炖盆溢根跟痕孙荪狲门扪魂存豚村坤恩吞飧仑髡臀[屯][纯][囤][论][抡][贲][喷][缊][蕰][蕴][惇][敦][奔][垠][溷][闷]

【十二侵】

侵骎寻浔鲟林森霖淋琳郴今衿芩琴岑涔衾禽擒檎谌斟音愔歆壬淫霪箴忱砧心钦嵚襟金针阴琛[任][妊][椹][湛][沉][深][浸][祲][镡][蟫][吟][黔][临][禁][喑][参][簪][荫]

仄声：上声十一轸十二吻

十三阮(半)二十六寝

去声十二震十三问十四愿(半)

二十七沁通用

【十一轸】

轸胗疹敏允狁陨殒闵悯纼蚓尹窘肾脤尽忍愍准隼笋哂牝蠢紧簨缜稹楯菌[诊][畛][赈][蜃][引][盾][泯][纯][吮][朕][困][黾][嶙]

【十二吻】

吻刎谨槿粉愤恽吞韫[坋][忿][坟][抆][揾][蕰][蕴][隐][听][近][堇][瑾][殷][龀]

【十三阮】

悃捆阃混棍绲焜辊撙稣很恳垦衮滚本笨沌忖损稳畚[囤][潓][盾][遁][龈][鳟]

【二十六寝】

寝锓锦蕈葚荏饪恁怎谂稔审婶禀廪懔凛沈品[噤][甚][椹][枕][衽][朕][饮]

【十二震】

震闰润慎镇刃仞轫牣韧鬓摈殡殉徇晋缙搢瑨馑觐蔺躏俊峻骏浚畯舜瞬荩烬赆遴讯汛迅进吝信印阵顺衅胤榇憖仅认衬疢趁[振][娠][赈][蜃][磷][膦][诊][谆][傧][瑱][琎][瑾][引][亲][龀]

【十三问】

问运酝晕郓郡捃汶紊韵粪奋偾愠焮靳训璺[分][坋][忿][斤][近][缊][薀][蕴][抆][员][隐][闻]

【十四愿】

巽噀艮恨裉寸困钝逊嫩坌诨[潠][喷][顿][遁][溷][论][敦][揾][奔][焌][闷][鳟]

【二十七沁】

沁渗谮谶鸩赁窨闯妗[枕][酖][沉][深][禁][噤][吟][喑][任][妊][衽][祲][浸][饮][临][甚][荫]

第七部

平声：十三元(半)十四寒
十五删一先十三覃
十四盐十五咸通用

【十三元】

元沅芫鼋园原源嫄袁猿辕蕃幡燔璠膰蹯翻藩萱喧暄轩爰谖鸳鹓掀冤言矾烦埙垣晅樊袢蘩鞬[湲][媛][援][怨][智][宛][蜿][洹][貆][阮][甗][繁][番][反][犍][獂][圈]

【十四寒】

寒箪殚郸竿杆玕肝奸刊邗鼾安鞍兰拦栏丸纨汍芄峦栾滦鸾銮

端湍姗珊跚蹒瞒颟顸官倌棺馒鳗盘槃磐瘢宽髋潘磻蟠完刓剜酸狻獾抟桓檀丹韩餐残阑襕团欢摊[单][弹][瘅][曼][蔓][谩][墁][漫][镘][难][滩][谰][澜][洹][貆][乾][干][汗][奸][叹][观][翰][看][冠][钻][豲][胖][弁][莞][坛][般][敦][繁][智][娈][攒][揣]

【十五删】

删弯湾鬘鬟寰澴阛班斑环还闲娴鹇痫颁顽颜关蛮姦菅攀山鳏斒艰斓悭扳僝[孱][潺][般][殷][湲][潸][间][纶][擐][讪][患][颁][奸]

【一先】

前湔千芊阡迁跹戋笺玄弦蚿舷船沿铅田畋坚贤阗滇颠癫巅颧肩捐娟涓鹃妍岍骈胼焉嫣嫣然燃边笾延筵涎蜒连莲涟鲢廛瀍躔婵蝉蠕蜷鬈拳篇偏编蹁鳊翩翾缠梗鞭鞯全荃筌诠佺拴栓铨痊专砖悛篅颛遄鸢鹯澶膻鳣邅椽橼宣揎瑄仙籼骞褰璇悬愆绵棉权天胭烟怜年眠渊蠲泉毡旃联镌川圆虔挛[先][佃][钿][单][禅][鄢][鲜][湮][甄][歅][犍][键][旋][漩][燕][煎][谝][扁][扇][煽][纯][缘][孱][潺][湲][浅][溅][钱][传][便][填][牵][研][员][穿][咽][零][平][卷][惓][蜎][搴][竣][纤][缠][阏][乾]

【十三覃】

覃潭谭昙骖毵含贪龛聃耽龛戡堪坍倓谈郯痰甘坩泔柑蚶酣邯苷襤蓝篮南男谙鹌庵涵岚蚕惭儋婪[镡][蟫][醰][淦][湛][澹][楠][函][参][眈][酖][三][担][探][坛][憨][颔][簪][弇]

【十四盐】

詹谵幨檐瞻襜蟾蒹鬑谦嫌缣磏鳒鹣廉镰蠊拈沾鲇黏觇霑佥签莶淹腌阉阎歼髯蚺忺恹恬湉甜钳钤尖奁潜添炎暹帘[盐][占][苫][阽][痁][纤][锨][严][兼][砭][渐][黔][楠][崦]

【十五咸】

咸缄搀馋凡衫杉岩衔芟鸽喃[巉][镵][谗][函][监][嵌][掺]

[锨][严][帆][髟]

仄声：上声十三阮(半)十四旱
十五潸十六铣二十七感
二十八俭二十九豏
去声十四愿(半)十五翰
十六谏十七霰二十八勘
二十九艳三十陷通用

【十三阮】

晚挽坂返偃蝘郾苑婉琬踠烜鼹幰[阮][远][反][饭][阪][宛][菀][畹][蜿][涴][绻][圈][堰][鄢][娩][蹇][巘]

【十四旱】

旱秆罕缓暖管琯坦袒满趱浣脘碗伞短款诞疃纂儧懒亶[馆][盌][卵][散][断][伴][但][侃][算][瓒][悍][澸]

【十五潸】

限板版钣眼盏划产浐铲简赧柬皖[潸][拣][撰][绾][栈][莞][阪][孱]

【十六铣】

铣筅跣践典腆犬畎免冕勉辩辨辫篆筧岘泫铉碥褊匾湎缅勔猕茧蒇藓剪翦辇软沔演兖脔喘展显謇舛戬件琏墡鳝殄燹癣阐隽撚[善][遣][缱][转][辗][碾][选][冼][浅][饯][栈][钱][键][搴][蹇][宴][狷][蚬][蜎][蜓][衍][卷][眄][扁][谝][谳][巘][鲜][吮][甗][趼][黾][娩][娈][瑑]

【二十七感】

感撼揽览榄敢橄惨糁黪萏菡胆坎毯揜昝罯[椠][錾][澹][颔][喊][晻][眈][醰][嵌][赣]

【二十八俭】

俭捡检脸睑险陕奄埯掩罨冉苒芡谄玷点飐嗛琰剡染簟贬俨黡闪[猃][敛][潋][渐][歉][魇][忝][崦][晻][弇][焰]

【二十九豏】

豏减碱犯范槛舰斩黯[湛][掺][阚][喊][滥][歉][巉]

【十四愿】

愿建健贩畈宪劝券楦[媛][瑗][远][圈][怨][饭][献][曼][蔓][绻][堰][键][涴][畹][万]

【十五翰】

旰矸扞按案岸炭半泮绊畔靽判叛逭涫瀚汉涣奂换唤焕赞灌瓘罐鹳粲璨垾捍焊惋腕窜撺段缎锻乱旦玩烂贯爨幔灿惮蒜喭祼彖[翰][干][汗][骭][悍][难][滩][谰][澜][谩][墁][漫][镘][缦][叹][观][断][散][算][冠][弹][看][钻][胖][伴][但][侃][馆][晏][盥][瓒][攒]

【十六谏】

谏涧锏裥襻涮汕疝扮盼嫚慢惯雁赝宦办豢串苋绽幻篡孪丱瓣[缦][谩][讪][栈][栅][患][间][晏][绾][骭][擐][羼]

【十七霰】

霰见现砚线线缮膳鄯郾练炼绚绢罥眴眩炫卞汴忭彦谚谴茜荐唁唛颤擅嬗掾殿面县变箭战贱院电甸眷倦羡奠骗遍恋钏片淀靛楝嬿馔[传][转][辗][碾][研][跰][先][选][煎][燕][咽][穿][宴][堰][弁][媛][瑗][援][拣][撰][佃][钿][遣][缱][眄][瞑][饯][溅][便][倩][瑑][缘][缠][单][禅][扇][煽][蚬][狷][旋][漩][甗][牵][善][瑱][衍][卷][惓][谳]

【二十八勘】

勘磡啖淡暂绀缆憾瞰暗[憨][阚][淦][錾][滥][澹][担][探][三][赣][参][醰][嵌]

【二十九艳】

艳滟念埝验殓赡韂垫堑坫店俺僭窆酽掞厌餍[猃][剑][敛][潋][占][苫][阽][痁][欠][椠][砭][盐][兼][忝][焰][猋]

【三十陷】

陷鉴梵忏赚蘸站泛[监][帆][剑][镵][阚][谗][欠]

第八部

平声：二萧三肴四豪通用

【二萧】

萧箫潇蟏蛸凋雕苕招怊弨昭轺貂韶龆岧髫迢超条枭撩獠寮尧荛哓峣侥骁浇蛲跷翘宵霄绡消硝销逍魈朝潮焦蕉谯憔樵鹪乔荞侨桥骄晁姚珧祧谣徭猺瑶鳐飖遥窑嫖幖膘瓢漂飘飙苗描猫枵鸮辽邀聊嘤腰寥刁杓幺镳钊椒妖翛莜幧[肖][哨][蛸][摇][繇][鹞][佻][挑][洮][朓][铫][跳][侥][娆][桡][烧][娇][峤][轿][僚][嘹][潦][燎][镣][鹩][要][漂][摽][剽][劭][标][橇][夭][调][徼][嚣][髟][陶][鲦][料][僬][噍][廖][藨]

【三肴】

肴崤淆巢爻交茭洨蛟鲛郊包苞咆胞跑匏庖筲捎梢艄抄抓抛呶哮坳硗铙茅蝥嘲虓猇聱磝脬凹[佼][咬][姣][胶][筊][蛸][鞘][鄗][敲][泡][枹][炮][飑][刨][掊][唠][啁][教][犛][謷][艽][鸼][窌][钞][剿]

【四豪】

豪壕嚎濠毫毛毵髦旄刀叨忉舠魛咷桃逃檖曹嘈槽螬糟遭艚艘高蒿篙涛皋嗥槔翱遨敖嗷璈獒熬鳌螯慅搔骚羔糕萄掏绹淘醄醪慆滔韬臊尻绦猱弢褒袍牢饕捞痨蒡鏖[劳][涝][唠][骜][謷][洮][挑][挠][裯][绸][缫][缲][操][号][陶][膏][毳][嚣][咎][漕][潦][芼][梼][焘]

仄声：上声十七篆十八巧十九皓
去声十八啸十九效二十号通用

【十七篆】

篆沼绍杪秒眇渺缈缥鳔缭瞭皎皦窅窈窕兆旐悄愀小表鸟茑袅了扰晓杳舀矫皫藐淼肇殍赵[侥][绕][娆][娇][佻][朓][挑][掉]

[摽][慓][少][蓼][湫][标][夭][僚][燎][缴][剿][藨]

【十八巧】

巧饱鲍卯昴泖狡绞铰爪搅吵炒[挠][拗][茆][佼][咬][姣][筊]

【十九皓】

皓浩皞皂澡藻璪早草枣考拷栲老栳恼脑瑙杲昊滈槁稿镐保葆褓堡岛捣鸨宝道稻讨嫂颢灏袄蚤媪抱[缟][鄗][涝][潦][好][造][倒][祷][扫][埽][缲][缫][夭][燠]

【十八啸】

啸叫嗷召诏邵照曜耀俏诮峭票骠俵裱庙疗笑窍妙钓眺尿粜醮[僬][噍][敫][徼][绕][烧][朓][铫][跳][嘹][镣][鹩][鹞][摇][掉][摽][剽][漂][慓][要][劭][调][吊][少][料][峤][轿][肖][哨][鞘][约][爝]

【十九效】

效珓校孝酵罩淖棹拗勒疱闹豹貌窖稍笊[较][胶][教][桡][爆][拗][乐][觉][敲][泡][炮][趵][刨][窌][钞]

【二十号】

噪燥躁诰郜靠糙耗耄到报蓩帽导盗灶奥懊悼犒蹈傲嫪鼻套臑[号][告][造][暴][瀑][劳][涝][潦][漕][隩][澳][燠][冒][瑁][帱][祷][焘][缟][膏][操][好][纛][骜][倒][凿][扫][埽][芼][眊]

第九部

平声：五歌独用

【五歌】

歌哥多罗啰锣萝箩苛疴何诃阿呵珂柯河菏莎桫挲摩魔痾坡波禾科蝌他佗陀驼柁跎酡讹靴莪俄哦娥蛾鹅骡螺皤嶓鄱窝埚涡锅挪搓傞蹉蹉矬痤窠鼍蓑唆梭婆戈囮[茄][枷][迦][逻][过][瑳][嵯]

[磋][瘥][峨][硪][砢][轲][荷][和][磨][娑][沱][那][哪][颇][拖][傩][么][番][驮][献][倭][髁][陂]

仄声：上声二十哿

去声二十一箇通用

【二十哿】

哿可砢舸婀娜果裸蜾颗裹朵垛舵椭火伙我琐锁妥嬴蓏叵左爸祸脞弹[坷][轲][荷][砢][硪][峨][堕][惰][跛][颇][簸][哆][沱][傩][坐][那][哪][么][夥][瘅][卵][娑][爹][揣][拖][瑳]

【二十一箇】

箇个垄挫锉座贺货做佐饿课糯唾播破卧剁[大][奈][驮][坷][轲][磋][磨][瘅][作][那][些][过][逻][和][簸][坐][惰][懦][髁][涴]

第十部

平声：九佳(半)六麻通用

【九佳】

佳[娲][蜗][蛙][娃][哇][洼][涯]

【六麻】

麻纱沙砂鲨裟袈加珈跏笳嘉痂牙芽呀鸦邪琊耶椰揶挝瓜窊爬巴芭笆琶吧耙疤葩夸奢拿佘赊嗟槎艖骅哗叉杈桠楂渣查虾蟆葭霞瑕遐蕸遮花茶家斜爷丫[娃][哇][洼][涯][蛙][蛇][蜗][娲][茄][枷][迦][衙][爹][哆][哑][咤][呱][华][桦][杷][畲][涂][污][溠][差][车][阇][苴][瘕][些][划]

仄声：上声二十一马

去声十卦(半)二十二祃通用

【二十一马】

马玛者赭踝痄野寡剐社写冶也灺扯傻厦嘏槚惹喏姐耍雅罤

[假][瘕][哑][哆][泻][洒][下][夏][贾][舍][若][且][奼][髁][打][把][鲊][瓦]

【十卦】

卦挂诖[话][画]

【二十二祃】

祃骂驾架谢榭嫁稼亚娅乍诈诧侘偌讶砑迓灞柘靶化夜暇赦蔗罅跨麝怕卸坝鹧汊嗄[奼][咤][价][假][借][蜡][藉][把][杷][华][桦][下][吓][罢][夏][霸][炙][舍][射][胯][贳][泻][溠][差][话][衩][帕][鲊][瓦]

第十一部

平声：八庚九青十蒸通用

【八庚】

庚鹒赓虻氓盲绷棚亨烹英瑛苹伻抨坪枰砰怦怔钲京惊琼勍明萌茔茕莺萦潆营荣嵘蝾生笙甥甥鲸黥衡蘅宏纮翃闳泓茎硁罂婴缨嘤撄璎樱鹦鸣争筝峥琤铮狞菁清情晴睛蜻精鲭祊旌盈楹羸羸籯瀛贞桢祯赪成城诚郕呈程酲柽蛏名洺浜兵枨栟姘拼撑瞠盯粳羹觥荆兄卿擎耕甍晶声倾饧黉伧珩铿轰訇橙蘉澎膨蟛坑[平][评][正][征][行][桁][搒][榜][横][更][彭][盟][莹][檠][迎][盛][轻][令][并][枪][丁][侦][顷][裎][猩][狰][铛][锽][趟]

【九青】

青泾陉形邢刑硎铏型亭葶停婷渟聍咛仃汀叮玎厅疔星惺腥灵棂苓笭伶泠玲铃聆蛉羚舲龄囹翎鸰瓴瓶帡冥螟荥荧萤萍垧扃馨霆醽鄍俜铭[廷][莛][蜓][庭][宁][丁][钉][町][溟][暝][瞑][蓂][经][猩][醒][零][听][屏][娉]

【十蒸】

蒸承丞症惩登簦澄菱陵凌绫崚鲮棱楞膺鹰绳蝇誊塍腾縢滕藤

朋崩鬅鹏曾罾僧增缯嶒憎噌矰艿仍扔礽弘肱薨冰升兢矜灯縆恒层［胜］［塍］［冯］［凝］［烝］［应］［乘］［兴］［征］［称］［能］［堋］［凭］［瞢］［镫］［蹬］

仄声：上声二十三梗二十四迥
去声二十四敬二十五径通用

【二十三梗】

梗埂绠哽鲠景憬璟影冷岭领颈颍颖丙炳郢皿猛艋蜢靖静饼省眚境幸倖悻警永井骋逞整瘿杏秉耿荇矿冏［请］［婧］［靓］［并］［屏］［顷］［犷］［狰］［黾］［檠］［邴］［裎］［打］［儆］［阱］

【二十四迥】

迥洞炯侹挺梃珽铤艇颋酊酩茗刭等鼎顶肯拯謦婞［町］［泞］［溟］［醒］［莛］［并］［诇］［胫］

【二十四敬】

敬政姓性泳咏净诤竟獍镜柄病郑迸摒命圣映晟劲竞孟聘硬帧敻［请］［倩］［婧］［靓］［盛］［盟］［榜］［横］［评］［诇］［正］［证］［令］［行］［庆］［更］［迎］［轻］［并］［侦］［儆］［邴］［檠］［娉］［阱］［趟］

【二十五径】

径定碇锭嶝磴瞪凳蹭赠甑订钉磬罄媵邓孕滢剩佞亘［经］［胫］［廷］［庭］［应］［听］［胜］［乘］［称］［莹］［证］［兴］［宁］［泞］［醒］［钉］［镫］［蹬］［暝］［烝］［凭］［凝］［堋］

第十二部

平声：十一尤独用

【十一尤】

尤优忧疣莸由抽油蚰鲉邮流琉旒硫鎏鍪镠璆樛瘳榴骝游蝣酋猷遒鞧鞦秋啾楸鳅愁鹙鸠仇修脩攸悠牛牟侔眸蛑蝥矛柔揉周惆稠州洲酬舟侜辀筹俦畴踌休髹貅鸺庥囚泅求俅球赇裘逑浮蜉侯篌猴

喉缑糇讴抠鸥瓯喽搂楼蝼髅骰投耰鄹诌邹罘抔沟钩齁兜篼刘羞雠丘邱蚯虬谋陬偷头幽彪裒篝呦阄飕搜锼廋麀[区][呕][沤][欧][留][溜][馏][遛][瘤][娄][偻][溇][蒌][篓][调][绸][啁][裯][叟][溲][诹][鲰][掫][掊][揄][缪][戮][蹂][鞣][罦][桴][枹][枸][句][售][噍][咻][涑][浏][湫][梼][帱][鲦][繇][艽][馗][收][不][驺][卣][龟][訾][犹][髟][柚][妯][鸼]

仄声：上声二十五有

去声二十六宥通用

【二十五有】

酉酒口抖蚪苟笱狗久玖美丑扭纽忸钮偶耦藕薮擞莠诱肘纣绺纠赳陡手朽柳友受瞍牖阜九帚亩舅臼韭牡缶黝耇糗某母拇殴垢郈叩滫[有][右][后][否][咎][培][剖][瓿][掊][扣][篓] [溇][嵝][走][取][掫][鲰][守][嗾][叟][溲][绶][首][厚][蹂][狃][卣][岣][枸][浏][茆][寿][斗][吼][欧][呕][妇][姆][负][灸][服]

【二十六宥】

宥侑候堠就僦鹫秀绣锈透奏凑辏腠狖狩戊茂宙岫袖鼬胄臭嗅嗽漱漏佑豆饾脰逗籀贸购构冓媾觏遘诟姤逅谬鹨疚柩绉皱瘘衺糅懋酎寇究窦箁簉授兽陋昼旧救幼瘦咒彀骤毵僽又鲎蔻厩耨[畜][留][溜][馏][遛][瘤][右][扣][后][售][柚][辐] [副][富][复][覆][蹂][鞣][訾][蔟][嗾][味][吼][狃][犹][守][宿][窌][仆][伏][绶][缪][廖][偻][镂][走][繇][首][句][沤][收][厚][读][寿][斗][有][囿][姆][灸]

第十三部

入声：一屋二沃通用

【一屋】

屋木沐霂竹竺筑簏簇族镞目苜腹蝮馥蝠福禄碌縠縠縠穀孰塾

熟鹿簏麓漉辘菊掬鞠麴逐轴舳牧犊渎椟牍黩粥鬻育淯叔菽淑卜扑蔌簌速觫斛槲柷祝蹙茯洑濮蹼醭薁昱蓿缩穆秃谷肉陆肃骕鹔六哭蓄搐滀独睦衄矗蹴谡毓夙彧倏髑曝[幅][辐][副][匐][暴][瀑][蓼][缪][戮][复][覆][隩][澳][燠][俶][伏][仆][朴][柚][妯][宿][读][畜][鹜][恧][蔟][菔][服][縠][郁][囿][涑][碡][啄][煜]

【二沃】

沃鋈烛触录菉箓绿渌逯醁酷喾梏牿鹄鹆欲俗浴峪辱蓐缛溽褥鄏蜀蠋躅跼局续赎玉曲粟狱束促嘱瞩旭顼幞笃督瘃勖毒亍[足][属][纛][告][仆][碡]

第十四部

入声：三觉十药通用

【三觉】

角桷确浞捉娖卓倬诼涿琢椓学岀雹壳悫擢濯偓渥握幄喔龌龊鸑珏璞榷岳朔槊搠搦斮剥趵驳浊镯荦皃邈[觉][乐][朴][数][爆][縠][较][药][趵][瓟][瞀][眊][啄]

【十药】

博搏缚膊镈薄欂礴各骆洛络恪珞烙硌略酪貉落阁雒雀霍藿攉臛矍籰懼攫镬蠖爵嚼郝椁郭廓勺芍妁灼酌铎萚箨箬诺都萼谔崿愕腭锷鳄鄂鹗鹤鹊碏错粕泊箔绰烁铄跃踱寞摸漠镆瘼怍昨酢迮虐谑噱斫柝壑垩噩弱蒻却脚幕扩托削橐钥龠瀹亳涸疟镢祥[药][约][莫][膜][昔][厝][作][柞][著][躇][恶][乐][栎][轹][跞][若][凿][掠][度][获][格][醵][魄][鄗][敫][缴][拓][爝][簿][索]

第十五部

入声：四质十一陌十二锡
十三职十四缉通用

【四质】

质锧日驲骘桎郅厔室窒实密蜜必铋镒谧溢漆膝疾蒺嫉悉蟋蟀率聿律失佚帙泆秩栗溧溧篥毕荜筚笔吉佶诘姞恤怵秫术述逸遹鹬潏橘栉七叱一乙壹黜弼虱戌昵佾觱匹[出][茁][侄][咥][蛭][苾][瑟][泌][汩][跸][踬][卒][捽][啐][崒][轶][唧][帅][尼][拮][焌]

【十一陌】

陌百貊客喀骼白伯拍柏珀舶帛迫赤赫亦奕弈迹役疫碧石祏跖鼫磔硕额译泽驿择绎怿峄释辟僻擗擘檗璧躄癖脊嵴踖鹡瘠责箦啧帻碛赜厄扼轭隔嗝槅膈翮舄潟掖液腋埸蜴掴帼蝈摭蹠夕汐宅穸窄蚱舴掷踯郤惜籍策逆脉席戟麦册尺隙屐剧益斥坼拆谪虢奭襫螫貘媢绤蓦[昔][借][腊][藉][柞][栅][核][格][魄][积][画][易][适][摘][蹢][射][炙][翟][砉][鬲][鲫][吓][哑][嗌][划][刺][莫][霸][霹][获][只][筴][索][革]

【十二锡】

锡惕踢剔历沥呖枥疬苈雳劈壁甓绩嫡滴镝析淅晰蜥皙狄荻逖的菂砾阒阒觅觌汩涤溺幂寂击笛敌激檄籴鹢鹝戚迪郦倜[焱][摘][蹢][适][霹][霓][翟][鬲][砉][吊][吃][栎][铄][踯][裼][蓂][俶]

【十三职】

职力仂肋勒黑默墨息熄则侧测恻弋忒式拭栻轼或域棫蜮惑阈敕棘匿慝亿忆臆仄昃克翊翌翼殛啬濇穑饬饰蚀洫淢国色极得德贼刻直殖特稷即陟抑愎愊湢逼踣[值][埴][植][幅][副][匐][识]

[织][唧][鲫][食][北][塞][劾][冒][膣][嶷][葥][薏][恧][亟][万][革]

【十四缉】

缉揖辑葺戢濈立笠泣粒邑挹浥悒给卌廿十什汁及岌芨伋级汲吸执蛰絷翕熠褶霅湿涩集急入习袭隰[唈][笈][圾][歙][煜][拾][楫]

第十六部

入声：五物六月七曷八黠九屑十六叶通用

【五物】

物勿芴茀弗佛刜拂怫绋绂韨袚黻屈倔崛乞仡屹迄讫诎熨欻豌[尉][蔚][芾][菀][沸][髴][艴][掘][厥][郁][不][吃]

【六月】

月谒蝎羯歇没殁伐筏垡阀阙蕨撅橛劂突窣猝饽脖鹁勃渤笏忽淴惚纥矻兀杌扤屼窟堀曰骨发讷粤罚钺樾[厥][蹶][鳜][孛][悖][汩][滑][讦][越][卒][捽][崒][鹘][唦][咄][掘][揭][猲][碣][竭][凸][刖][核][阏][艴][袜][顿]

【七曷】

曷葛渴褐鞨鹖遏末沫抹秣聒括活阔闼挞拶捋捺撮钹跋魃拨泼袯裰笪妲怛割豁钵脱夺萨辣斡剌瘌[拔][掇][剟][喝][猲][獭][阏][越][鸹][适][袜][咄][达][粝][磕][蘖]

【八黠】

黠秸劼扎札轧戛嘎刮刹刷捌揠八叭机唽察菝猾猰辖瞎煞[杀][铩][滑][鹘][鸹][拔][刖][茁][獭][颉][帕]

【九屑】

屑节疖别列冽洌裂烈杰爇热亵结洁桔穴窃彻决诀抉玦缺觖撇

瞥蹩鳖楔锲挈絜垤绖耋悦阅阕揑涅陧铁跌迭瓞篾蔑蠛撷缬撤澈辙辍啜惙绁媟揲渫薛孽蘖折浙哲蜇舌呐啮噎臬桀设谲雪绝血灭拽拙劣飱孑锊截[偈][揭][碣][竭][侄][咥][蛭][掇][缀][剟][讦][说][漸][茁][荼][苾][蘖][颉][拮][批][捩][橇][泄][咽][切][掣][契][凸][闭][轶][晢][霓]

【十六叶】

叶帖贴谍堞牒蝶蹀鲽屧倢捷婕睫荚侠挟浃铗蛱颊页惬箧晔烨聂摄嗫滠慑镊蹑鬣躐躞燮妾接捻馌叠氎涉协勰靥辄猎詟[魇][霎][荼][笈][筴][箑][喋][歙][楫][拾]

第十七部

入声：十五合十七洽通用

【十五合】

合蛤鸽颌塔搭褡嗒答盒盍溘嗑榼瞌阘塌蹋榻遢邋遝拉垃纳衲沓踏趿靸飒杂匝漯卅奄[唈][喝][盖][磕][腊][蜡][圾][拓]

【十七洽】

洽恰祫袷夹狭峡硖郏法怯劫蜐胁甲押狎呷胛柙鸭匣闸业邺插锸歃乏眨压掐劄[喝][喋][筴][箑][霎]

常用词谱精选

（以词牌第一字笔画为序）

一斛珠

又名《怨春风》、《醉落魄》、《醉落拓》等。

双调，五十七字。前后段各五句，四仄韵。

＋－＋｜（韵）＋－＋｜－－｜（韵）＋－＋｜－－｜（韵）＋｜－－，＋｜＋－｜（韵）

｜＋｜－－｜｜（韵）＋－＋｜－－｜（韵）＋－＋｜－－｜（韵）＋｜－－，＋｜＋－｜（韵）

晚妆初过，沉檀轻注些儿个。向人微露丁香颗，一曲清歌，暂引樱桃破。

罗袖裛残殷色可，杯深旋被香醪涴。绣床斜凭娇无那，烂嚼红茸，笑向檀郎唾。

——李　煜

一剪梅

见词的用韵一节。

十六字令

又名《归字谣》、《苍梧谣》。

单调，十六字。四句，三平韵。

－（韵）＋｜－－｜｜－（韵）－－｜，＋｜｜－－（韵）

归，猎猎熏风飐绣旗。拦教住，重举送行杯。

——张孝祥

卜算子

又名《缺月挂疏桐》、《百尺楼》、《楚天遥》、《眉峰碧》等。

双调，四十四字。前后段各四句，两仄韵。

＋＋＋＋－，＋｜－－｜（韵）＋｜－－＋＋＋，＋｜－－｜（韵）

＋＋＋＋－，＋｜－－｜（韵）＋｜－－＋＋＋，＋｜－－｜（韵）

缺月挂疏桐，漏断人初静。谁见幽人独往来？缥缈孤鸿影。

惊起却回头，有恨无人省。拣尽寒枝不肯栖，寂寞沙洲冷。

——苏　轼

卜算子慢

双调，八十九字。前段八句，四仄韵；后段八句，五仄韵。

－－｜｜，－｜｜－，｜｜｜－－｜（韵）＋｜－－，＋｜｜－－｜（韵）｜－－、｜｜－－｜（韵）｜＋＋、－－｜｜，－－｜｜－｜（韵）

｜｜－－｜（韵）｜｜｜－－，｜－－｜（韵）｜｜－－，｜＋｜－＋｜（韵）＋－－、＋｜－－｜（韵）｜｜＋、－－｜｜，｜－－＋｜（韵）

江枫渐老，汀蕙半凋，满目败红衰翠。楚和登临，正是幕秋天气。引疏砧、断续残阳里。对晚景、伤怀念远，新愁旧恨相继。

脉脉人千里。念两处风情，万重烟水。雨歇天高，望断翠峰十二。尽无言，谁会凭高意？纵写得、离肠万种，乃归云谁寄？

——柳 永

人月圆

又名《青衫湿》。

双调，四十八字。前段五句，两平韵；后段六句，两平韵。

＋－＋｜－－｜，＋｜｜－－（韵）＋－＋｜，－－＋｜，＋｜－－（韵）

＋－＋｜，＋－＋｜，＋｜－－（韵）＋－＋｜，－－＋｜，＋｜－－（韵）

小桃枝上春来早，初试薄罗衣。年年此夜，华灯竞处，人月圆时。

禁街箫鼓，寒轻夜永，纤手同携。夜阑人静。千门笑语，声在帘帏。

——王 诜

三字令

双调，四十八字。前后段各八句，四平韵。

－｜｜，｜－－（韵）｜－－（韵）－｜｜，｜－－（韵）｜－－，－｜｜，｜－－（韵）

－｜｜，｜－－（韵）｜－－（韵）－｜｜，｜－－（韵）｜－－，－｜｜，｜－－（韵）

春欲尽，日迟迟，牡丹时。罗幌卷，翠帘垂。彩笺书，红粉泪，两心知。

人不在，燕空归，负佳期。香烬落，枕函欹。月分明，花澹薄，惹相思。

——欧阳炯

山花子

又名《摊破浣溪沙》、《添字浣溪沙》、《感恩多令》等。

双调，四十八字。前段四句，三平韵；后段四句，两平韵。

＋｜——｜｜—（韵）＋—＋｜｜——（韵）＋｜＋—＋＋｜，｜——（韵）

＋｜＋——｜｜，＋—＋｜｜——（韵）＋｜＋——｜｜，｜——（韵）

菡萏香销翠叶残，西风愁起绿波间。还与韶光共憔悴，不堪看。

细雨梦回鸡塞远，小楼吹彻玉笙寒。多少泪珠何限恨，倚阑干。

——李　璟

小重山

又名《小重山令》、《小冲山》、《柳色新》。

双调，五十八字。前后段各四句，四平韵。

＋｜——＋｜—（韵）＋——｜｜、｜——（韵）＋—＋｜｜——（韵）—＋｜、＋｜｜——（韵）

＋｜｜——（韵）＋——｜｜、｜——（韵）＋—＋｜｜——（韵）—＋｜、＋｜｜——（韵）

春到长门春草青。玉阶花露滴、月胧明。东风吹断紫箫声。宫漏促、帘外晓啼莺。

愁极梦难成。红妆流宿泪、不胜情。手挼裙带绕阶行。思君切、罗幌暗尘生。

——薛绍蕴

天仙子

单调，三十四字。六句，五仄韵。

＋丨＋——丨丨（韵）＋——丨——丨（韵）＋—＋丨丨——，—丨丨（韵）丨—丨（韵）＋丨＋——丨丨（韵）

踯躅花开红照水，鹧鸪飞绕青山觜。行人经岁始归来，千万里，错相倚，懊恼天仙应有以。

——皇甫松

又一体

双调，六十八字。前后段同，各六句，五仄韵。

＋丨＋——丨丨（韵）＋丨＋——丨丨（韵）＋—＋丨丨——，—＋丨（韵）—＋丨（韵）＋丨＋——丨丨（韵）
＋丨＋——丨丨（韵）＋丨＋——丨丨（韵）＋—＋丨丨——，—＋丨（韵）—＋丨（韵）＋丨＋——丨丨（韵）

水调数声持酒听，午醉醒来愁未醒。送春春去几时回？临晚镜，伤流景，往事后期空记省。

沙上并禽池上暝，云破月来花弄影。重重帘幕密遮灯，风不定，人初静，明日落红应满径。

——张　先

长相思

又名《长相思令》、《相思令》、《吴山青》、《山渐青》等。

双调，三十六字。前后段各四句，三平韵，一叠韵。

此词叠韵处有韵同句不同者，如白居易词；有韵同句亦同者，如晏几道词。

＋＋—（韵）＋＋—（叠）＋丨——＋丨—（韵）＋—＋丨—（韵）

＋＋－（韵）＋＋－（叠）＋｜－－＋｜－（韵）＋－＋｜－（韵）

汴水流，泗水流。流到瓜州古渡头，吴山点点愁。
思悠悠，恨悠悠。恨到归时方始休，月明人倚楼。

——白居易

长相思。长相思。若问相思甚了期。除非相见时。
长相思。长相思。欲把相思说似谁。浅情人不知。

——晏几道

忆江南

又名《谢秋娘》、《江南好》、《望江南》、《梦江南》、《春去也》等。

单调，二十七字。五句，三平韵。中间两句七言亦对仗。

－＋｜（句）＋｜｜－－（韵）＋｜＋－－｜｜（句）＋－＋｜｜－－（韵）＋｜｜－－（韵）

江南好，风景旧曾谙。日出江花红胜火，春来江水绿如蓝。能不忆江南。

——白居易

双调，五十四字。前后段各五句，三平韵。此即单调词加一叠，其平仄、韵与单调同。

江南蝶，斜日一双双。身似何郎全傅粉，心如韩寿爱偷香，天赋与轻狂。
微雨后，薄翅腻烟光。才伴游蜂来小院，又随飞絮过东墙，长是为花忙。

——欧阳修

忆王孙

又名《豆叶黄》、《画蛾眉》、《阑干万里心》等。

单调，三十一字。五句，五平韵。

＋－＋｜｜－－（韵）＋｜－－＋｜－（韵）＋｜－－＋｜－（韵）｜－－（韵）＋｜－－＋｜－（韵）

萋萋芳草忆王孙，柳外楼高空断魂。杜宇声声不忍闻。欲黄昏，雨打梨花深闭门。

——李重元

忆少年

又名《陇首山》、《十二时》等。

双调，四十六字。前段五句，两仄韵；后段四句，三仄韵。

另有后段首句添一字作三五句式者，如曹组“年时酒伴”词。

＋－＋｜，＋－＋｜，＋－＋｜（韵）－－｜＋｜，｜＋－－｜（韵）

｜｜－－－｜｜（韵）＋＋＋、｜＋－｜（韵）＋－｜＋｜，｜＋－＋｜（韵）

无穷官柳，无情画舸，无根行客。南山尚相送，只高城人隔。

罨画园林溪绀碧，算重来、尽成陈迹。刘郎鬓如此，况桃花颜色。

——晁补之

年时酒伴，年时去处，年时春色。清明又近也，却天涯为客。

念过眼、光阴难再得。想前欢、尽成陈迹。登临恨如此，把阑干暗拍。

——曹　组

忆秦娥

又名《秦楼月》、《双荷叶》等。

双调，四十六字。前后段各五句，三仄韵，一叠韵。

—＋｜（韵）＋—＋｜——｜（韵）——｜（叠）＋—＋｜，｜——｜（韵）

＋—＋｜——｜（韵）＋—＋｜——｜（韵）——｜（叠）＋—＋｜，｜——｜（韵）

箫声咽，秦娥梦断秦楼月。秦楼月，年年柳色，灞陵伤别。

乐游原上清秋节，咸阳古道音尘绝．音尘绝。西风残照，汉家陵阙。

——李　白

又一体（平韵）

双调，四十六字。前后段各五句，三平韵，一叠韵。

＋——（韵）＋—＋｜———（韵）———（叠）＋—＋｜，｜｜——（韵）

｜——｜———（韵）＋—＋｜———（韵）———（叠）＋—＋｜，｜｜——（韵）

晓朦胧。前溪百鸟啼匆匆。啼匆匆。凌波人去，拜月楼空。

去年今日东门东。鲜妆辉映桃花红。桃花红。吹开吹落，一任东风。

——贺　铸

忆余杭

双调，四十八字。前段四句，两平韵；后段四句，两仄韵，两平韵。

—｜——，＋｜———｜｜，＋—＋｜｜——（韵）＋｜｜

——（韵）｜——｜——｜（换仄韵）｜｜｜——｜（韵）｜—+｜｜——（换平韵）+｜｜——（韵）

长忆西湖，尽日凭阑楼上望，三三两两钓鱼舟，岛屿正清秋。

笛声依约芦花里，白鸟数行忽惊起。别来闲整钓鱼竿，思入水云寒。

——潘　阆

乌夜啼

双调，四十七字。前后段各四句，两平韵。另《相见欢》又名《乌夜啼》与此不同。

｜｜——｜，+—｜｜——（韵）+—+｜——｜，+｜｜——（韵）

+｜+—+｜，+—+｜——（韵）+—+｜——｜，+｜｜——（韵）

昨夜风兼雨，帘帏飒飒秋声。烛残漏断频攲枕，起坐不能平。

世事漫随流水，算来一梦浮生。醉乡路稳宜频到，此外不堪行。

——李　煜

太常引

又名《太清引》、《蜡前梅》。

双调，四十九字。前段四句，四平韵；后段五句，三平韵。

+—+｜｜——（韵）+｜｜——（韵）+｜｜——（韵）｜+｜、——｜—（韵）

+—+｜，+—+｜，+｜｜——（韵）+｜｜——（韵）

＋＋｜、——｜—（韵）

一轮秋影转金波，飞镜又重磨。把酒问姮娥：被白发、欺人奈何？

乘风好去，长空万里，直下看山河。斫去桂婆娑，人道是、清光更多。

——辛弃疾

少年游

又名《玉腊梅枝》、《小阑干》。

双调，五十字。前段五句，三平韵；后段五句，两平韵。

＋—＋｜｜——（韵）＋｜｜——（韵）＋—＋｜，＋—＋｜，＋｜｜——（韵）

＋—＋｜——｜，＋｜｜——（韵）＋｜——，＋—＋｜，＋｜｜——（韵）

芙蓉花发去年枝。双燕欲归飞。兰堂风软，金炉香暖，新曲动帘帷。

家人拜上千春寿，深意满琼卮。绿鬓朱颜，道家装束，长似少年时。

——晏　殊

风光好

双调，三十六字。前段四句，四平韵；后段四句，两仄韵，两平韵。

｜——（韵）｜——（韵）＋｜——｜｜—（韵）｜——（韵）

——＋｜——｜（换仄韵）——｜（韵）＋｜——｜｜—（归平韵）｜——（韵）

柳阴阴，水沉沉。风约双凫立不禁。碧波心。

孤村桥断人迷路，舟横渡。旋买村醪浅浅斟，更微吟。

——欧　良

风入松

又名《远山横》。

双调，七十六字。前后段各六句，四平韵。

另有前后段第二句皆四字者，如晏几道“柳阴庭院杏梢墙”词。

＋－＋｜｜－－（韵）＋｜｜－－（韵）＋－＋｜－－｜，＋－＋、＋｜－－（韵）＋｜＋－＋｜，＋－＋｜－－（韵）

＋－＋｜｜－－（韵）＋｜｜－－（韵）＋－＋｜－－｜，＋－＋、＋｜－－（韵）＋｜＋－＋｜，＋－＋｜－－（韵）

听风听雨过清明，愁草瘗花铭。楼前绿暗分携路，一丝柳、一寸柔情。料峭春寒中酒，交加晓梦啼莺。

西园日日扫林亭，依旧赏新晴。黄蜂频扑秋千索，有当时、纤手香凝。惆怅双鸳不到，幽阶一夜苔生。

——吴文英

柳阴庭院杏梢墙。依旧巫阳。凤箫已远青楼在，水沉烟、复暖前香。临镜舞鸾离照，倚筝飞雁辞行。

坠鞭人意自凄凉。泪眼回肠。断云残雨当年事，到如今、几处难忘。两袖晓风花陌，一帘夜月兰堂。

——晏几道

凤凰台上忆吹箫

双调，九十五字。前段十句，四平韵；后段十一句，五平韵。

＋｜——，＋—＋｜，＋—＋｜——（韵）｜｜——｜，＋｜——（韵）＋｜——＋｜，—＋｜、＋｜——（韵）——｜，——｜｜，｜｜——（韵）

——（韵）｜—｜｜，—＋｜——，＋｜——（韵）｜｜——｜，＋｜——（韵）＋｜——＋｜，—＋｜、＋｜——（韵）——｜，——｜—，｜｜——（韵）

香冷金猊，被翻红浪，起来慵自梳头。任宝奁尘满，日上帘钩。生怕离怀别苦，多少事、欲说还休。新来瘦，非干病酒，不是悲秋。

休休！这回去也，千万遍阳关，也则难留。念武陵人远，烟锁秦楼。唯有楼前流水，应念我，终日凝眸。凝眸处、从今又添，一段新愁。

——李清照

水调歌头

又名《元会曲》、《凯歌》。

双调，九十五字。前段九句，四平韵；后段十句，四平韵。此词前段第三句、第四句，后段第四句、第五句既可四字、七字，也可六字、五字句式。如苏轼、周紫芝词之不同。

＋＋＋＋｜，＋｜｜——（韵）＋——｜，＋＋—｜｜——（韵）＋｜＋—＋｜，＋｜＋—＋｜，＋｜｜——（韵）＋＋＋—｜，＋｜｜——（韵）

＋＋＋，＋＋｜，｜＋—（韵）＋—＋｜，＋｜＋｜｜——（韵）＋｜＋—＋｜，＋｜＋—＋｜，＋｜｜——（韵）＋｜＋—｜，＋｜｜——（韵）

落日绣帘卷，亭下水连空。知君为我，新作窗户湿青红。长记平山堂上，攲枕江南烟雨，渺渺没孤鸿。认得醉翁语，山色有无中。

一千顷，都镜净，倒碧峰。忽然浪起，掀舞一叶白头翁。堪笑兰台公子，未解庄生天籁，刚道有雌雄。一点浩然气，千里快哉风。

——苏　轼

岁晚念行役，江阔渺风烟。六朝文物何在，回首更凄然。倚尽危楼杰观，暗想琼枝璧月，罗袜步承莲。桃叶山前鹭，无语下寒滩。

潮寂寞，浸孤垒，涨平川。莫愁艇子何处，烟树杳无边。王谢堂前双燕，空绕乌衣门巷，斜日草连天。只有台城月，千古照婵娟。

——周紫芝

又一体

平仄、句式与上格同，前后段各夹两仄韵。另有除后段首句外，其余句句用韵者，且在同一韵部平仄韵通押。如贺铸《台城游》词。

＋＋＋＋｜，＋｜｜——（韵）＋——｜，＋＋—｜｜——（韵）＋｜＋—＋｜（换仄韵）＋｜＋—＋｜（韵）＋｜｜——（归平韵）＋＋＋—｜，＋｜｜——（韵）

＋＋＋，＋＋｜，｜＋—（韵）＋—＋｜，＋｜＋｜｜——（韵）＋｜＋—＋｜（另换仄韵）＋｜＋—＋｜（韵）＋｜｜——（归平韵）＋｜＋—｜，＋｜｜——（韵）

明月几时有？把酒问清天。不知天上宫阙，今夕是何年。我欲乘风归去。惟恐琼楼玉宇，高处不胜寒，起舞弄清影，何似在人间。

转朱阁，低绮户，照无眠。不应有恨，何事长向别时圆？人有悲欢离合，月有阴晴圆缺，此事古难全。但愿人长久，千里共婵娟。

——苏　轼

南国本潇洒，六代浸豪奢。台城游冶，襞笺能赋属宫娃。云观登临清夏，璧月留连长夜，吟醉送年华。回首飞鸳瓦，却羡井中蛙。

访乌衣，成白社，不容车。旧时王谢，堂前双燕过谁家？楼外河横斗挂，淮上潮平霜下，樯影落寒沙。商女篷窗罅，犹唱后庭花！

——贺　铸

归自谣

双调，三十四字。前后段各三句，三仄韵。

—｜｜（韵）＋｜＋——｜｜（韵）＋—＋｜——｜（韵）
——＋｜—＋｜（韵）——｜（韵）＋—＋｜——｜（韵）

春艳艳。江上晚山三四点。柳丝如剪花如染。
香闺寂寞门半掩。愁眉敛。泪珠滴破胭脂脸。

——欧阳修

归去来

双调，四十九字。前后段各四句，四仄韵。柳永另有“一夜狂风雨”一词，与此例略异。此处未收。

—｜———｜（韵）—｜——｜（韵）—｜————｜（韵）——｜、｜—｜（韵）
—｜——｜（韵）——｜、｜——｜（韵）——｜｜——｜（韵）——｜、｜—｜（韵）

初过元宵三五。慵困春情绪。灯月阑珊嬉游处。游人尽、厌欢聚。

凭仗如花女。持杯谢、酒朋诗侣。余酲更不禁香醑。歌筵罢、且归去。

——柳　永

玉楼春

又名《惜春容》、《西湖曲》、《玉楼春令》。

双调，五十六字。前后段各四句，三仄韵。

＋｜＋——｜｜（韵）＋｜＋——｜｜（韵）＋——｜｜——，＋｜＋——｜｜（韵）

＋｜＋——｜｜（韵）＋｜＋——｜｜（韵）＋—＋｜｜——，＋｜＋——｜｜（韵）

拂水双飞来去燕，曲槛小屏山六扇。春愁凝思结眉心，绿绮懒调红锦荐。

话别情多声欲颤，玉箸痕留红粉面。镇长独立到黄昏，却怕良宵频梦见。

——顾　夐

玉蝴蝶

双调，四十一字。前段四句，四平韵；后段四句，三平韵。

———｜——（韵）—｜｜——（韵）｜｜｜——（韵）——｜｜—（韵）

———｜｜，—｜｜——（韵）—｜｜——（韵）｜——｜—（韵）

秋风凄切伤离，行客未归时。塞外草先衰，江南雁到迟。

芙蓉凋嫩脸，杨柳堕新眉。摇落使人悲，断肠谁得知。

——温庭筠

又一体

双调，九十九字。前段十句，五平韵；后段十一句，六平韵。

｜｜｜——｜，＋—＋｜，＋｜——（韵）｜｜——，—｜｜｜——（韵）｜—＋、＋—＋｜，＋｜＋、＋｜——（韵）｜——（韵）｜——｜，＋｜——（韵）

——（韵）——｜｜，｜——｜，｜｜——（韵）｜｜——，｜——｜｜——（韵）｜—＋、＋—＋｜，＋｜＋、＋｜——（韵）｜——（韵）｜——｜，＋｜——（韵）

望处雨收云断，凭栏悄悄，目送秋光。晚景萧疏，堪动宋玉悲凉。水风轻、苹花渐老；月露冷、梧叶飘黄。遣情伤，故人何在？烟水茫茫。

难忘，文期酒会，几孤风月。屡变星霜。海阔山遥，未知何处是潇湘？念双燕、难凭远信；指暮天、空识归航。黯相望，断鸿声里，立尽斜阳。

——柳　永

玉漏迟

双调，九十四字。前段十句，五仄韵；后段九句，五仄韵。另有前段起句用韵者，如吴文英“絮花寒食路”词。

＋——｜｜，＋—＋｜，＋——｜（韵）＋｜＋—，＋｜＋——｜（韵）＋｜——＋｜，＋＋＋、＋——｜（韵）—｜｜（韵）＋＋＋＋，＋——｜（韵）

＋＋＋｜——，＋＋｜——，｜——｜（韵）＋｜＋—，＋｜＋——｜（韵）＋｜＋—＋｜，＋＋｜、＋——｜（韵）—｜｜（韵）＋＋｜——｜（韵）

杏香飘禁苑，须知自昔，皇都春早。燕子来时，绣陌渐熏芳草。蕙圃妖桃过雨，弄碎影、红筛清沼。深院悄。绿杨巷陌，莺声争巧。

早是赋得多情，更遇酒临花，镇辜欢笑。数曲阑干，故国漫劳登眺。汉外微云尽处，乱峰锁、一竿斜照。归路杳，东风泪零多少。

——宋　祁

絮花寒食路。晴丝罥日，绿阴吹雾。客帽欺风，愁满画船烟浦。彩柱秋千散後，怅尘销、燕帘莺户。从间阻。梦云无准，鬓霜如许。

夜久绣阁藏娇，记掩扇传歌，翦灯留语。月约星期，细把花须频数。弹指一襟怨恨，漫空倩、啼鹃声诉。深院宇。黄昏杏花微雨。

——吴文英

永遇乐

见词的用韵一节。

如梦令

又名《忆仙姿》、《宴桃源》、《如意令》、《无梦令》。

单调，三十三字。七句，五仄韵，一叠韵。

＋｜＋－＋｜（韵）＋｜＋－＋｜（韵）＋｜｜－－，＋｜＋－＋｜（韵）＋｜（韵）＋｜（叠）＋｜＋－＋｜（韵）

曾宴桃源深洞，一曲舞鸾歌凤。长记别伊时，和泪出门相送。如梦，如梦，残月落花烟重。

——李存勖

江城子

又名《江神子》、《村意远》。

单调，三十五字。八句，五平韵。

＋－＋｜｜－－（韵）｜－－（韵）｜－－（韵）＋－＋｜，＋｜｜－－（韵）＋｜＋－－｜｜，－｜｜，｜－－（韵）

鸡鶒飞起郡城东。碧江空。半滩风。越王宫殿，萍叶藕花中。帘卷水楼鱼浪起，千片雪，雨蒙蒙。

——牛 峤

又一体

单调，三十六字。七句，五平韵。

｜｜－－｜｜－（韵）｜－－（韵）｜－－（韵）｜｜－－，｜｜｜－－（韵）－｜－－－｜｜，－－｜｜｜－－（韵）

晚日金陵岸草平，落霞明，水无情。六代繁华，暗逐逝波声。空有姑苏台上月，如西子镜照江城。

——欧阳炯

又一体

双调，七十字。前后段各八句，五平韵。

＋－＋｜｜－－（韵）｜－－（韵）｜－－（韵）＋｜＋－、＋｜｜－－（韵）＋｜＋－－｜｜，－＋｜，｜－－（韵）
＋－＋｜｜－－（韵）｜－－（韵）｜－－（韵）＋｜＋－、＋｜｜－－（韵）＋｜＋－－｜｜，－＋｜，｜－－（韵）

老夫聊发少年狂，左牵黄，右擎苍。锦帽貂裘，千骑卷平冈。为报倾城随太守，亲射虎，看孙郎。

酒酣胸胆尚开张，鬓微霜，又何妨，持节云中，何日遣冯唐？会挽雕弓如满月，西北望，射天狼。

——苏 轼

伤春怨

见《能改斋漫录》，王安石梦中作。此调惟此一词。

双调，四十三字。前后段各四句，三仄韵。

丨丨——丨（韵）丨丨———丨（韵）丨丨丨——，丨丨———丨（韵）

丨———丨（韵）丨丨——丨（韵）丨丨丨——，丨丨丨、——丨（韵）

雨打江南树，一夜花开无数。绿叶渐成阴，下有游人归路。

与君相逢处，不道春将暮。把酒祝东风，且莫恁、匆匆去。

——王安石

后庭花

又名《玉树后庭花》。

双调，四十四字。前后段各四句，四仄韵。

＋—＋丨——丨（韵）丨——丨（韵）＋＋—＋—＋丨（韵）丨＋—丨（韵）

＋—＋丨——丨（韵）丨——丨（韵）＋＋—＋—＋丨（韵）丨＋—丨（韵）

轻盈舞妓含芳艳，竞妆新脸。步摇珠翠修蛾敛，腻鬟云染。

歌声慢发开檀点，绣衫斜掩。时将纤手匀红脸，笑拈金靥。

——毛熙震

好事近

又名《钓船笛》。

双调，四十五字。前后段各四句，两仄韵。

此词又有前后段第三句亦押韵之体，如陆游词。

＋｜｜——（句）＋｜＋——｜（韵）＋｜＋—＋｜（句）｜＋—＋｜（韵）

＋—＋｜＋—＋（句）＋＋＋—｜（韵）＋｜＋—＋｜（句）｜＋—＋｜（韵）

睡起玉屏风，吹去乱红犹落。天气骤生轻暖，衬沈香帷箔。

珠帘约住海棠风，愁拖两眉角。昨夜一庭明月，冷秋千红索。

——宋　祁

客路苦思归，愁似茧丝千绪。梦里镜湖烟雨，看山无重数。

尊前消尽少年狂，慵著送春语。花落燕飞庭户，叹年光如许。

——陆　游

西地锦

双调，四十六字。前后段各五句，三仄韵。

另有后段最后三句改为两句（一七言一五言）者，如周紫芝“雨细欲收还滴”词。

＋｜＋—＋｜（韵）｜＋—＋｜（韵）——｜｜，——｜｜，＋——｜（韵）

＋｜＋—＋｜（韵）＋＋——｜（韵）＋—｜｜，——｜｜，———｜（韵）

寂寞悲秋怀抱。掩重门悄悄。清风皓月，朱阑画阁，双鸳池沼。

不忍今宵重到。惹离愁多少。蓬山路杳，蓝桥信阻，黄花空老。

——蔡　伸

雨细欲收还滴。满一庭秋色。阑干独倚，无人共说，这些愁寂。

手把玉郎书迹。怎不教人忆。看看又是黄昏也，敛眉峰轻碧。

——周紫芝

西江月

见词的用韵一节。

阮郎归

见词的用韵一节。

齐天乐

又名《台城路》、《五福降中天》、《如此江山》等。

双调，一百二字。前段十句，五仄韵；后段十一句，五仄韵。

另有前段起句用韵、后段起句用韵、前后段起句俱用韵者，不一一列举。

＋－＋｜－－｜，－＋｜－＋｜（韵）＋｜－－，＋－＋｜，＋｜＋－＋｜（韵）＋－＋｜（韵）｜＋｜－－，＋－－｜（韵）＋｜－－，＋－＋｜｜－｜（韵）

＋－＋｜＋｜，｜－－｜｜，＋＋－｜（韵）＋｜－－，＋－＋｜，＋｜－－＋｜（韵）＋－＋｜（韵）｜＋｜－－，｜－－｜（韵）＋｜－－，｜－－｜｜（韵）

绿芜凋尽台城路，殊乡又逢秋晚。暮雨生寒，鸣蛩劝织，深阁时闻裁剪。云窗静掩。叹重拂罗茵，顿疏花簟。尚有练囊，露萤清夜照书卷。

荆江留滞最久，故人相望处，离思何限？渭水西风，长安乱叶，空忆诗情宛转。凭高眺远。正玉液新篘，蟹螯初荐。醉倒山翁，但愁斜照敛。

——周邦彦

曲玉管

见词的用韵一节。

诉衷情

又名《桃花水》。双调亦称《诉衷情令》，又名《渔父家风》、《一丝风》。

单调，三十三字。十一句，五仄韵，六平韵。

—｜（韵）—｜（韵）—｜｜（韵）｜——（平韵）—｜｜（换仄韵）—｜（韵）｜——（归平韵）＋｜｜——（韵）——（韵）———｜—（韵）｜——（韵）

莺语，花舞，春昼午，雨霏微。金带枕，宫锦，凤凰帷。柳弱燕交飞，依依。辽阳音信稀，梦中归。

——温庭筠

又一体

双调，四十四字。前段四句，三平韵；后段六句，三平韵。

＋—＋｜｜——（韵）＋＋＋＋—（韵）＋——｜—｜，＋｜｜——（韵）

—｜｜，｜——（韵）｜——（韵）＋—＋｜，＋｜——，＋｜——（韵）

青梅煮酒斗时新。天气欲残春。东城南陌花下，逢著意中人。

回绣袂，展香茵。叙情亲。此情拼作，千尺游丝，惹住朝云。

——晏　殊

又一体

双调，四十五字。前段四句，三平韵；后段六句，三平韵。

+—+｜｜——（韵）+｜｜——（韵）+—+｜—｜，+｜｜、｜——（韵）

—｜｜，｜——（韵）｜——（韵）｜——｜，+｜——，+｜——（韵）

清晨帘幕卷轻霜，呵手试梅妆。都缘自有离恨，故画作、远山长。

思往事，惜流芳，易成伤。拟歌先敛，欲笑还颦，最断人肠！

——欧阳修

诉衷情近

双调，七十五字。前段七句，三仄韵；后段九句，六仄韵。

｜—｜｜，｜｜——｜｜（韵）——+｜——，—｜｜—｜｜（韵）—｜｜——｜，+｜——，｜｜——｜（韵）

——｜（韵）｜｜——｜｜（韵）｜——｜，｜｜——｜（韵）——｜（韵）｜—｜｜，——｜｜，｜——｜（韵）｜｜——｜（韵）

雨晴气爽，伫立江楼望处。澄明远水生光，重叠暮山耸翠。遥认断桥幽径，隐隐渔村，向晚孤烟起。

残阳里。脉脉朱阑静倚。黯然情绪，未饮先如醉。愁无际。暮云过了，秋光老尽，故人千里。竟日空凝睇。

——柳　永

花非花

单调，二十六字。六句，三仄韵。

———，｜—｜（韵）｜｜—，——｜（韵）———｜｜——，｜｜———｜｜（韵）

花非花，雾非雾。夜半来，天明去。来如春梦不多时，去似朝云无觅处。

——白居易

巫山一段云

双调，四十四字。前后段各四句，三平韵。

+｜——｜（句）——+｜—（韵）+—+｜｜——（韵）+｜｜——（韵）

+｜——｜（句）——+｜—（韵）+—+｜｜——（韵）+｜｜——（韵）

雨霁巫山上，云轻映碧天。远风吹散又相连，十二晚峰前。
暗湿啼猿树，高笼过客船。朝朝暮暮楚江边，几度降神仙。

——毛文锡

又一体

双调，四十六字。前段四句，三平韵；后段四句，两仄韵，两平韵。

+｜——｜（句）——+｜—（韵）+——｜｜——（韵）++++—（韵）

+｜+—+｜（换仄韵）+｜+—+｜（韵）+—+｜｜——（换平韵）+—｜+—（韵）

蝶舞梨园雪，莺啼柳带烟。小池残日艳阳天。苎萝山又山。
青鸟不来愁绝。忍看鸳鸯双结。春风一等少年心。闲情恨不禁。

——李　晔

杏园芳

双调，四十五字。前段四句，四平韵；后段四句，三平韵。

——｜｜——（韵）——｜｜——（韵）——｜｜｜——（韵）｜——（韵）

——｜｜——｜，——｜｜——（韵）———｜｜——（韵）｜——（韵）

严妆嫩脸花明，教人见了关情。含羞举步越罗轻，称娉婷。

终朝咫尺窥香阁，迢遥似隔层城。何时休遣梦相萦，入云屏。

——尹　鹗

更漏子

见词的用韵一节。

苏幕遮

又名《鬓云松令》。

双调，六十二字。前后段各七句，四仄韵。

｜——，—｜｜（韵）＋｜——，＋｜——｜（韵）＋｜＋——｜｜（韵）＋｜——，＋｜——｜（韵）

｜——，—｜｜（韵）＋｜——，＋｜——｜（韵）＋｜＋——｜｜（韵）＋｜——，＋｜——｜（韵）

碧云天，黄叶地。秋色连波，波上寒烟翠。山映斜阳天接水。芳草无情，更在斜阳外。

黯乡魂，追旅思。夜夜除非，好梦留人睡。明月楼高休独倚。酒入愁肠，化作相思泪。

——范仲淹

声声慢

又名《胜胜慢》、《人在楼上》、《凤求凰》。

双调，九十七字。前段九句，五仄韵；后段八句，五仄韵。

——｜｜（韵）｜｜——，——｜｜｜｜（韵）｜｜———｜，｜——｜（韵）——｜｜｜｜，｜｜—、｜——｜（韵）｜｜｜，｜——、｜｜｜——｜（韵）

｜｜———｜（韵）—｜｜、——｜——｜（韵）｜｜——，｜｜｜—｜｜（韵）——｜—｜｜，｜——、｜｜｜｜（韵）｜｜｜，｜｜｜、—｜｜｜（韵）

寻寻觅觅，冷冷清清，凄凄惨惨戚戚。乍暖还寒时候，最难将息。三杯两盏淡酒，怎敌他、晚来风急。雁过也，最伤心、却是旧时相识。

满地黄花堆积。憔悴损、如今有谁堪摘？守着窗儿，独自怎生得黑？梧桐更兼细雨，到黄昏、点点滴滴。这次第，怎一个、愁字了得。

——李清照

沁园春

见词的用韵一节。

定西番

见词的用韵一节。

定风波

见词的用韵一节。

河满子

又名《何满子》。

单调，三十六字。六句，三平韵。

又有第三句多一字为七字句，共三十七字者，如孙光宪《冠剑不随君去》词。

＋｜＋－＋｜，＋－＋｜－－（韵）＋｜＋－－｜，＋－－｜－－（韵）＋｜＋－＋｜，＋－＋｜－－（韵）

写得鱼笺无限，其如花锁春晖。目断巫山云雨，空教残梦依依。却爱熏香小鸭，羡他长在屏帏。

——和　凝

冠剑不随君去，江河还共恩深。歌袖半遮眉黛惨，泪珠旋滴衣襟。惆怅云愁雨怨，断魂何处相寻。

——孙光宪

又一体

双调，七十四字。前后段各六句，三平韵。前后段均与前格三十七字者同。

怅望浮生急景，凄凉宝瑟余音。楚客多情偏怨别，碧山远水登临。目送连天衰草，夜阑几处疏砧。

黄叶无风自落，秋云不雨常阴。天若有情天亦老，摇摇幽恨难禁。惆怅旧欢如梦，觉来无处追寻。

——孙　洙

采桑子

又名《丑奴儿》。

双调，四十四字。前后段同，各四句，三平韵。

＋－＋｜－－｜，＋｜－－（韵）＋｜－－（韵）＋｜－－＋｜－（韵）

＋－＋｜－－｜，＋｜－－（韵）＋｜－－（韵）＋｜－－

＋｜—（韵）

群芳过后西湖好，狼藉残红。飞絮濛濛，垂柳阑干尽日风。

笙歌散尽游人去，始觉春空。垂下帘栊，双燕归来细雨中。

——欧阳修

画堂春

双调，四十七字。前段四句，四平韵；后段四句，三平韵。

另有前后段结句各添一字成五字句者，如黄庭坚“摩围小隐枕蛮江”词。

＋—＋｜｜——（韵）＋—＋｜——（韵）｜——｜｜——（韵）＋｜——（韵）＋｜＋—＋｜，＋—＋｜——（韵）＋—＋｜｜——（韵）＋｜——（韵）

落红铺径水平池，弄晴小雨霏霏。杏园憔悴杜鹃啼，无奈春归！

柳外画楼独上，凭阑手捻花枝。放花无语对斜晖，此恨谁知？

——秦　观

摩围小隐枕蛮江，蛛丝闲锁晴窗。水风山影上修廊，不到晚来凉。

相伴蝶穿花迳，独飞鸥舞溪光。不因送客下绳床，添火炷炉香。

——黄庭坚

武陵春

又名《武林春》。

双调，四十八字。前后段各四句，三平韵。

又有后段末句添一字为六字句者，如李清照“风住尘香花已尽”词之“载不动、许多愁”句。

＋｜＋——｜｜，＋｜｜——（韵）＋｜——｜｜—（韵）＋｜｜——（韵）

＋＋＋＋＋＋｜，＋｜｜——（韵）＋｜——｜｜—（韵）＋｜｜——（韵）

风过冰檐环佩响，宿雾在华茵。剩落瑶花衬月明，嫌怕有纤尘。

凤口衔灯金炫转，人醉觉寒轻。但得清光解照人，不负五更春。

——毛　滂

风住尘香花已尽，日晚倦梳头。物是人非事事休，欲语泪先流。

闻说双溪春尚好，也拟泛轻舟。只恐双溪舴艋舟，载不动、许多愁。

——李清照

钗头凤

双调，六十字。前后段各十句，七仄韵，两叠韵。

——｜（首仄韵）——｜（韵）｜——｜——｜（韵）——｜（换二仄韵）——｜（韵）＋——｜，｜——｜（韵）｜（韵）｜（叠）｜（叠）

——｜（押首仄韵）——｜（韵）｜——｜——｜（韵）——｜（押仄韵二）——｜（韵）＋——｜，｜——｜（韵）｜（韵）｜（叠）｜（叠）

红酥手，黄藤酒。满城春色宫墙柳。东风恶，欢情薄。一怀愁绪，几年离索。错，错，错。

春如旧，人空瘦。泪痕红浥鲛绡透。桃花落，闲池阁。山盟虽在，锦书难托。莫，莫，莫。

——陆　游

又一体

双调，六十字。前后段各十句，三仄韵，四平韵，两叠韵。

｜－｜（仄韵）－－｜（韵）｜｜－－－｜｜（韵）｜－－（换平韵）｜－－（韵）｜－－｜，｜｜－－（韵）－（韵）－（叠）－（叠）

－－｜（归仄韵）－－｜（韵）｜－－｜－－｜（韵）｜－－（归平韵）｜－－（韵）｜－－｜，｜｜－－（韵）－（韵）－（叠）－（叠）

世情薄，人情恶，雨送黄昏花易落。晓风干，泪痕残，欲笺心事，独语斜栏。难，难，难。

——唐　琬

青玉案

又名《西湖路》。

双调，六十七字。前后段各六句，五仄韵。

另有前后段第五句不押韵者，如辛弃疾《元夕》词。

＋－＋｜－－｜（韵）｜＋｜、－－｜（韵）＋｜＋－－｜｜（韵）＋－＋｜，＋－＋｜（韵）＋｜－－｜（韵）

＋－＋｜－－｜（韵）＋｜－－｜－｜（韵）＋｜＋－－｜｜（韵）＋－＋｜，＋－＋｜（韵）＋｜－－｜（韵）

凌波不过横塘路，但目送、芳尘去。锦瑟华年谁与度？月桥花院，琐窗朱户，只有春知处。

飞云冉冉蘅皋暮，彩笔新题断肠句。若问闲情都几许？一川烟草，满城风絮，梅子黄时雨。

——贺　铸

东风夜放花千树，更吹落、星如雨。宝马雕车香满路。凤箫声动，玉壶光转，一夜鱼龙舞。

蛾儿雪柳黄金缕，笑语盈盈暗香去。众里寻他千百度，蓦然回首，那人却在，灯火阑珊处。

——辛弃疾

念奴娇

又名《大江东去》、《酹江月》、《千秋岁》、《杏花天》、《百字令》等。

双调，一百字。前后段各十句，四仄韵。

＋－＋｜，｜＋－＋｜，＋＋－｜（韵）＋｜＋－－｜｜，＋｜＋－－｜（韵）＋｜－－，＋－＋｜，＋｜－－｜（韵）＋－－｜，｜－－｜＋｜（韵）

＋｜＋｜－－，＋－＋｜，＋＋－－｜（韵）＋｜＋－－｜｜，＋｜＋－－｜（韵）＋｜－－，＋－＋｜，＋｜－－｜（韵）＋－－｜，＋－－｜－｜（韵）

凭空眺远，见长空万里，云无留迹。桂魄飞来光射处，冷浸一天秋碧。玉宇琼楼，乘鸾来去，人在清凉国。江山如画，望中烟树历历。

我醉拍手狂歌，举杯邀月，对影成三客。起舞徘徊风露下，今夕不知何夕。便欲乘风，翻然归去，何用骑鹏翼。水晶宫里，一声吹断横笛。

——苏　轼

又一体

双调，一百字。前段九句，四仄韵；后段十句，四仄韵。

＋－＋｜，｜＋－、＋｜＋＋－｜（韵）＋｜＋－，－｜｜、＋｜＋－＋｜（韵）＋｜－－，＋－＋｜，＋｜－－｜

（韵）+——｜，｜——｜+｜（韵）

+｜+｜——，+—+｜+，+——｜（韵）+｜+—，—｜｜、+｜+——｜（韵）+｜——，+—+｜+，｜——｜（韵）+——｜，+——｜—｜（韵）

大江东去，浪淘尽、千古风流人物。故垒西边，人道是、三国周郎赤壁。乱石穿空，惊涛拍岸，卷起千堆雪。江山如画，一时多少豪杰。

遥想公瑾当年，小乔初嫁了，雄姿英发。羽扇纶巾，谈笑处、樯橹灰飞烟灭。故国神游，多情应笑我，早生华发。人间如梦，一尊还酹江月。

——苏　轼

又一体（平韵）

双调，一百字。前后段各十句，四平韵。

+—+｜，｜———｜，++——（韵）+｜———｜｜，++—｜——（韵）+｜——，+—+｜，+｜｜——（韵）+—+｜，+++｜——（韵）

—++｜——，——+｜，++｜——（韵）+｜———｜｜，+｜—｜——（韵）+｜——，+—+｜，+｜｜——（韵）+——｜，｜—+｜——（韵）

汉江露冷，是谁将瑶瑟，弹向云中。一曲清泠声渐杳，月高人在珠宫。晕额黄轻，涂腮粉艳，罗带织青葱。天香吹散，佩环犹自丁东。

回首杜若汀洲，金钿玉镜，何日得相逢。独立飘飘烟浪远，罗袜羞溅春红。渺渺予怀，迢迢良夜，三十六陂风。九疑何处，断云飞度千峰。

——陈允平

雨霖铃

双调，一百三字。前段十句，五仄韵；后段九句，五仄韵。

——+｜（韵）｜——｜，｜｜—｜（韵）——+++｜，——｜｜，———｜（韵）｜｜——+｜，｜—+—｜（韵）｜｜+、—｜——，｜｜——｜—｜（韵）

+—｜｜——｜（韵）｜——、｜｜——｜（韵）——｜++｜，+｜｜、｜——｜（韵）｜｜——，—｜——，｜+—｜（韵）｜｜｜、+｜——，｜｜——｜（韵）

寒蝉凄切，对长亭晚，骤雨初歇。都门帐饮无绪，方留恋处，兰舟催发。执手相看泪眼，竟无语凝咽。念去去、千里烟波，暮霭沉沉楚天阔。

多情自古伤离别，更那堪、冷落清秋节。今宵酒醒何处？杨柳岸、晓风残月。此去经年，应是良辰，好景虚设。便纵有、千种风情，更与何人说？

——柳　永

南歌子

又名《春宵曲》、《水晶帘》、《碧窗梦》等。

单调，二十三字。五句，三平韵。

｜｜——｜，——｜｜—（韵）+｜｜——（韵）+——｜｜，｜——（韵）

手里金鹦鹉，胸前绣凤凰。偷眼暗形相。不如从嫁与，作鸳鸯。

——温庭筠

又一体

单调，二十六字。五句，三平韵。

｜｜——｜，——｜｜—（韵）+—+｜｜——（韵）+｜+——｜，｜——（韵）

又一体

又名《南柯子》、《望秦川》、《风蝶令》。

双调，五十二字。前后段各四句，三平韵。上下平首两句宜用对仗。

+｜——｜，——｜｜—（韵）+—+｜｜——（韵）+｜+—+｜、｜——（韵）

+｜——｜，——｜｜—（韵）+—+｜｜——（韵）+｜+—+｜、｜——（韵）

驿路侵斜月，溪桥度晓霜。短篱残菊一枝黄。正是乱山深处、过重阳。

旅枕元无梦，寒更每自长。只言江左好风光。不道中原归思、转凄凉。

——吕本中

南乡子

单调，二十七字。五句，两平韵，三仄韵。

又有第四句加一字者，如欧阳炯“路入南中”词。

｜｜——（韵）+—+｜｜——（韵）｜｜+——｜｜（换仄韵）—｜（韵）｜｜———｜｜（韵）

岸远沙平，日斜归路晚霞明。孔雀自怜金翠尾，临水，认得行人惊不起。

——欧阳炯

路入南中，桄榔叶暗蓼花红。两岸人家微雨后，收红豆。叶底纤纤抬素手。

——欧阳炯

又一体

单调，三十字。六句，两平韵，三仄韵。

—｜｜，｜——（韵）＋—＋｜｜——（韵）＋｜＋——｜｜（换仄韵）＋—｜（韵）＋｜＋——｜｜（韵）

归路近，扣舷歌，采真珠处水风多。曲岸小桥山月过，烟深锁，豆蔻花垂千万朵。

——李　珣

又一体

又名《好离乡》、《蕉叶怨》。

双调，五十六字。前后段各五句，四平韵。

＋｜｜——（韵）＋｜——｜｜—（韵）＋｜＋——｜｜，——（韵）＋｜——｜｜—（韵）

＋｜｜——（韵）＋｜——｜｜—（韵）＋｜＋——｜｜，——（韵）＋｜——｜｜—（韵）

细雨湿流光，芳草年年与恨长。回首凤楼无限事，茫茫，鸾镜鸳衾两断肠。

魂梦任悠扬，睡起杨花满绣床。薄倖不来门半掩，斜阳，负你残春泪几行。

——冯延巳

秋风清

又名《秋风引》。

单调，三十字。六句，四平韵。

———（韵）—｜—（韵）｜｜｜—｜，———｜—（韵）

———｜——｜，｜—｜｜———（韵）

秋风清，秋月明。落叶聚还散，寒鸦栖复惊。相思相见知何日，此时此夜难为情。

——李　白

又一体

又名《江南春》。

单调，三十字。六句，三平韵。

—｜｜，｜——（韵）———｜｜，—｜｜——（韵）———｜——｜，—｜———｜—（韵）

波渺渺，柳依依。孤村芳草远，斜日杏花飞。江南春尽离肠断，苹满汀洲人未归。

——寇　准

又一体（仄韵）

又名《新安路》。

单调，三十字。六句，四仄韵。

——｜（韵）——｜（韵）｜—｜｜—，—｜——｜（韵）—｜——｜｜—，｜——｜——｜（韵）

新安路，人来去。早潮复晚潮，明日知何处。潮水无情亦解归，自怜长在新安住。

——刘长卿《新安送陆澧归江阴》

秋蕊香

双调，四十八字。前后段各四句，四仄韵。

＋｜＋—＋｜（韵）＋｜＋——｜（韵）＋—＋｜＋—｜（韵）＋｜＋—＋｜（韵）

＋－＋｜－－｜（韵）＋－｜（韵）＋－＋｜＋－｜（韵）＋｜＋－＋｜（韵）

梅蕊雪残香瘦。罗幕轻寒微透。多情只似春杨柳。占断可怜时候。

萧娘劝我杯中酒。翻红袖。金乌玉兔长飞走。争得朱颜依旧。

——晏　殊

乳鸭池塘水暖。风紧柳花迎面。午妆粉指印窗眼。曲里长眉翠浅。

闻知社日停针线。探新燕。宝钗落枕梦魂远。帘影参差满院。

——周邦彦

相见欢

见词的用韵一节。

昭君怨

又名《宴西园》、《一痕沙》、《洛妃怨》等。

双调，四十字。前后段各四句，两仄韵，两平韵。

＋｜＋－＋｜（韵）＋｜＋－＋｜（韵）＋｜｜－－（换平韵）｜－－（韵）

＋｜＋－＋｜（韵）＋｜＋－＋｜（韵）＋｜｜－－（换平韵）｜－－（韵）

谁作桓伊三弄，惊破绿窗幽梦。新月与愁烟，满江天。

欲去又还不去，明日落花飞絮。飞絮送行舟，水东流。

——苏　轼

点绛唇

又名《点樱桃》、《十八香》、《南浦月》、《沙头雨》、《寻瑶草》等。

双调，四十一字。前段四句，三仄韵；后段五句，四仄韵。

＋｜——，＋—＋｜——｜（韵）｜——｜（韵）＋｜——｜（韵）

＋｜——，＋｜——｜（韵）—＋｜（韵）｜——｜（韵）＋｜——｜（韵）

蹴罢秋千，起来慵整纤纤手。露浓花瘦，薄汗轻衣透。

见有人来，袜铲金钗溜，和羞走。倚门回首，却把青梅嗅。

——李清照

柳含烟

双调，四十五字。前段五句，三平韵；后段四句，两仄韵，两平韵。

＋—｜，｜——（韵）＋｜＋—＋｜，＋—＋｜｜——（韵）｜——（韵）

｜｜＋——｜｜（换仄韵）＋｜＋—＋｜（韵）＋—＋｜｜——（归平韵）｜——（韵）

河桥柳，占芳春。映水含烟拂露，几回攀折赠行人，暗伤神。

乐府吹为横笛曲，能使离肠断续。不如移植在金门，近天恩。

——毛文锡

柳梢青

押平韵者又名《云淡秋空》、《雨洗元宵》、《玉水明沙》、《早春怨》。

押仄韵者又名《陇头月》。

平韵体

双调，四十九字。前段六句，三平韵；后段五句，三平韵。另有前段起句不用韵者，如刘镇《七夕》词“干鹊收声”句。

＋｜——（韵）＋—＋｜，＋｜——（韵）＋｜——，＋—＋｜，＋｜——（韵）

＋—＋｜——（韵）＋＋｜、——｜—（韵）＋｜——，＋—＋｜，＋｜——（韵）

岸草平沙。吴王故苑，柳袅烟斜。雨后寒轻，风前香软，春在梨花。

行人一棹天涯。酒醒处、残阳乱鸦。门外秋千，墙头红粉，深院谁家？

——仲　殊

干鹊收声，湿萤度影，庭院秋香。步月移阴，梳云约翠，人在回廊。

醺醺宿酒残妆。待付与、温柔醉乡。却扇藏娇，牵衣索笑，今夜差凉。

——刘　镇

仄韵体

双调，四十九字。前段六句，三仄韵；后段五句，两仄韵。另有前段起句不用韵者，如蔡伸词“联璧寻春”句。

＋——｜（韵）＋—＋｜，＋——｜（韵）＋｜——，＋—＋｜，＋——｜（韵）

＋—＋｜——，｜＋｜、＋—＋｜（韵）＋｜——，＋—＋｜，＋——｜（韵）

子规啼血。可怜又是，春归时节。满院东风，海棠铺绣，梨花飞雪。

丁香露泣残枝，算未比、愁肠寸结。自是休文，多情多感，不干风月。

——贺 铸

联璧寻春，踏青尚忆，年时携手。此际重来，可怜还是，年时时候。

阴阴柳下人家，人面桃花似旧。但愿年年，春风有信，人心长久。

——蔡 伸

临江仙

又名《谢新恩》、《雁后归》、《画屏春》、《庭院深深》等。

双调，五十八字。前后段各五句，三平韵。

另有此体后段换韵者，如冯延巳“冷红飘起桃花片”词。

＋｜＋——｜｜，＋—＋｜——（韵）＋—＋｜｜——（韵）＋—＋｜，＋｜｜——（韵）

＋｜＋——｜｜，＋—＋｜——（韵）＋—＋｜｜——（韵）＋—＋｜，＋｜｜——（韵）

柳外轻雷池上雨，雨声滴碎荷声。小楼西角断虹明，阑干倚处，待得月华生。

燕子飞来窥画栋，玉钩垂下帘旌。凉波不动簟纹平，水精双枕，傍有堕钗横。

——欧阳修

冷红飘起桃花片，青春意绪阑珊。高楼帘幕卷轻寒，酒余人散，独自倚阑干。

夕阳千里连芳草，风光愁杀王孙。徘徊飞尽碧天云，凤城何处，明月照黄昏。

——冯延巳

又一体

双调，六十字。前后段各五句，三平韵。

＋｜＋——｜｜，＋—＋｜——（韵）＋—＋｜｜——（韵）＋——｜｜，＋｜｜——（韵）

＋｜＋——｜｜，＋—＋｜——（韵）＋—＋｜｜——（韵）＋——｜｜，＋｜｜——（韵）

夜饮东坡醒复醉，归来仿佛三更。家童鼻息已雷鸣，敲门都不应，倚帐听江声。

长恨此身非我有，何时忘却营营。夜阑风静縠纹平，小舟从此逝，江海寄余生。

——苏　轼

又一体

双调，五十八字。前后段各五句，三平韵。

＋｜＋——｜，＋—＋｜——（韵）＋—＋｜｜——（韵）＋——｜｜，＋｜｜——（韵）

＋｜＋——｜，＋—＋｜——（韵）＋—＋｜｜——（韵）＋——｜｜，＋｜｜——（韵）

饮散离亭西去，浮生常恨飘蓬。回头烟柳渐重重。淡云孤雁远，寒日暮天红。

今夜画船何处？潮平淮月朦胧。酒醒人静奈愁浓。残灯孤枕梦，轻浪五更风。

——徐昌图

祝英台近

又名《宝钗分》、《月底修箫谱》、《燕莺语》、《寒食词》。

双调，七十七字。前段八句，四仄韵；后段八句，五仄韵。

另有前段第二句、后段第七句不押韵者（即前段三仄韵、后段四仄韵），如程垓“坠红轻”词。

｜——，—｜｜（韵）+｜｜—｜（韵）+｜——，+｜｜—｜（韵）+—+｜——，+—+｜，｜+｜、+——｜（韵）

｜—｜（韵）++—｜——，+—++｜（韵）+｜——，+｜｜—｜（韵）+—+｜——，+——｜（韵）｜+｜、+——｜（韵）

宝钗分，桃叶渡，烟柳暗南浦。怕上层楼，十日九风雨。断肠片片飞红，都无人管，倩谁唤、流莺声住？

鬓边觑。试把花卜归期，才簪又重数。罗帐灯昏，哽咽梦中语：是他春带愁来，春归何处？却不解、带将愁去。

——辛弃疾《晚春》

坠红轻，浓绿润，深院又春晚。睡起恹恹，无语小妆懒。可堪三月风光，五更魂梦，又都被、杜鹃催攒。

怎消遣。人道愁与春归，春归愁未断。闲倚银屏，羞怕泪痕满。断肠沉水重熏，瑶琴闲理，奈依旧、夜寒人远。

——程　垓

洞仙歌

又名《洞仙歌令》、《羽仙歌》、《洞中仙》等。

双调，八十三字。前段六句，三仄韵；后段九句，三仄韵。

+—+｜，｜+——｜（韵）+｜——｜—｜（韵）｜——、+｜—｜——，—+｜，—｜——+｜（韵）

+——｜｜，+｜——，+｜——｜—｜（韵）｜｜｜——，+｜——，—+｜、+—+｜（韵）｜｜｜、——｜——，｜｜｜——，｜——｜（韵）

冰肌玉骨，自清凉无汗。水殿风来暗香满。绣帘开、一点明月窥人，人未寝，攲枕钗横鬓乱。

起来携素手，庭户无声，时见疏星度河汉。试问夜如何？夜已三更，金波淡、玉绳低转。但屈指西风几时来，又不道流年，暗中偷换。

——苏　轼

剑器近

双调，九十六字。前段八句，八仄韵；后段十二句，七仄韵。

｜—｜（韵）｜｜｜、———｜（韵）｜—｜——｜（韵）｜—｜（韵）｜—｜（韵）｜｜｜、——｜｜（韵）——｜——｜（韵）｜—｜（韵）

—｜（韵）｜——｜｜（韵）——｜｜，｜｜｜，｜｜——｜（韵）———｜｜——，｜——｜—，｜——｜—｜（韵）｜——｜（韵）｜｜——，｜｜——｜｜（韵）｜—｜｜——｜（韵）

夜来雨，赖倩得、东风吹住。海棠正妖娆处，且留取。悄庭户，试细听、莺啼燕语，分明共人愁绪，怕春去。

佳树，翠阴初转午。重帘未卷，乍睡起，寂寞看风絮。偷弹清泪寄烟波，见江头故人，为言憔悴如许。彩笺无数，去却寒暄，到了浑无定据。断肠落日千山暮。

——袁去华

贺新郎

见词的用韵一节。

荷叶杯

单调，二十三字。六句，四仄韵，两平韵。

＋｜＋——｜（韵）—｜（韵）｜——（换平韵）｜——｜

｜—｜（换仄韵）—｜（韵）｜——（归平韵）

一点露珠凝冷，波影，满池塘。绿茎红艳两相乱，肠断，水风凉。

——温庭筠

捣练子

又名《深院月》。

单调，二十七字。五句，三平韵。

＋｜｜，｜——（韵）＋｜——＋｜—（韵）＋｜＋——｜｜，｜—＋｜｜——（韵）

深院静，小庭空，断续寒砧断续风。无奈夜长人不寐，数声和月到帘栊。

——李　煜

（此词一作冯延巳所作。）

又一体

双调，三十八字。前后段各五句，三平韵。

—｜｜，｜——（韵）＋—＋｜｜——（韵）｜——，＋｜—（韵）

—＋｜，｜——（韵）＋—｜｜｜——（韵）｜—＋，＋＋—（韵）

心自小，玉钗头。月娥飞下白苹洲。水中仙，月下游。

江汉佩，洞庭舟。香名薄幸寄青楼。问何如，打泊浮。

——李　石

酒泉子

双调，四十字。前段五句，两平韵，两仄韵；后段五句，三仄韵，一平韵。

＋｜＋－（平韵）＋｜＋－＋｜（换仄韵）＋＋－，－＋｜（韵）｜－－（归平韵）

＋－＋｜＋－｜（换仄韵）＋＋－＋｜（韵）＋＋－，＋＋｜（韵）｜－－（归平韵）

日映纱窗，金鸭小屏山碧。故乡春，烟霭隔，背兰釭。
宿妆惆怅倚高阁，千里云影薄。草初齐，花又落，燕双双。

——温庭筠

又一体

双调，四十一字。前后段各五句，两平韵，两仄韵。

－｜｜－（平韵）－｜｜－－｜（换仄韵）｜－－，－｜｜（韵）｜－－（归平韵）

｜－－｜｜－－（韵）－｜｜－－｜（换仄韵）｜－－，－｜｜（韵）｜－－（归平韵）

罗带惹香，犹系别时红豆。泪痕新，金缕旧，断离肠。
一双娇燕语雕梁，还是去年时节。绿阴浓，芳草歇，柳花狂。

——温庭筠

浣溪沙

又名《浣溪纱》、《减字浣溪沙》、《浣纱溪》、《小庭花》、《满院春》、《东风寒》、《广寒枝》等。

双调，四十二字。前段三句，三平韵；后段三句，两平韵。

＋｜＋－＋｜－（韵）＋－＋｜｜－－（韵）＋－＋｜｜－－（韵）

＋｜＋－－｜｜，＋－＋｜｜－－（韵）＋－＋｜｜－－（韵）

一曲新词酒一杯，去年天气旧亭台，夕阳西下几时回？
无可奈何花落去，似曾相识燕归来，小园香径独徘徊。

——晏　殊

珠帘卷

双调，四十七字。前段五句，三平韵；后段五句，两平韵。

——｜，｜——（韵）——｜｜——（韵）—｜———｜，———｜—（韵）

—｜｜——｜，——｜｜——（韵）—｜｜——｜，—｜｜，｜——（韵）

珠帘卷。暮云愁。垂杨暗锁青楼。烟雨濛濛如画。轻风吹旋收。

香断锦屏新别。人间玉簟初秋。多少旧欢新恨。书杳杳。梦悠悠。

——欧阳修

海棠春

双调，四十八字。前后段各四句，三仄韵。

＋—＋｜——｜（韵）＋＋｜、＋—＋｜（韵）＋｜｜——，＋｜——｜（韵）

＋—＋｜——｜（韵）｜＋｜、——｜｜（韵）｜｜｜——，｜｜——｜（韵）

流莺窗外啼声巧。睡未足、把人惊觉。翠被晓寒轻，宝篆沉烟袅。

宿酲未解宫娥报。道别院、笙歌宴早。试问海棠花，昨夜开多少。

——秦　观

烛影摇红

又名《忆故人》、《归去曲》等。

双调，五十字。前段五句，两仄韵；后段五句，三仄韵。

｜｜——，｜｜—，｜｜—、——｜（韵）———｜｜——，—｜——｜（韵）

—｜——｜｜（韵）｜——、——｜｜（韵）｜——｜，｜｜——，———｜（韵）

烛影摇红，向夜阑，乍酒醒、心情懒。尊前谁为唱阳关，离恨天涯远。

无奈云沉雨散。凭阑干、东风泪眼。海棠开后，燕子来时，黄昏庭院。

——王　诜

又一体

双调，九十六字。前后段各九句，五仄韵。

＋｜——，｜—＋｜——｜（韵）＋—＋｜｜——，＋｜——｜（韵）＋｜＋—｜｜（韵）｜——、——｜｜（韵）｜——｜，＋｜——，——｜｜（韵）

＋｜——，｜—＋｜——｜（韵）＋——｜｜——，＋｜——｜（韵）＋｜＋—｜｜（韵）｜——、——｜｜（韵）｜——｜，＋｜——，———｜（韵）

香脸轻匀，黛眉巧画宫妆浅。风流天付与精神，全在娇波转。早是萦心可惯。向尊前、频频顾眄。几回想见，见了还休，争如不见。

烛影摇红，夜阑饮散春宵短。当时谁会唱阳关，离恨天涯远。争奈云收雨散。凭阑干、东风泪眼。海棠开后，燕子来时，黄昏庭院。

——周邦彦

浪淘沙

即《浪淘沙令》。又名《卖花声》、《过龙门》等。

《浪淘沙》有七言绝句体，此处不录。

双调，五十四字。前后段各五句，四平韵。

＋｜｜——（韵）＋｜——（韵）＋—＋｜｜——（韵）＋｜＋——｜｜，＋｜——（韵）

＋｜｜——（韵）＋｜——（韵）＋—＋｜｜——（韵）＋｜＋——｜｜，＋｜——（韵）

帘外雨潺潺，春意阑珊，罗衾不耐五更寒。梦里不知身是客，一晌贪欢。

独自莫凭栏，无限江山，别时容易见时难。流水落花春去也，天上人间。

——李　煜

唐多令

又名《糖多令》、《南楼令》、《箜篌曲》。

双调，六十字。前后段各五句，四平韵。

＋｜｜——（韵）＋—＋｜—（韵）｜＋—、＋｜——（韵）＋｜＋——｜｜，＋＋｜、｜——（韵）

＋｜｜——（韵）＋—＋｜—（韵）｜＋—、＋｜——（韵）＋｜＋——｜｜，＋＋｜、｜——（韵）

雨过水明霞，潮回岸带沙。叶声寒、飞透窗纱。堪恨西风吹世换，更吹我、落天涯。

寂寞古豪华，乌衣日又斜。说兴亡、燕入谁家？惟有南来无数雁，和明月、宿芦花。

——邓 剡

破阵子

又名《十拍子》。

双调，六十二字。前后段各五句，三平韵。

＋｜＋－＋｜，＋－＋｜－－（韵）＋｜＋－－｜｜，＋｜－－＋｜－（韵）＋－＋｜－（韵）

＋｜＋－＋｜，＋－＋｜－－（韵）＋｜＋－－｜｜，＋｜－－＋｜－（韵）＋－＋｜－（韵）

燕子来时新社，梨花落后清明。池上碧苔三四点，叶底黄鹂一两声，日长飞絮轻。

巧笑东邻女伴，采桑径里逢迎。疑怪昨宵春梦好，元是今朝斗草赢，笑从双脸生。

——晏 殊

渔歌子

又名《渔父》、《渔父乐》。

单调，二十七字。五句，四平韵。

＋｜－－｜｜－（韵）＋－＋｜｜－－（韵）－｜｜，｜－－（韵）＋－＋｜｜－－（韵）

西塞山前白鹭飞，桃花流水鳜鱼肥。青箬笠，绿蓑衣，斜风细雨不须归。

——张志和

渔家傲

双调，六十二字。前后段各五句，五仄韵。

＋｜＋——｜｜（韵）＋—＋｜——｜（韵）＋｜＋——｜｜（韵）—＋｜（韵）＋—＋｜——｜（韵）

＋｜＋——｜｜（韵）＋—＋｜——｜（韵）＋｜＋——｜｜（韵）—＋｜（韵）＋—＋｜——｜（韵）

画鼓声中昏又晓。时光只解催人老。求得浅欢风日好。齐揭调。神仙一曲渔家傲。

绿水悠悠天杳杳。浮生岂得长年少。莫惜醉来开口笑。须信道。人间万事何时了。

——晏　殊

减字木兰花

又名《木兰香》。

双调，四十四字。前后段各四句，两仄韵，两平韵。

＋—＋｜（韵）＋｜＋——｜｜（韵）＋｜——（换平韵）＋｜——＋｜—（韵）

＋—＋｜（另换仄韵）＋｜＋——｜｜（韵）＋｜——（另换平韵）＋｜——＋｜—（韵）

天涯旧恨，独自凄凉人不问。欲见回肠，断尽金炉小篆香。

黛蛾长敛，任是春风吹不展。困倚危楼，过尽飞鸿字字愁。

——秦　观

菩萨蛮

见词的用韵一节。

谒金门

又名《空相忆》、《花自落》、《垂杨碧》、《杨花落》、《山塞》、《东风吹酒面》、《不怕醉》、《醉花春》、《春早湖山》等。

双调，四十五字。前后段各四句，四仄韵。

—＋｜（韵）＋｜＋——｜（韵）＋｜＋——｜｜（韵）＋——｜｜（韵）

＋｜＋—＋｜（韵）＋｜＋—＋｜（韵）＋｜＋——｜｜（韵）＋——｜｜（韵）

空相忆，无计得传消息。天上嫦娥人不识，寄书何处觅。

新睡觉来无力，不忍看伊书迹。满院落花春寂寂，断肠芳草碧。

——韦　庄

清平乐

见词的用韵一节。

眼儿媚

又名《小阑干》、《东风寒》、《秋波媚》。

双调，四十八字。前段五句，三平韵；后段五句，两平韵。

另有前段首句平仄用“＋—＋｜｜——”者，如贺铸词“萧萧江上荻花秋”句。

—｜——｜——（韵）＋｜｜——（韵）＋—＋｜，＋—＋｜，＋｜——（韵）＋—＋｜——｜，＋｜｜——（韵）＋—＋｜，＋—＋｜，＋｜——（韵）

杨柳丝丝弄轻柔，烟缕织成愁。海棠未雨，梨花先雪，一半春休。

而今往事难重省，归梦绕秦楼。相思只在，丁香枝上，豆蔻梢头。

——王　雱

萧萧江上荻花秋，做弄许多愁。半竿落日，两行新雁，一叶扁舟。

惜分长怕君先去，直待醉时休。今宵眼底，明朝心上，后日眉头。

——贺　铸

望江怨

单调，三十五字。七句，六仄韵。

——|（韵）||——|—|（韵）———||（韵）|——|——|（韵）|—|（韵）|||——，|——||（韵）

东风急，惜别花时手频执。罗帏愁独入。马嘶残雨春芜湿。倚门立，寄语薄情郎，粉香和泪泣。

——牛　峤

望梅花

又名《望梅花令》。

双调，三十八字。前段三句，两平韵。后段三句，三平韵。

|——||——（韵）|||、———|，||———|—（韵）

—||——（韵）—|——||—（韵）—||——（韵）

数枝开与短墙平，见雪萼、红跗相映。引起离人边塞情。

帘外欲三更，吹断离愁月正明。空听隔江声。

——孙光宪

望仙门

双调，四十六字。前段四句，四平韵；后段五句，三平韵，一叠韵。此词后段第四句三字，例用叠句。

|——||——（韵）|——（韵）+—+||——（韵）|——（韵）

＋｜——｜，——｜｜——（韵）｜——｜｜——（韵）｜——（韵）—｜｜——（韵）

玉池波浪碧如鳞。露莲新。清歌一曲翠眉颦。舞华茵。

满酌兰英酒，须知献寿千春。太平无事荷君恩。荷君恩。齐唱望仙门。

——晏　殊

望江东

双调，五十二字。前后段各四句，四仄韵。

—｜——｜—｜（韵）｜｜｜、——｜（韵）——｜｜｜—｜（韵）｜｜｜、——｜（韵）

——｜｜——｜（韵）｜｜｜、——｜（韵）｜——｜｜—｜（韵）｜—｜、——｜（韵）

江水西头隔烟树。望不见、江东路。思量只有梦来去。更不怕、江阑住。

灯前写了书无数。算没个、人传与。直饶寻得雁分付。又还是、秋将暮。

——黄庭坚

望海潮

双调，一百七字。前段十一句，五平韵；后段十一句，六平韵。

＋——｜，——＋｜，＋—＋｜——（韵）—｜｜—，——｜｜，＋—＋｜——（韵）＋｜｜——（韵）｜＋＋＋｜，＋｜——（韵）＋｜——，＋＋＋｜｜——（韵）

＋—＋｜——（韵）｜＋—｜｜，＋｜——（韵）—｜｜—，——｜｜，＋—＋｜——（韵）＋｜｜——（韵＋＋—＋

｜，＋｜——（韵）＋｜——＋｜，＋｜｜——（韵）

东南形胜，三吴都会，钱塘自古繁华。烟柳画桥，风帘翠幕，参差十万人家。云树绕堤沙。怒涛卷霜雪，天堑无涯。市列珠玑，户盈罗绮竞豪奢。

重湖叠巘清嘉。有三秋桂子，十里荷花。羌管弄晴，菱歌泛夜，嬉嬉钓叟莲娃。千骑拥高牙。乘醉听萧鼓，吟赏烟霞。异日图将好景，归去凤池夸。

——柳　永

黄莺儿

双调，九十六字。前段十句，四仄韵；后段十句，五仄韵。

＋——｜——｜（韵）＋｜——，—｜——，＋＋——，＋＋—｜（韵）—｜｜｜——，｜｜——｜（韵）｜——｜——，｜｜——，—｜—｜（韵）

—｜（韵）｜｜｜——，｜｜——｜（韵）｜——＋，｜｜——，——＋＋—｜（韵）—｜｜｜——，｜｜——｜（韵）｜＋＋｜——，＋｜——｜（韵）

园林晴昼春谁主。暖律潜催，幽谷暄和，黄鹂翩翩，乍迁芳树。观露湿缕金衣，叶映如簧语。晓来枝上绵蛮，似把芳心，深意低诉。

无据。乍出暖烟来，又趁游蜂去。恣狂踪迹，两两相呼，终朝雾吟风舞。当上苑柳秾时，别馆花深处，此际海燕偏饶，都把韶光与。

——柳　永

朝中措

又名《照江梅》、《芙蓉曲》、《梅月圆》。

双调，四十八字。前段四句，三平韵；后段五句，两平韵。

又有后段一二三句十二字合为七字、五字两句者，如辛弃疾“年年金蕊艳西风”词。

＋－＋｜｜－－（韵）＋｜｜－－（韵）＋｜＋－＋｜，＋－＋｜－－（韵）

＋－＋｜，＋－＋｜，＋｜－－（韵）＋｜＋－＋｜，＋－＋｜－－（韵）

平山阑槛倚晴空，山色有无中。手种堂前垂柳，别来几度春风。

文章太守，挥毫万字，一饮千钟。行乐直须年少，尊前看取衰翁。

——欧阳修

年年金蕊艳西风。人与菊花同。霜鬓经春重绿，仙姿不饮长虹。

焚香度日尽从容。笑语调儿童。一岁一杯为寿，从今更数千钟。

——辛弃疾

喝火令

双调，六十五字。前段五句，三平韵；后段七句，四平韵。

｜｜－－｜，－－｜｜－（韵）｜－－｜｜－－（韵）－｜｜－－｜，－｜｜－－（韵）

｜｜－－｜，－－｜｜－（韵）｜－－｜｜－－（韵）｜｜－－，｜｜｜－－（韵）｜｜｜－－｜，｜｜｜－－（韵）

见晚情如旧，交疏分已深。舞时歌处动人心。烟水数年魂梦，无处可追寻。

昨夜灯前见，重题汉上襟。便愁云雨又难禁。晓也星稀，晓也月西沉。晓也雁行低度，不会寄芳音。

——黄庭坚

感恩多

双调，三十九字。前段四句，两仄韵，两平韵。后段五句，两平韵，一叠韵。此词后段第三句必用叠句。

又有后段换头为七字句者。如牛峤“自从南浦别”词。

｜——｜｜（仄韵）—｜——｜（韵）｜——｜—（换平韵）｜——（韵）

｜｜——｜｜，｜——（韵）｜——（叠）｜｜——，｜——｜—（韵）

两条红粉泪，多少香闺意。强攀桃李枝，敛愁眉。

陌上莺啼蝶舞，柳花飞。柳花飞，愿得郎心，忆家还早归。

——牛　峤

自从南浦别，愁见丁香结。近来情转深，忆鸳衾。

几度将书托烟雁，泪盈襟。泪盈襟，礼月求天，愿君知我心。

——牛　峤

虞美人

又名《玉壶冰》、《忆柳曲》、《一江春水》等。

双调，五十六字。前后段各四句，两仄韵，两平韵。

＋—＋｜——｜（仄韵）＋｜——｜（韵）＋—＋｜｜——（换平韵）＋｜＋——｜｜——（韵）

＋—＋｜——｜（另换仄韵）＋｜——｜（韵）＋—＋｜｜——（另换平韵）＋｜＋——｜｜——（韵）

春花秋月何时了，往事知多少。小楼昨夜又东风，故国不堪回首月明中。

雕栏玉砌应犹在，只是朱颜改。问君能有几多愁，恰似一江春水向东流。

——李　煜

又一体

双调，五十八字。前后段各五句，两仄韵，三平韵。

＋－＋｜－－｜（仄韵）＋｜－－｜（韵）＋－＋｜｜－－（换平韵）＋－＋｜｜－－（韵）｜－－（韵）

＋－＋｜－－｜（另换仄韵）＋｜－－｜（韵）＋－＋｜｜－－（另换平韵）＋－＋｜｜－－（韵）｜－－（韵）

宝檀金缕鸳鸯枕，绶带盘官锦。夕阳低映小窗明，南园绿树语莺莺，梦难成。

玉炉香暖频添炷，满地飘轻絮。珠帘不卷度沉烟，庭前闲立画秋千，艳阳天。

——毛文锡

鹊桥仙

又名《鹊桥仙令》、《忆人人》、《金风玉露相逢曲》、《广寒秋》等。

双调，五十六字。前后段各五句，两仄韵。

另有前后段第一、二句俱押韵者，如辛弃疾“溪边白鹭”词。

＋－＋｜，＋－＋｜，＋｜＋－＋｜（韵）＋－＋｜｜－－，｜＋｜、－－＋｜（韵）

＋－＋｜，＋－＋｜，＋｜＋－＋｜（韵）＋－＋｜｜－－，｜＋｜、－－＋｜（韵）

纤云弄巧，飞星传恨，银汉迢迢暗度。金风玉露一相逢，便胜却、人间无数。

柔情似水，佳期如梦，忍顾鹊桥归路。两情若是久长时，又岂在、朝朝暮暮？

——秦　观

溪边白鹭。来吾告汝。溪里鱼儿堪数。主人怜汝汝怜鱼，要物我、欣然一处。

白沙远浦。青泥别渚。剩有虾跳鳅舞。任君飞去饱时来，看头上、风吹一缕。

——辛弃疾

满江红

双调，九十三字。前段八句，四仄韵；后段十句，五仄韵。

＋｜——，＋＋｜、＋—＋｜（韵）＋＋＋、＋—＋｜，＋——｜（韵）＋—＋——｜｜，＋—＋｜——｜（韵）｜＋＋、＋｜｜——，——｜（韵）

—＋｜，—＋｜（韵）—＋｜，——｜（韵）＋—＋＋｜，＋＋—｜（韵）＋｜＋——｜｜，＋—＋｜——｜（韵）＋＋＋、＋｜｜——，——｜（韵）

暮雨初收，长川静、征帆夜落。临岛屿、蓼烟疏淡，苇风萧索。几许渔人飞短艇，尽载灯火归村落。遣行客、当此念回程，伤漂泊。

桐江好，烟漠漠。波似染，山如削。绕严陵滩畔，鹭飞鱼跃。游宦区区成底事？平生况有云泉约。归去来、一曲仲宣吟，从军乐。

——柳　永

又一体（平韵格）

双调，九十三字。前段八句，四平韵；后段十句，五平韵。

＋丨——，＋＋丨、—＋丨—（韵）—＋丨、＋—＋丨，＋丨——（韵）＋丨———丨丨，＋—＋丨丨——（韵）丨＋—、＋丨丨——，—丨—（韵）

—＋丨，＋——（韵）＋＋丨，丨——（韵）丨＋—＋丨，＋丨——（韵）＋丨＋——丨丨，＋—＋丨丨——（韵）丨＋—、＋丨丨——，—丨—（韵）

仙姥来时，正一望、千顷翠澜。旌旗共、乱云俱下，依约前山。命驾群龙金作轭，相从诸娣玉为冠。向夜深、风定悄无人，闻佩环。

神奇处，君试看。奠淮右，阻江南。遣六丁雷电，别守东关，却笑英雄无好手，一篙春水走曹瞒。又怎知、人在小红楼，帘影间。

——姜　夔

满庭芳

又名《满庭霜》、《满庭花》、《潇湘夜雨》、《话桐乡》等。

双调，九十五字。前后段各十句，四平韵。

另有后段第四、五句作五字、四字句。且后段开头一句作两字、三字两句，两字句押韵。如周邦彦《夏日溧水无想山作》词。

＋丨——，＋—＋丨，＋—＋丨——（韵）＋—＋丨，＋丨丨——（韵）＋丨＋—＋丨，＋＋丨、＋丨——（韵）＋—丨，＋—＋丨，＋丨丨——（韵）

＋——丨丨，＋—＋丨，＋丨——（韵）丨＋＋，＋—＋丨——（韵）＋丨＋—＋丨，——丨、＋丨——（韵）——丨，＋—＋丨，＋丨丨——（韵）

南苑吹花，西楼题叶，故园欢事重重。凭阑秋思，闲记旧相逢。几处歌云梦雨，可怜便、流水西东。别来久，浅情未有，锦字系征鸿。

年光还少味，开残槛菊，落尽溪桐。漫留得，尊前淡月西风。此恨谁堪共说，清愁付、绿酒杯中。佳期在，归时待把，香袖看啼红。

——晏几道

风老莺雏，雨肥梅子，午阴嘉树清圆。地卑山近，衣润费炉烟。人静乌鸢自乐，小桥外、新绿溅溅。凭阑久，黄芦苦竹，疑泛九江船。

年年，如社燕，飘流瀚海，来寄修椽。且莫思身外，长近尊前。憔悴江南倦客，不堪听、急管繁弦。歌筵畔，先安枕簟，容我醉时眠。

——周邦彦

潇湘神

单调，二十七字。五句，三平韵，一叠韵。

—｜—（韵）—｜—（叠）｜—＋｜｜——（韵）＋｜｜——｜｜，———｜｜——（韵）

斑竹枝，斑竹枝，泪痕点点寄相思。楚客欲听瑶琴怨，潇湘深夜月明时。

——刘禹锡

醉太平

又名《凌波曲》、《醉思凡》等。

双调，三十八字。前后段同，各四句，四平韵。

——｜—（韵）——｜—（韵）＋—＋｜——（韵）｜——

｜—（韵）

——｜—（韵）——｜—（韵）＋—＋｜——（韵）｜——｜—（韵）

情高意真，眉长鬓青。小楼明月调筝，写春风数声。
思君忆君，魂牵梦萦。翠销香暖云屏，更那堪酒醒。

——刘　过

醉花间

双调，四十一字。前段五句，三仄韵，一叠韵；后段四句，三仄韵。

——｜（韵）｜—｜（叠）—｜——｜（韵）—｜｜——，｜｜——｜（韵）

———｜｜（韵）｜｜——｜（韵）——｜｜—，—｜——｜（韵）

深相忆，莫相忆，相忆情难极。银汉是红墙，一带遥相隔。
金盘珠露滴，两岸榆花白。风摇玉佩清，今夕为何夕？

——毛文锡

醉花阴

双调，五十二字。前后段各五句，三仄韵。

＋｜＋——｜｜（韵）＋｜——｜（韵）＋｜｜——，＋｜——，＋｜——｜（韵）

＋—＋｜——｜（韵）｜｜——｜（韵）＋｜｜——，＋｜——，＋｜——｜（韵）

薄雾浓云愁永昼，瑞脑销金兽。佳节又重阳，玉枕纱厨，半夜凉初透。

东篱把酒黄昏后，有暗香盈袖。莫道不消魂，帘卷西风，人比黄花瘦。

——李清照

醉春风

又名《怨东风》。

双调，六十四字。前后段各七句，四仄韵，两叠韵。

｜｜——｜（韵）———｜｜（韵）——＋｜｜——，｜（韵）｜（叠）｜（叠）＋｜——，｜——｜，｜——｜（韵）

｜｜——｜（韵）—＋—＋｜（韵）＋—＋｜｜——，｜（韵）｜（叠）｜（叠）—｜——，｜—＋｜，｜——｜（韵）

陌上清明近，行人难借问。风流何处不归来，闷、闷、闷。回雁峰前，戏鱼波上，试寻芳信。

夜永兰膏烬，春睡何曾稳。枕边珠泪几时乾，恨、恨、恨。惟有窗前，过来明月，照人方寸。

——赵德仁

踏莎行

又名《喜朝天》、《柳长春》、《踏雪行》等。

双调，五十八字。前后段各五句，三仄韵。

＋｜——，＋—＋｜（韵）＋—＋｜——｜（韵）＋—＋｜｜——，＋—＋｜——｜（韵）

＋｜——，＋—＋｜（韵）＋—＋｜——｜（韵）＋—＋｜｜——，＋—＋｜——｜（韵）

细草愁烟，幽花怯露，凭栏总是销魂处。日高深院静无人，时时海燕双飞去。

带缓罗衣，香残蕙炷，天长不禁迢迢路。垂杨只解惹春风，何曾系得行人住。

——晏　殊

蝶恋花

见词的用韵一节。

鹧鸪天

又名《思佳客》、《思越人》、《翦朝霞》、《醉梅花》、《骊歌一叠》等。

双调，五十五字。前段四句，三平韵；后段五句，三平韵。

＋｜——＋｜—（韵）＋—＋｜｜——（韵）＋—＋｜——｜，＋｜——＋｜—（韵）

—｜｜，｜——（韵）＋—＋｜｜——（韵）＋—＋｜——｜，＋｜——＋｜—（韵）

扑面征尘去路遥，香篝渐觉水沉销。山无重数周遭碧，花不知名分外娇。

人历历，马啸啸，旌旗又过小红桥。愁边剩有相思句，摇断吟鞭碧玉梢。

——辛弃疾

霜天晓角

又名《月当窗》、《踏月》、《长桥月》。

双调，四十三字。前后段各四句，三仄韵。

＋—＋｜（韵）＋｜——｜（韵）—｜｜——｜，＋＋｜、——｜（韵）

＋——｜｜（韵）＋——｜｜（韵）—｜｜——｜，＋＋｜、——｜（韵）

吴头楚尾，一棹人千里。休说旧愁新恨，长亭树、今如此。

宦游吾倦矣，玉人留我醉。明日落花寒食，得且住、为佳耳。

——辛弃疾

又一体

双调，四十三字。前段四句，三仄韵；后段五句，四仄韵。

＋－＋｜（韵）＋＋－＋｜（韵）＋｜＋－＋｜，＋＋｜、＋＋｜（韵）

＋｜（韵）＋｜｜（韵）＋＋＋＋｜（韵）＋｜＋－＋｜，＋＋｜、＋＋｜（韵）

冰清霜洁，昨夜梅花发。甚处玉龙三弄，声摇动、枝头月。

梦绝。金兽热，晓寒兰烬灭。要卷珠帘清赏，且莫扫、阶前雪。

——林　逋

又一体（平韵格）

双调，四十三字。前段四句，三平韵；后段五句，四平韵。

－｜－－（韵）｜－－｜－（韵）｜｜－－｜｜，－｜｜、｜－－（韵）

－－（韵）－｜－（韵）｜－－｜－（韵）｜｜｜－－｜，－｜｜、｜－－（韵）

人影窗纱。是谁来折花。折则从他折去，知折去、向谁家。

檐牙。枝最佳。折时高折些。说与折花人道，须插向、鬓边斜。

——蒋　捷

笠翁对韵

清·李渔

上平声

一 东

天对地，雨对风。大陆对长空。山花对海树，赤日对苍穹。雷隐隐，雾蒙蒙。日下对天中。风高秋月白，雨霁晚霞红。牛女二星河左右，参商两曜斗西东。十月塞边，飒飒寒霜惊戍旅；三冬江上，漫漫朔雪冷鱼翁。

河对汉，绿对红。雨伯对雷公。烟楼对雪洞，月殿对天宫。云叆叇，日曈朦。腊屐对渔蓬。过天星似箭，吐魂月如弓。驿旅客逢梅子雨，池亭人挹藕花风。茅店村前，皓月坠林鸡唱韵；板桥路上，青霜锁道马行踪。

山对海，华对嵩。四岳对三公。宫花对禁柳，塞雁对江龙。清暑殿，广寒宫。拾翠对题红。庄周梦化蝶，吕望兆飞熊。北牖当风停夏扇，南帘曝日省冬烘。鹤舞楼头，玉笛弄残仙子月；凤翔台上，紫箫吹断美人风。

二 冬

晨对午，夏对冬。下晌对高春。青春对白昼，古柏对苍松。垂钓客，荷锄翁。仙鹤对神龙。凤冠珠闪烁，螭带玉玲珑。三元及第才千顷，一品当朝禄万钟。花萼楼前，仙李盘根调国脉；沉香亭畔，娇杨擅宠起边风。

清对淡，薄对浓。暮鼓对晨钟。山茶对石菊，烟锁对云封。金菡萏，玉芙蓉。绿绮对青锋。早汤先宿酒，晚食继朝饔。唐库金钱能化蝶，延津宝剑会成龙。巫峡浪传，云雨荒唐神女庙；岱宗遥望，儿孙罗列丈人峰。

繁对简，叠对重。意懒对心慵。仙翁对释伴，道范对儒宗。花灼灼，草茸茸。浪蝶对狂蜂。数竿君子竹，五树大夫松。高皇灭项凭三杰，虞帝承尧殛四凶。内苑佳人，满地风光愁不尽；边关过客，连天烟草憾无穷。

三 江

奇对偶，只对双。大海对长江。金盘对玉盏，宝烛对银釭。朱漆槛，碧纱窗。舞调对歌腔。兴汉推马武，谏夏著龙逄。四收列国群王伏，三筑高城众敌降。跨凤登台，潇洒仙姬秦弄玉；斩蛇当道，英雄天子汉刘邦。

颜对貌，像对庞。步辇对徒杠。停针对搁竺，意懒对心降。灯闪闪，月幢幢。揽辔对飞艎。柳堤驰骏马，花院吠村龙。酒量微熏琼杏颊，香尘没印玉莲双。诗写丹枫，韩文幽怀流节水；泪弹斑竹，舜妃遗憾积漓江。

四 支

泉对石，干对枝。吹竹对弹丝。山亭对水榭，鹦鹉对鸬鹚。五色笔，十香词。泼墨对传卮。神奇韩干画，雄浑李陵诗。几处花街新夺锦，有人香径淡凝脂。万里烽烟，战士边头争宝塞；一犁膏雨，农夫村外尽乘时。

俎对醢，赋对诗。点漆对描脂。瑶簪对珠履，剑客对琴师。沽酒价，买山资。国色对仙姿。晚霞明似锦，春雨细如丝。柳绊长堤千万树，花横野寺两三枝。紫盖黄旗，天象预占江左地；青袍白马，童谣终应寿阳儿。

箴对赞，缶对卮。萤炤对蚕丝。轻裾对长袖，瑞草对灵芝。

流涕策，断肠诗。喉舌对腰肢。云中熊虎将，天上凤凰儿。禹庙千年垂桔柚，尧阶三尺覆茅茨。湘竹含烟，腰下轻纱笼玳瑁；海棠经雨，脸边清泪湿胭脂。

争对让，望对思。野葛对山栀。仙风对道骨，天造对人为。专诸剑，博浪椎。经纬对干支。位尊民物主，德重帝王师。望切不妨人去远，心忙无奈马行迟。金屋闭来，赋乞茂陵题柱笔；玉楼成后，记须昌谷负囊词。

五 微

贤对圣，是对非。觉奥对参微。鱼书对雁字，草舍对柴扉。鸡晓唱，雉朝飞。红瘦对绿肥。举杯邀月饮，骑马踏花归。黄盖能成赤壁捷，陈平善解白登危。太白书堂，瀑泉垂地三千尺；孔明祀庙，老柏参天四十围。

戈对甲，幄对帏。荡荡对巍巍。严滩对邵圃，靖菊对夷薇。占鸿渐，采凤飞。虎榜对龙旗。心中罗锦绣，口内吐珠玑。宽宏豁达高皇量，叱咤喑哑霸主威。灭项兴刘，狡兔尽时走狗死；连吴拒魏，貔貅屯处卧龙归。

衰对盛，密对稀。祭服对朝衣。鸡窗对雁塔，秋榜对春闱。乌衣巷，燕子矶。久别对初归。天姿真窈窕，圣德实光辉。蟠桃紫阙来金母，岭荔红尘进玉妃。霸主军营，亚父丹心撞玉斗；长安酒市，谪仙狂兴换银龟。

六 鱼

羹对饭，柳对榆。短袖对长裾。鸡冠对凤尾，芍药对芙蕖。周有若，汉相如。王屋对匡庐。月明山寺远，风细水亭虚。壮士腰间三尺剑，男儿腹内五车书。疏影暗香，和靖孤山梅蕊放；轻阴清昼，渊明旧宅柳条舒。

吾对汝，尔对余。选授对升除。书籍对药柜，耒耜对耰锄。参虽鲁，回不愚。阀阅对阎闾。诸侯千乘国，命妇七香车。穿云采药闻仙犬，踏雪寻梅策蹇驴。玉兔金乌，二气精灵为日月；洛龟河马，五行生克在图书。

欹对正，密对疏。囊橐对苞苴。罗浮对壶峤，水曲对山纡。骖鹤驾，待鸾舆。杰溺对长沮。搏虎卞庄子，当熊冯婕妤。南阳高士吟梁妇，西蜀才人赋子虚。三径风光，白石黄花供杖履；五湖烟景，青山绿水在樵渔。

七 虞

红对白，有对无。布谷对提壶。毛椎对羽扇，天阙对皇都。谢蝴蝶，郑鹧鸪。蹈海对归湖。花肥春雨润，竹瘦晚风疏。麦饭豆糜终创汉，尊羹胪脍竟归吴。琴调轻弹，杨柳月中潜去听；酒旗斜挂，杏花村里共来沽。

罗对绮，茗对蔬。柏秀对松枯。中元对上巳，返璧对还珠。云梦泽，洞庭湖。玉烛对冰壶。苍头犀角带，绿鬓象牙梳。松阴白鹤声相应，镜里青鸾影不孤。竹户半开，对牖不知人在否？柴门深闭，停车还有客来无。

宾对主，婢对奴。宝鸭对金凫。升堂对入室，鼓瑟对投壶。砚合璧，颂联珠。提瓮对当垆。仰高红日尽，望远白云孤。歆向秘书窥二酉，机云芳誉动三吴。祖饯三杯，老去常斟花下酒；荒田五亩，归来独荷月中锄。

君对父，魏对吴。北岳对西湖。菜蔬对茶荈，苣藤对菖蒲。梅花数，竹叶符。廷议对山呼。两都班固赋，八阵孔明图。田庆紫荆堂下茂，王裒青柏墓前枯。出塞中郎，羝有乳时归汉室；质秦太子，马生角日返燕都。

八 齐

鸾对凤，犬对鸡。塞北对关西。长生对益智，老幼对旄倪。颁竹策，剪桐圭。剥枣对蒸梨。绵腰如弱柳，嫩手似柔荑。狡兔能穿三穴隐，鹪鹩权借一枝栖。角里先生，策杖垂绅扶少主；于陵仲子，辟纑织履赖贤妻。

鸣对吠，泛对栖。燕语对莺啼。珊瑚对玛瑙，琥珀对玻璃。绛县老，伯州犁。测蠡对然犀。榆槐堪作荫，桃李自成蹊。投巫救女西门豹，赁浣逢妻百里奚。阙里门墙，陋巷规模原不陋；隋堤基址，迷楼踪迹亦全迷。

越对赵，楚对齐。柳岸对桃溪。纱窗对绣户，画阁对香闺。修月斧，上天梯。䗖蝀对虹霓。行乐游春圃，工谀病夏畦。李广不封空射虎，魏明得立为存麑。按辔徐行，细柳功成劳王敬；闻声稍卧，临泾名震止儿啼。

九 佳

门对户，陌对街。枝叶对根荄。斗鸡对挥尘，凤髻对鸾钗。登楚岫，渡秦淮。子规对夫差。石鼎龙头缩，银筝雁翅排。百年诗礼延余庆，万里风云入壮怀。能辨明伦，死矣野哉悲季路；不由径裢，生乎愚也有高柴。

冠对履，袜对鞋。海角对天涯。鸡人对虎旅，六市对三阶。陈俎豆，戏堆埋。皎皎对皑皑。贤相聚东阁，良朋集小斋。梦里山川书越绝，枕边风月记齐谐。三径萧疏，彭泽高风怡五柳；六朝华贵，琅琊佳气种三槐。

勤对俭，巧对乖。水榭对山斋。冰桃对雪藕，漏箭对更牌。寒翠袖，贵荆钗。慷慨对诙谐。竹径风声籁，花溪月影筛。携囊佳句随时贮，荷锄沉酣到处埋。江海孤踪，雪浪风涛惊旅梦；乡关万里，烟峦云树切归怀。

杞对梓，桧对楷。水泊对山崖。舞裙对歌袖，玉陛对瑶阶。风入袂，月盈怀。虎兕对狼豺。马融堂上帐，羊侃水中斋。北面黉宫宜拾芥，东巡岱畤定燔柴。锦缆春江，横笛洞箫通碧落；华灯夜月，遗簪堕翠遍香街。

十 灰

春对夏，喜对哀。大手对长才。风清对月朗，地阔对天开。游阆苑，醉蓬莱。七政对三才。青龙壶老杖，白燕玉人簪。香风十里望仙阁，明月一天思子台。玉橘冰桃，王母几因求道降；莲舟藜杖，真人原为读书来。

朝对暮，去对来。庶矣对康哉。马肝对鸡肋，杏眼对桃腮。佳兴适，好怀开。朔雪对春雷。云移鳷鹊观，日晒凤凰台。河边淑气迎芳草，林下清风待落梅。柳媚花明，燕语莺声浑足笑；松号柏舞，猿啼鹤唳总成哀。

忠对信，博对赅。忖度对疑猜。香消对烛暗，鹊喜对蛩哀。金花报，玉镜台。倒斝对衔杯。岩巅横老树，石磴覆苍苔。雪满山中高士卧，月明林下美人来。绿柳沿堤，皆因苏子来时种；碧桃满观，尽是刘郎去后栽。

十一真

莲对菊，凤对麟。浊富对清贫。渔庄对佛舍，松盖对花茵。萝月叟，葛天民。国宝对家珍。草迎金埒马，花醉玉楼人。巢燕三春尝唤友，塞鸿八月始来宾。古往今来，谁见泰山曾作砺；天长地久，人传沧海几扬尘。

兄对弟，吏对民。父子对君臣。勾丁对甫甲，赴卯对同寅。折桂客，簪花人。四皓对三仁。王乔云外舄，郭泰雨中巾。人交好友求三益，士有贤妻备五伦。文教南宣，武帝平蛮开百越；义旗西指，韩侯扶汉卷三秦。

申对午，侃对訚。阿魏对茵陈。楚兰对湘芷，碧柳对青筠。花馥馥，叶蓁蓁。粉颈对朱唇。曹公奸似鬼，尧帝智如神。南阮才郎差北富，东邻丑女效西颦。色艳北堂，草号忘忧忧甚事？香浓南国，花名含笑笑何人？

十二文

忧对喜，戚对欣。五典对三坟。佛经对仙语，夏耨对春耘。烹早韭，剪春芹。暮雨对朝云。竹间斜白接，花下醉红裙。掌握灵符五岳箓，腰悬宝剑七星纹。金锁未开，上相趋听宫漏永；珠帘半卷，群僚仰对御炉薰。

词对赋，懒对勤。类聚对群分。鸾箫对凤笛，带草对香芸。燕许笔，韩柳文。旧话对新闻。赫赫周南仲，翩翩晋右军。六国说成苏子贵，两京收复郭公勋。汉阙陈书，侃侃忠言推贾谊；唐廷对策，岩岩直谏有刘蕡。

言对笑，绩对勋。鹿豕对羊豮。星冠对月扇，把袂对书裙。汤事葛，说兴殷。萝月对松云。西池青鸟使，北塞黑鸦军。文武成康为一代，魏吴蜀汉定三分。桂苑秋宵，明月三杯邀麴客；松亭夏日，薰风一曲奏桐君。

十三元

卑对长，季对昆。永巷对长门。山亭对水阁，旅舍对军屯。杨子渡，谢公墩。德重对年尊。承乾对出震，叠坎对重坤。志士报君思犬马，仁王养老察鸡豚。远水平沙，有客泛舟桃叶渡；斜风细雨，何人携榼杏花村。

君对相，祖对孙。夕照对朝曛。兰台对桂殿，海岛对山村。碑堕泪，赋招魂。报怨对怀恩。陵埋金吐气，田种玉生根。相府珠帘垂白昼，边城画角对黄昏。枫叶半山，秋去烟霞堪倚杖；梨花满地，夜来风雨不开门。

十四寒

家对国，治对安。地主对天官。坎男对离女，周诰对殷盘。三三暖，九九寒。杜撰对包弹。古壁蛩声匝，闲亭鹤影单。燕出帘边春寂寂，莺闻枕上漏珊珊。池柳烟飘，日夕郎归青锁闼；阶花雨过，月明人倚玉栏杆。

肥对瘦，窄对宽。黄犬对青鸾。指环对腰带，洗钵对投竿。诛佞剑，进贤冠。画栋对雕栏。双垂白玉箸，九转紫金丹。陕右棠高怀召伯，河南花满忆潘安。陌上芳春，弱柳当风披彩线；池中清晓，碧荷承露捧珠盘。

行对卧，听对看。鹿洞对鱼滩。蛟腾对豹变，虎踞对龙蟠。风凛凛，雪漫漫。手辣对心酸。莺莺对燕燕，小小对端端。蓝水远从千涧落，玉山高并两峰寒。至圣不凡，嬉戏六龄陈俎豆；老莱大孝，承欢七衮舞斑斓。

十五删

林对坞，岭对峦。昼永对春闲。谋深对望重，任大对投艰。裙袅袅，佩珊珊。守塞对当关。密云千里合，新月一钩弯。叔宝君臣皆纵逸，重华父母是嚚顽。名动帝畿，西蜀三苏来日下；壮游京洛，东吴二陆起云间。

临对仿，吝对悭。讨逆对平蛮。忠肝对义胆，雾鬓对云鬟。埋笔冢，烂柯山。月貌对天颜。龙潜终得跃，鸟倦亦知还。陇树飞来鹦鹉绿，池筠密处鹧鸪斑。秋露横江，苏子月明游赤壁；冻云迷岭，韩公雪拥过蓝关。

下平声

一 先

寒对暑，日对年。蹴踘对秋千。丹山对碧水，淡雨对覃烟。歌宛转，貌婵娟。雷鼓对云笺。荒芦栖南雁，疏柳噪秋蝉。洗耳尚逢高士笑，折腰肯受小儿怜。郭泰泛舟，折角半垂梅子雨；山涛骑马，接䍦倒看杏花天。

轻对重，肥对坚。碧玉对青钱。郊寒对岛瘦，酒圣对诗仙。依玉树，步金莲。凿井对耕田。杜甫清宵立，边韶白昼眠。豪饮客吞波底月，酣游人醉水中天。斗草青郊，几行宝马嘶金勒；看花紫陌，千里香车拥翠钿。

吟对咏，授对传。乐矣对凄然。风鹏对雪雁，董杏对周莲。春九十，岁三千。钟鼓对管弦。入山逢宰相，无事即神仙。霞映武陵桃淡淡，烟荒隋堤柳绵绵。七碗月团，啜罢清风生腋下；三杯云液，饮余红雨晕腮边。

中对外，后对先。树下对花前。玉柱对金屋，叠嶂对平川。孙子策，祖生鞭。盛席对华筵。解醉知茶力，消愁识酒权。丝剪芰荷开东沼，锦妆凫雁泛温泉。帝女衔石，海中遗魄为精卫；蜀王叫月，枝上游魂化杜鹃。

二 箫

翠对管，斧对瓢。水怪对花妖。秋声对春色，白缣对红绡。臣五代，事三朝。头柄对弓腰。醉客歌金缕，佳人品玉箫。风定落花闲不扫，霜余残叶湿难烧。千载兴周，尚父一竿投渭水；百年霸越，钱王万弩射江潮。

荣对悴，夕对朝。露地对云霄。商彝对周鼎，殷濩对虞韶。樊素口，小蛮腰。六诏对三苗。朝天车奕奕，出塞马萧萧。公子幽兰重泛舸，王孙芳草正联镳。潘岳高怀，曾向秋天吟蟋蟀；王维清兴，尝于雪夜画芭蕉。

耕对读，牧对樵。琥珀对琼瑶。兔毫对鸿爪，桂楫对兰桡。鱼潜藻，鹿藏樵。水远对山遥。湘灵能鼓瑟，嬴女解吹箫。雪点寒梅横小院，风吹弱柳覆平桥。月牖通宵，绛蜡罢时光不减；风帘当昼，雕盘停后篆难消。

三 肴

诗对礼，卦对爻。燕引对莺调。辰钟对暮鼓，野馔对山肴。雉方乳，鹊始巢。猛虎对神獒。疏星浮荇叶，皓月上松梢。为邦自古推瑚琏，从政于今愧斗筲。管鲍相知，能交忘形胶漆友；蔺廉有隙，终为刎颈死生交。

歌对舞，笑对嘲。耳语对神交。焉乌对亥豕，獭髓对鸾胶。宜久敬，莫轻抛。一气对同胞。祭遵甘布被，张禄念绨袍。花径风来逢客访，柴扉月到有僧敲。夜雨园中，一颗不雕王子柰；秋风江上，三重曾卷杜公茅。

衙对舍，廪对庖。玉磬对金铙。竹林对梅岭，起凤对腾蛟。鲛绡帐，兽锦袍。露果对风梢。扬州输橘柚，荆土贡菁茅。断蛇埋地称孙叔，渡蚁作桥识宋郊。好梦难成，蛩响阶前偏唧唧；良朋远到，鸡声窗外正嘐嘐。

四 豪

茭对茨，荻对蒿。山麓对江皋。莺簧对蝶板，浪麦对桃涛。骐骥足，凤凰毛。美誉对嘉褒。文人窥蠹简，学士书兔毫。马援南征载薏苡，张骞西使进葡萄。辩口悬河，万语千言常亹亹；词源倒峡，连篇累牍自滔滔。

梅对杏，李对桃。棫朴对旌旄。酒仙对诗史，德泽对恩膏。悬一榻，梦三刀。拙逸对贵劳。玉堂花烛绕，金殿月轮高。孤山看鹤盘云下，蜀道闻猿向月号。万事从人，有花有酒应自乐；百年皆客，一丘一壑尽吾豪。

台对省，署对曹。分袂对同袍。鸣琴对击剑，返辙对回艚。良借箸，操捉刀。香茗对醇醪。滴泉归海大，篑土积山高。石室客来煎雀舌，画堂宾至饮羊羔。被谪贾生，湘水凄凉吟鹏鸟；遭谗屈子，江潭憔悴著离骚。

五 歌

微对巨，少对多。直干对平柯。蜂媒对蝶使，雨笠对烟蓑。眉淡扫，面微酡。妙舞对清歌。轻衫裁夏葛，薄袂剪春罗。将相兼行唐李靖，霸王杂用汉萧何。月本阴精，岂有羿妻曾窃药；星为夜宿，浪传织女漫投梭。

慈对善，虐对苛。缥缈对婆娑。长杨对细柳，嫩蕊对寒莎。

追风马，挽日戈。玉液对金波。紫诏衔丹凤，黄庭换白鹅。画阁江城梅作调，兰舟野渡竹为歌。门外雪飞，错认空中飘柳絮；岩边瀑响，误疑天半落银河。

松对竹，荇对荷。薜荔对藤萝。梯云对步月，樵唱对渔歌。升鼎雉，听经鹅。北海对东坡。吴郎哀废宅，邵子乐行窝。丽水良金皆待冶，昆山美玉总须磨。雨过皇州，琉璃色灿华清瓦；风来帝苑，荷芰香飘太液波。

笼对槛，巢对窝。及第对登科。冰清对玉润，地利对人和。韩擒虎，荣驾鹅。青女对素娥。破头朱泚笏，折齿谢鲲梭。留客酒杯应恨少，动人诗句不须多。绿野凝烟，但听村前双牧笛；沧江积雪，惟看滩上一渔蓑。

六 麻

清对浊，美对嘉。鄙吝对矜夸。花须对柳眼，屋角对檐牙。志和宅，博望槎。秋实对春华。乾炉烹白雪，坤鼎炼丹砂。深宵望冷沙场月，边塞听残野戍笳。满院松风，钟声隐隐为僧舍；半窗花月，锡影依依是道家。

雷对电，雾对霞。蚁阵对蜂衙。寄梅对怀桔，酿酒对烹茶。宜男草，益母花。杨柳对蒹葭。班姬辞帝辇，蔡琰泣胡笳。舞榭歌楼千万尺，竹篱茅舍两三家。珊枕半床，月明时梦飞塞外；银筝一奏，花落处人在天涯。

圆对缺，正对斜。笑语对咨嗟。沈腰对潘鬓，孟笋对卢茶。百舌鸟，两头蛇。帝里对仙家。尧仁敷率土，舜德被流沙。桥上授书曾纳履，壁间题句已笼纱。远塞迢迢，露碛风沙何可极；长沙渺渺，雪涛烟浪信无涯。

疏对密，朴对华。义鹘对慈鸦。鹤群对雁阵，白苎对黄麻。读三到，吟八叉。肃静对喧哗。围棋兼把钓，沉李并浮瓜。羽客片时能煮石，狐禅千劫似蒸沙。党尉粗豪，金帐笼香斟美酒；陶生清逸，银铛融雪啜团茶。

七 阳

台对阁，沼对塘。朝雨对夕阳。游人对隐士，谢女对秋娘。三寸舌，九回肠。玉液对琼浆。秦皇照胆镜，徐肇返魂香。青萍夜啸芙蓉匣，黄卷时摊薜荔床。元亨利贞，天地一机成化育；仁义礼智，圣贤千古立纲常。

红对白，绿对黄。昼永对更长。龙飞对凤舞，锦缆对牙樯。云弁使，雪衣娘。故国对他乡。雄文能徙鳄，艳曲为求凰。九日高峰惊落帽，暮春曲水喜流觞。僧占名山，云绕茂林藏古殿；客栖胜地，风飘落叶响空廊。

衰对壮，弱对强。艳饰对新妆。御龙对司马，破竹对穿杨。读班马，识求羊。水色对山光。仙棋藏绿橘，客枕梦黄粱。池草入诗因有梦，海棠带恨为无香。风起画堂，帘箔影翻青荇藻；月斜金井，辘轳声度碧桐墙。

臣对子，帝对王。日月对风霜。乌台对紫府，雪牖对云房。香山社，昼锦堂。蔀屋对岩廊。芬椒涂内壁，文杏饰高梁。贫女幸分东壁影，幽人高卧北窗凉。绣阁探春，丽日半笼青镜色；水亭醉夏，熏风常透碧筒香。

八 庚

形对貌，色对声。夏邑对周京。江云对涧树，玉罄对银筝。人老老，我卿卿。晓燕对春莺。玄霜舂玉杵，白露贮金茎。贾客君山秋弄笛，仙人缑岭夜吹笙。帝业独兴，尽道汉高能用将；父书空读，谁言赵括善知兵。

功对业，性对情。月上对云行。乘龙对附骥，阆苑对蓬瀛。春秋笔，月旦评。东作对西成。隋珠光照乘，和璧价连城。三箭三人唐将勇，一琴一鹤赵公清。汉帝求贤，诏访严滩逢故旧；宋廷优老，年尊洛社重耆英。

昏对旦，晦对明。久雨对新晴。蓼湾对花港，竹友对梅兄。黄石叟，丹丘生。犬吠对鸡鸣。暮山云外断，新水月中平。半榻清风宜午梦，一犁好雨趁春耕。王旦登庸，误我十年迟作相；刘蕡不第，愧他多士早成名。

九 青

庚对甲，己对丁。魏阙对彤庭。梅妻对鹤子，珠箔对银屏。鸳浴沼，鹭飞汀。鸿雁对鹡鸰。人间寿者相，天上老人星。八月好修攀桂斧，三春须系护花铃。江阁凭临，一水净连天际碧；石栏闲倚，群山秀向雨余青。

危对乱，泰对宁。纳陛对趋庭。金盘对玉箸，泛梗对浮萍。群玉圃，众芳亭。旧典对新型。骑牛闲读史，牧豕自横经。秋首田中禾颖重，春余园内菜花馨。旅次凄凉，塞月江风皆惨淡；筵前欢笑，燕歌赵舞独娉婷。

十 蒸

苹对蓼，莆对菱。雁弋对鱼罾。齐纨对鲁绮，蜀绵对吴绫。星渐没，日初升。九聘对三徵。萧何曾作吏，贾岛昔为僧。贤人视履循规矩，大将挥斤校准绳。野渡春风，人喜乘潮移酒舫；江天暮雨，客愁隔岸对渔灯。

谈对吐，谓对称。冉闵对颜曾。侯嬴对伯嚭，祖逖对孙登。抛白纻，宴红绫。胜友对良朋。争名如逐鹿，谋利似趋蝇。仁杰姨惭周不仕，王陵母识汉方兴。句写穷愁，浣花寄迹传工部；诗吟变乱，凝碧伤心叹右丞。

十一尤

荣对辱，喜对忧。缱绻对绸缪。吴娃对越女，野马对沙鸥。茶解渴，酒消愁。白眼对苍头。马迁修史记，孔子作春秋。莘野耕夫闲举耜，渭滨渔父晚垂钩。龙马游河，羲帝因图而画卦；神龟出洛，禹王取法以明畴。

冠对履，舄对裘。院小对庭幽。面墙对膝地，错智对良筹。孤嶂耸，大江流。芳泽对园丘。花潭来越唱，柳屿起吴讴。莺懒燕忙三月雨，蛩摧蝉退一天秋。钟子听琴，荒径入林山寂寂；谪仙捉月，洪涛接岸水悠悠。

鱼对鸟，鹡对鸠。翠馆对红楼。七贤对三友，爱月对悲秋。虎类狗，蚁如牛。列辟对诸侯。陈唱临春乐，隋歌清夜游。空中事业麒麟阁，地下文章鹦鹉洲。旷野平原，猎士马蹄轻似箭；斜风细雨，牧童牛背稳如舟。

十二侵

歌对曲，啸对吟。往古对来今。山头对水面，远浦对遥岑。勤三上，惜寸阴。茂树对平林。卞和三献玉，杨震四知金。青皇风暖催芳草，白帝城高急暮砧。绣虎雕龙，才子窗前挥彩笔；描鸾刺凤，佳人帘下度金针。

登对眺，涉对临。瑞雪对甘霖。主欢对民乐，交浅对言深。耻三战，乐七擒。顾曲对知音。大车行槛槛，驷马聚骎骎。紫电青虹腾剑气，高山流水识琴心。屈子怀君，极浦吟风悲泽畔；王郎忆友，扁舟卧雪访山阴。

十三覃

宫对阙，座对龛。水北对天南。蜃楼对蚁郡，伟论对高谈。遴杞梓，树楩楠。得一对函三。八宝珊瑚枕，双珠玳瑁簪。萧王待士心惟赤，卢相欺君面独蓝。贾岛诗狂，手拟敲门行处想；张颠草圣，头能濡墨写时酣。

闻对见，解对谙。三橘对双柑。黄童对白叟，静女对奇男。秋七七，径三三。海色对山岚。鸾声何哕哕，虎视正眈眈。仪封疆吏知尼父，函谷关人识老聃。江相归池，止水自盟真是止；吴公作宰，贪泉虽饮亦何贪。

十四盐

宽对猛，冷对炎。清直对尊严。云头对雨脚，鹤发对龙髯。风台谏，肃台廉。保泰对鸣谦。五湖归范蠡，三径隐陶潜。一剑成功堪佩印，百钱满卦便垂帘。浊酒停杯，容我半酣愁际饮；好花傍座，看他微笑悟时拈。

连对断，减对添。淡泊对安恬。回头对极目，水底对山尖。腰袅袅，手纤纤。凤卜对鸾占。开田多种粟，煮海尽成盐。居同九世张公艺，恩给千人范仲淹。箫弄凤来，秦女有缘能跨羽；鼎成龙去，轩臣无计得攀髯。

人对己，爱对嫌。举止对观瞻。四知对三语，义正对辞严。勤雪案，课风檐。漏箭对书签。文繁归獭祭，体艳别香奁。昨夜题诗更一字，早春来燕卷重帘。诗以史名，愁里悲歌怀杜甫；笔经人索，梦中显晦老江淹。

十五咸

栽对植，薙对芟。二伯对三监。朝臣对国老，职事对官衔。鹿麌麌，兔毚毚。启牍对开缄。绿杨莺睍睆，红杏燕呢喃。半篱白菊娱陶令，一枕黄粱度吕岩。九夏炎飙，长日风亭留客骑；三冬寒冽，漫天雪浪驻征帆。

梧对杞，柏对杉。夏濩对韶咸。涧瀍对溱洧，巩洛对崤函。藏书洞，避诏岩。脱俗对超凡。贤人羞献媚，正士嫉工谗。霸越谋臣推少伯，佐唐藩将重浑瑊。邺下狂生，羯鼓三挝羞锦袄；江州司马，琵琶一曲湿青衫。

袍对笏，履对衫。匹马对孤帆。琢磨对雕镂，刻划对镌镵。星北拱，日西衔。卮漏对鼎馋。江边生桂若，海外树都咸。但得恢恢存利刃，何须咄咄达空函。彩凤知音，乐典后夔须九奏；金人守口，圣如尼父亦三缄。